Elsa Morante, die große italienische Erzählerin, siedelt ihre Geschichten in den Randbezirken psychischen Erlebens an, die ans Reich der Phantasie, des Traums und Spuks grenzen. Oft sind es Kinder, junge Menschen, die sich von ihrer gesteigerten Einbildungskraft über jene Grenze hinwegtragen lassen und sich dem schwer Faßbaren, Geheimnisvollen öffnen. Manche der Geschichten sind von bedrängender Unheimlichkeit. Da verschwimmt das Phantasiebild eines Kindes auf schemenhafte Weise mit einem realen Sterbevorgang („Der Mann mit der Brille"); oder selbstsüchtige Mutterliebe schlägt um in dämonische, unheilstiftende Eifersucht („Die Großmutter"). Die eigentümliche, gleichsam magische Schwebe zwischen Wahrheit und Wahn kann aber auch durch den Absturz in die ernüchternde Realität beendet werden. Der junge Andrea in der Titelgeschichte muß erleben, wie sein Trugbild von der fernen, skandalumwitterten Mutter zerrinnt und mit ihm all seine falschen Gewißheiten zerstieben. Nach einer Nacht der äußeren Abenteuer und inneren Umstürze tritt er, bar aller Illusionen, ins Leben, „ein traurig-verwegener Held, gehüllt in einen andalusischen Schal".

Elsa Morante bedient sich für ihre feinnervige Erzählkunst traditioneller Mittel und baut mit ihnen suggestive poetische Visionen und knappe, eindringliche Psychogramme auf. Den Hintergrund bildet ein nur in Andeutungen wahrnehmbares Süditalien abseits der modernen Zeit, das in Patriarchalismus und fatalistischer Lethargie vor sich hin dämmert und den Glauben an obskure Mächte und Schicksale kultiviert. In den bizarren Phantasien und Spukgeschichten sensibler Naturen blüht eine zweite Wirklichkeit auf, deren Schatten oft bedrohlich die erste überlagert, innere Gefährdung zur äußeren werden läßt.

Elsa Morante

Der andalusische Schal

Erzählungen

Deutsch
von Susanne Hurni-Maehler

Aufbau-Verlag

Titel der italienischen Originalausgabe
Lo scialle andaluso

1. Auflage 1988
Aufbau-Verlag Berlin und Weimar
Ausgabe für die sozialistischen Länder mit Genehmigung
der claassen Verlag GmbH, Hamburg · Düsseldorf

Die deutschsprachige Erstausgabe erschien 1966 unter dem Titel
„Das heimliche Spiel"

Einbandgestaltung Sybille Juraschek/Regine Schmidt
Lichtsatz Karl-Marx-Werk, Graphischer Großbetrieb, Pößneck V 15/30
Druck und Binden
III/9/1 Grafischer Großbetrieb Völkerfreundschaft Dresden
Printed in the German Democratic Republic
Lizenznummer 301. 120/207/88
Bestellnummer 613 936 6
00185

ISBN 3-351-01010-9

Der Dieb der Totenlichter

Obwohl die Zahl der Jahre, die ich gelebt habe, noch nicht genügt, um mich zu überzeugen, bin ich doch beinahe sicher, daß ich jenes kleine Mädchen gewesen bin. Ganz deutlich sehe ich die enge, schmutzige Straße, wo die Risse in dem alten Verputz Figuren und Flecken zeichneten. Das fünfstöckige Haus, in dem meine Familie das oberste Stockwerk bewohnte, war das höchste der Straße. An ihrem Ende lag die Synagoge.

Ich war nicht älter als sechs Jahre. Von den Fenstern aus sah ich die bleichen Menschen vorübergehen, die dunkelhaarigen Frauen, die fast immer einen vulgären und finsteren Ausdruck hatten, die halbnackten Kinder, die grau waren vom Staub. Gegenüber sah ich ein gelbliches Haus mit Strohmatten vor den Fenstern und an der Seite einen geräumigen Hof, in dem kein Gras wuchs. Oft wartete in diesem Hof eine Schar von Männern, meistens Soldaten. Einer nach dem andern traten sie für wenige Minuten in das Haus ein und entfernten sich dann wieder, indem sie sich Scherzworte zuriefen oder schwatzten. An den Fenstern im ersten Stock zeigten sich immer geheimnisvolle, lachende Frauen mit violetten Gesichtern, rußschwarz gemalten Augen und mit lauten und entschiedenen Stimmen. Besonders in der Nacht hörte ich die leisen Rufe ihrer Stimmen. Wenn mein Vater aus dem Café kam, forderten sie ihn auf, obwohl er nur ein buckliger Alter war: „Willst du nicht heraufkommen, schöner Schwarzer? Komm doch!“

Meine Mutter, noch jung und schlank, hatte ein anmutiges, aber vom Kummer zerstörtes Gesicht. Bei jeder Gelegenheit schlug sie sich wütend mit den Fäusten gegen die Stirn, und wenn ich etwas falsch machte, pflegte sie mich in einem feierlichen Hebräisch zu verfluchen, wobei sie ihr zerfallenes Gesicht zur Synagoge hinwandte. Dann war ich bestürzt, weil ich wußte, daß die Verfluchungen der Väter und Mütter, als Echo widerhallend, immer zu Gott gelangen.

Sobald es dunkelte und mein Vater sich zu seinem Café auf den Weg machte, ging sie auf dem Stadtwall spazieren, zusammen mit meiner älteren Schwester, die schön und hochmütig war. Ich blieb zu Hause, um die Großmutter nicht allein zu lassen.

Die Großmutter war alt und taub und wie aus Holz. Eine Folge von unzähligen Jahren hatte sie langsam ausgesogen, bis sie nur noch ein kleines hölzernes Skelett war, das vielleicht nicht einmal mehr sterben konnte. Ihr Kopf war beinahe kahl, und die dunklen Augenlider waren immer gesenkt. Die Hände mit den dunkelblau unterlaufenen Nägeln ließ sie reglos an den Seiten herabhängen. Zu meinem Erstaunen hatte ich entdeckt, daß sie sich die Brust und die Hüften umwickelte, wie man es bei kleinen Kindern macht, und über all diese Wikkelbinden zog sie weite graue Lumpen. Es hieß, sie sei reich.

Sobald die andern ausgegangen waren, befahl sie mir mit gestammelten Worten, die sie mühsam zwischen ihrem Zahnfleisch hindurchpreßte, das Licht zu löschen; es sei unnütz, für uns beide allein Petroleum zu verschwenden. Dann wurde sie stumm und unbeweglich. Ich gehorchte, obwohl ich zitterte; denn wirklich, kaum hatte ich den Schalter an der Lampe gedreht, richtete sich das Gespenst der Finsternis und der Angst hinter meinem Rücken auf und zeigte an der Stelle der Augen zwei schwarze Löcher. Ich kauerte mich ganz nah ans Fenster, um ein bißchen Helligkeit zu haben.

Es ist mehr als fünfzig Jahre her, daß dies geschah.

Vom Fenster aus konnte ich die Synagoge sehen, ihre gedrungene Kuppel, die Stufen und die langen Fenster mit den bunten Scheiben; durch das Glas erspähte ich den trüben, rötlichen Schimmer der Totenlampen. Diese schmiedeeisernen Ampeln hingen im Innern der Synagoge, und wer einem Toten ein solches Licht stiften wollte, mußte dem Wächter Jusvin etwas bezahlen, damit er die Lampe mit Öl versorgte und aufpaßte, daß sie weder am Tag noch in der Nacht erlosch. Die Toten waren in ihrer Finsternis sehr viel ruhiger, wenn sie eine Lampe besaßen.

Nur von meinen Fenstern aus konnte man das Innere der Synagoge mit den roten Lichtern wahrnehmen. Ich sah den Wächter Jusvin jeden Abend die Stufen hinaufsteigen, um das Öl einzufüllen und die Synagoge abzuschließen. Er war ein dunkelhäutiger Mann, der schön und feierlich aussah, mit schwarzen Augen und lockigem Haar und Bart. So dunkel, wie er war, erschien er im Dämmerlicht wie ein Prophet oder ein Engel, wenn er mit seinem schwankenden Schritt zur Synagoge hinaufstieg und die schweren Schlüssel trug. Eines Abends jedoch, bald nachdem er eingetreten war, sah ich, wie die Lampen eine nach der andern erloschen; dann kam er behutsam mit seinem Löschhütchen heraus, ein ungeheures Dunkel hinter sich lassend.

„Großmutter!" schrie ich, „Jusvin hat alle Totenlichter ausgelöscht!"

„Nein", brummelte die Schwerhörige, „es wird kein Petroleum verschwendet, die Lampe wird nicht angezündet."

„Verstehst du nicht?" schrie ich, am ganzen Leibe zitternd, „Jusvin hat die Lichter ausgelöscht, die Lichter!"

„Ja, ja, Marianna wird bald zurückkommen", erwiderte sie.

Da verzichtete ich darauf, ihr jenes Geheimnis mitzuteilen. Rings um mich her sah ich die Gestalten der Finsternis, und ich zitterte davor, daß sie ihre Münder öffnen und zu mir sprechen könnten. Mir graute vor dem, was sie mir vielleicht sagen würden, und vor dem, was Gott der Herr sagen würde.

Von diesem Tage an sah ich, wie Jusvin jeden Abend das Portal der Synagoge hinter sich abschloß und die Lichter löschte. Er tat es, um das Öl zu sparen und an den Beträgen, die er für die Versorgung der Lampen erhielt, zu verdienen. So erklärte es mir meine Mutter, sie sagte mir auch, ich solle schweigen, denn der Mann habe sechs kleine Kinder, und durch eine Anzeige würde er seine Stellung verlieren. Also Stillschweigen. Gott sah ihn, und er würde daran denken, den zu bestrafen, der den Toten das Licht stahl. Gott würde Gerechtigkeit üben.

„Dieb! Dieb!“ schrien all meine Sinne, wenn ich jenen Schatten langsam die Treppe hinaufsteigen sah. Ich wartete begierig darauf, daß seine Hände abfielen wie zwei Fetzen. Am liebsten wäre ich zur Synagoge gerannt und hätte laut gerufen: „Ich sehe dich, wenn du den Toten das Licht stiehlst! Hast du keine Angst . . . vor Gott?“ Doch ich blieb reglos und wie gelähmt am offenen Fenster stehen. Ich dachte an die Toten unter der Erde, die jetzt ganz ohne Licht waren. Und um nichts sehen zu müssen, bedeckte ich mein Gesicht, bis ich von neuem angezogen war von dem Schatten, der jetzt mit seinem Löschhütchen herabkam und in den Gassen verschwand.

Eines Abends kam er nicht, und die roten Flämmchen leuchteten ruhig hinter den Fensterscheiben. Als er nach mehreren Tagen wieder erschien, konnte er nicht mehr sprechen. Mühsam brachte er aus seiner Kehle heisere Laute und ein Gestammel hervor und riß dabei die Augen auf mit den Gebärden eines Hampelmanns, wie die Stummen sie an sich haben. Und eines Tages hallten die Gassen wider von einem tierischen Brüllen und Röcheln. Es war der sterbende Jusvin. „Das ist die Gerechtigkeit des Herrn“, sagten die Leute. Der Finger Gottes hatte seine Zunge berührt, und Jusvins verfluchte Zunge wurde nun zu einer furchtbaren Wunde. Es war ein Leiden, das die Leute nur mit Angst zu nennen wagten (sein phantastischer Name ließ mich an die Welt der grausamen Meerestiere und an einen Wendekreis in Afrika denken). Und jene Schreie liefen durch alle Straßen, und es war ihnen anzuhören, daß der Leib des Sünders sich wand und krümmte. Und sie gaben keinen Augenblick Ruhe, bis sie verstummten.

„Er wird niemals Frieden finden“, sagten die Leute und schüttelten den Kopf, „er nicht und auch seine Kinder nicht.“

Oftmals, wenn ich zur Schule ging, begegnete ich seinen Kindern, besonders Angiolo und Esther. Sie sahen sehr schön aus, obwohl sie schmutzig und halbnackt waren. Angiolos große Augen glichen zwei Feuern, und wenn er lachte, hatte er Grübchen in den Wangen. Esther hatte wundervolle Locken, schlanke Beine, und ihr rundes Gesicht glich einer Frucht. Ich beobachtete sie voller

Angst; denn ich glaubte, der Finger Gottes würde auch ihre Zunge berühren, wie er die des Vaters berührt hatte, dem dann das seltsame afrikanische Tier die Zunge zerfraß, und sie würden später nicht mehr sprechen, nur noch traurige Laute von sich geben können. Stumm, mit einer Wunde im Mund, würden Jusvins Kinder und Kindeskinder eines nach dem andern vor Gott dem Herrn vorübergehen müssen.

Dieses Schauspiel quälte mich in meiner kindlichen Einsamkeit und erschien immer wieder in meinen Träumen. Aber an einem Sommerabend in der Nähe der Synagoge kam mir etwas Deutlicheres zum Bewußtsein. Mir war etwas Schlimmes widerfahren: Mein Vater hatte mir ein Geldstück gegeben und mir aufgetragen, drei Nummern im Lotto zu spielen. In Phantastereien versunken, hatte ich bei der Rückkehr vom Lottobüro den gekauften Zettel mit den Nummern verloren. Fieberhaft war ich durch alle Straßen geirrt, hatte leise schluchzend den Staub durchwühlt. Nichts. Dann hielt ich inne, kauerte mich im nächtlichen Schatten der Synagoge neben die hohe Mauer. Ich dachte daran, nicht mehr nach Hause zurückzukehren, aus dem Ghetto fortzugehen, die Stadt zu verlassen und zu sterben. In dieser Stunde und bei diesem Gedanken rief ich meinen Vater mit dem Spitznamen, den die Leute ihm gegeben hatten: „Krummbukkel". Wie oft war ich gefragt worden: „Bist du die Tochter vom Krummbuckel?" Und jetzt in meiner Angst gingen mir neue Gedanken wie frevelhafte Blitze durch den Sinn: Der Krummbuckel wird mich schlagen. Warum darf er mich eigentlich schlagen? Ich bin klein, aber hübsch, ich habe zwei lange Zöpfe und kann lesen. Er ist bucklig. Ich will nicht von ihm geschlagen werden. Aber ich habe den Lottozettel, der vielleicht gewonnen hätte, verloren. Ich habe etwas Schlimmes angestellt; der Zettel gehörte ihm, und deshalb wird er mich schlagen. Und meine Mutter wird mich zur Strafe verfluchen. Ich bin umhergeschlendert und habe die Häuser, die Fenster und Gesichter angeschaut, ohne an den Zettel zu denken; ich habe gesündigt. Auch Jusvin hat gesündigt, und Gott hat ihn bestraft.

Ich sehe Jusvin im Angesicht des Herrn. Der Herr hat

weder Leib noch Gesicht; er ist wie eine Gewitterwolke, wie der Schatten eines Berges: „Erbarmen, Herr, ich habe es für meine Kinder getan! Wasser für meine Zunge, Schlaf für meine Augen, Mitleid mit meinem ruhlosen Wandern, das mich die friedvollen Toten beneiden läßt." Dies sind die Worte, die sich niemals auf seinen Lippen formen und die er in seiner Kehle begräbt. Sein Mund verzerrt sich, stößt gurgelnde Laute aus; der Mann gestikuliert und windet sich. Aber er, der Gestaltlose, antwortet nicht. Sein Schweigen bedeutet: Du bist ein Dieb.

Unterdessen sind viele andere gekommen, sind schweigsam aus den Mauern der Synagoge hervorgetreten. Ihre Leiber sind eine dunkle Masse, ihre Gesichter Masken mit leeren Augenhöhlen, und doch scheint es mir, als erkenne ich manche. Dies ist die alte Mitilda, die Kürbissamen kochte und die dann – so erzählte man mir – in den Himmel gekommen ist. Aber doch ist sie hier, mit zerrissenen Schuhen und einem Tuch um ihr augenloses Gesicht. Und dies ist Lazzarino und sein Sohn Mandolino, beide ganz lang und hager, mit langen Armen, Zylinderhüten über den skeletthaften Gesichtern. Ja, sie sind es, und andere kenne ich nicht, aber alle gleichen sie einander und schleppen ihre schweren Füße an den düsteren Mauern entlang. Einige tragen sonderbare Gewänder, aus Lumpen gemacht, in bunten und verblichenen Farben, oder sie haben Fetzen aus Stoff um den Oberkörper gewickelt und Hüte von allen möglichen Formen auf dem Kopf, wie man sie im Theater sieht. Manche Frauen tragen weite Kleider, die lautlos über den Boden schlurren, und sie haben Rußschwarz und Lippenrot auf der Haut. Andere wieder sind halbnackt und bleich.

Sie sind die Toten, sie tappen unsicher umher und öffnen die Lippen, wie um zu trinken, und verlangen nach dem Licht ihrer Lampe. Keiner von ihnen hat Flügel; sie sind wie Maulwürfe, die aus der Erde hervorgekrochen sind. Gewiß glaubten sie unter der Erde in jenem Licht noch den Tag zu sehen, und jetzt suchen sie tastend nach ihm. Nur die Lebenden können das Licht anzünden und löschen; so will es Gott, der Schweigsame, der die Lebendigen züchtigt und die Toten einschließt in der Erde.

So war mein Gott beschaffen; und jenes kleine Mädchen war ich oder vielleicht meine Mutter oder vielleicht auch die Mutter meiner Mutter. Ich bin gestorben und wieder geboren, und bei jeder Geburt nimmt ein neuer, ungewisser Prozeß seinen Anfang. Und jenes kleine Mädchen ist immer dort in seiner unbegreiflichen Welt, inmitten der Stummen, und stellt ängstliche Fragen unter dem Schatten des richtenden Gottes.

Der Mann mit der Brille

Am dritten Dezember, es war ein Donnerstag, ging der Mann aus seinem Studierzimmer fort, einem düsteren Raum am Ende der Stadt. Sein Haar war zerzaust, der lange Bart von der Kälte gesträubt, und die Augenhöhlen warfen einen schwarzen Schatten auf seine Wangen. Er hatte die undeutliche und fast fremde Empfindung, als schwanke er, und das Knarren der Holztreppe klang wie ein nahes Dröhnen in seinen Ohren.

An der Haustür hielt die Pförtnerin, die mit einer Schaufel den Schnee beiseite schob, inne und sah ihn aufmerksam an:

„Wieviel Uhr ist es?“ fragte er. „Neun“, gab sie zur Antwort und folgte ihm neugierig mit ihren geröteten Augen. „Seid Ihr in den letzten Tagen auswärts gewesen?“ fragte sie schließlich. „In welchen Tagen?“ sagte er, und es kostete ihn ungeheure Mühe, die Worte auszusprechen, „ich habe mich nie aus der Stadt fortbegeben.“ – „Ich fragte nur so, weil ich Euch nicht mehr gesehen habe“, erklärte die Pförtnerin.

Der Mann wollte sie eigentlich daran erinnern, daß er doch am Abend vorher vorbeigekommen sei, um in ihrer ärmlichen Kammer die Post zu holen; dann aber dachte er, es sei unnütz, sich mit so einer Hexe abzugeben. Und er ging weiter den gefrorenen Weg hinab, gefolgt von ihren dummen Blicken.

Es war neun Uhr; er würde in die Milchbar gehen, um zu frühstücken, und dann würde er versuchen, irgendwie die Stunden hinzubringen bis zu dem Augenblick, da er „zu ihr“ gehen würde. Am Tag zuvor hatte er sie nicht sehen können, weil Feiertag war. Gräßlich, so ein Sonntag, dachte er. Er erinnerte sich, daß er den ganzen Tag durch die Straßen der Stadt geirrt war, an den hohen, finsteren Häusern entlang, im schmutzigen Schnee, und daß er versucht hatte, irgendwo jene rundlichen, nackten Waden, jene liebreizenden Vogelaugen zu entdecken. Vielleicht war er deshalb mit zerschlagenen Gliedern aufgewacht. Natürlich war gestern all sein törichtes Umherirren vergeblich gewesen; aber heute würde er sie sehen wie immer. Bei dieser Gewißheit legte sich ein Nebel über seine Augen, und das Blut strömte ihm zum Herzen, daß sein Atem stockte.

Er ging auf dem weichen Schnee, ohne sich umzuschauen, und oft sanken seine Füße in die schwarzen Hufspuren der Pferde ein. Lange, schattenlose Bäume überragten die Häuser mit den weißen Dächern. Vor der Milchbar hatten drei Männer Feuer angezündet; er setzte sich an den gewohnten Platz, mit dem Rücken zum trüben Spiegel, und nahm die Brille ab. Eilfertig lief die Milchfrau zu ihm hin; aber er hatte das Gefühl, als sehe er die Gesichter um sich her seltsam verzerrt und verkrümmt, voller Augen und ohne Lippen. Wieder war ihm, als ob er taumelte.

„Der Herr ist wohl krank gewesen in den letzten Tagen?" fragte die Stimme der Milchfrau. „Aber nein!" erwiderte er verärgert, „Ihr werdet Euch erinnern, daß ich gestern abend hier war und daß es mir sehr gut ging." – „Was"! rief die Frau verwundert, „seit Sonntag seid Ihr nicht hier gewesen!" – „Eben, gestern war ja Sonntag", murmelte er erschöpft. „Aber heute ist Donnerstag", gab die Frau zurück.

Er schüttelte den Kopf und schwieg verächtlich. Niemand konnte besser als er selbst sich daran erinnern, daß der Tag zuvor ein Sonntag gewesen war; niemand kannte wie er selbst das schmachtende Fieber der Sonntage, das fortwährende Im-Kreise-Irren, das vergebliche Warten. Jetzt wurde der unbegreifliche Nebel dichter um ihn her, und er empfand eine dunkle Furcht, er würde an diesem Ort ohnmächtig werden. Meine Stirn wird gegen den Marmor des Tischchens schlagen, dachte er. Doch er spürte, daß seine Zähne in das frische Brot eindrangen und seine ausgetrocknete Zunge feucht wurde. Seine Hände zitterten, als er das Brot brach, und er schluckte hastig. Hinter den trüben Fensterscheiben sah er die Bäume jetzt deutlicher, die großen, reglosen

Vögeln glichen. Es schien ihm, als höre er das Pfeifen des Windes, und er ging auf die Straße hinaus; die Leute im Milchladen sahen ihm mitleidig nach. Heute ist Donnerstag, dachte er, und gestern war Sonntag. Das ist doch nicht möglich. Und er lachte höhnisch über diese Sinnlosigkeit. „Sag mal, mein Junge, welcher Wochentag ist heute?“ fragte er einen Stallknecht, mit dem Gebaren eines Betrunkenen. „Donnerstag“, erwiderte dieser und sah ihn finster und mißtrauisch an. „Mein Gott!“ murmelte er und versuchte angestrengt, sich zu besinnen; er sah den gestrigen Abend wieder vor sich, den Sonntagabend. Die geschlossenen Geschäfte, die Menschenmenge, seine Unruhe, und wie er sich, als es dunkelte, in sein Zimmer einschloß, nachdem er bei der Pförtnerin die Post abgeholt hatte.

Er überquerte die Eisenbrücke, die über dem gefrorenen Fluß schwebte und deren Geländer mit Arabesken verziert war. Der grünlich schimmernde Himmel lastete schwer. Die Kuppeln und spitzen Kirchtürme der Stadt wurden sichtbar. Wo sind nur diese drei Tage geblieben? dachte er finster. Und er lachte laut, als er die eigene Stimme über die leere Brücke hallen hörte. „Aber ich trinke doch nie“, sagte er mit lauter Stimme, wie um sich zu rechtfertigen. Und plötzlich merkte er, daß er sich schon in der Nähe der Schule befand. Der Hof war sorgfältig gefegt, aber das Dach war mit Schnee bedeckt. Noch zwei Stunden, bis sie herauskommen, dachte er verwirrt und ging im Schulhof auf und ab, mit herabhängenden Armen wie eine Marionette. Schließlich verließ er den Hof und ging mit lässigen Schritten die Wiese entlang, wobei er auf das quälende Knirschen des Schnees unter seinen Füßen lauschte. Unter einem niedrigen Baum mit dünnen, trockenen Zweigen blieb er stehen und lächelte bei dem Gedanken, daß er jetzt nur noch zu warten brauchte und „sie“ dann sehen würde. Doch es schien ihm, als sähe er sein Lächeln neu und verzerrt wie in einem Spiegel, und er erschrak.

Nie ging jemand durch diese Straße; zuweilen vernahm er das gedämpfte Geräusch eines Wagens und Pferdehufe, die auf den Schnee aufschlugen. Aber all das war in weiter Ferne. Die Kälte und die Reglosigkeit machten ihn träge, und diese Trägheit erschreckte ihn. Doch der Gedanke, ein Glied seines Körpers zu bewegen, und sei es auch nur, die Hand zu heben oder mit den Wimpern zu zucken, erfüllte ihn mit noch größerem Schrecken. Er hatte das Gefühl, als halte er sich nur mühsam im Gleichgewicht vor einer ungeheuren Leere und als werde er bei der geringsten Bewegung am Rande dieser Leere ausgleiten. Jetzt verliere ich den Verstand, ich werde blind, ich werde hinfallen, ich kann es nicht hindern, dachte er mit plötzlicher Hellsichtigkeit.

In diesem Augenblick hörte er die Schulglocke läuten. Gleich darauf vernahm er das Geschrei der Schülerinnen und sah die ersten herauslaufen mit ihren Regenmänteln und Mützen und den an den Riemen baumelnden Schulmappen. Sie redeten laut, lachten und hielten sich umgefaßt; ihm war, als sähe er *jenes* Lächeln aufblitzen, und er wurde von einem krampfartigen Zittern erfaßt; aber er hatte sich getäuscht. Jetzt spürte er in seinem ganzen Körper eine Hitze aufwallen, außer in den Händen, die wie in Schweiß gebadet und eiskalt waren.

Endlich sah er *ihre* Gruppe herauskommen. Er erkannte die drei Mädchen sogleich, die jeden Tag mit ihr gingen, doch heute war sie nicht dabei. Sie gingen ruhig, ohne miteinander zu reden, und von weitem erkannte er den braunen Mantel des größten Mädchens und seine stolze Art zu gehen, das Kinn vorgestreckt. Er spürte, daß er die Erwartung und den Zweifel keine Minute länger ertragen würde, aber er rührte sich nicht. Nun sah er deutlich, wie eines der drei Mädchen sich aus der Gruppe löste und in seine Richtung lief. Während diese kräftige Kleine allmählich näher kam, konnte er sie genauer betrachten, ihr rundes Gesicht mit den dunklen, lebhaften Augen und die rosigen Hände, die den Schulranzen trugen. Sie hatte einen kurzen Mantel an, aus dem ein Zipfel ihrer Schürze hervorschaute. Ihre Beine waren nicht nackt wie die der andern, sondern mit Wollstrümpfen bekleidet. Sie blieb vor ihm stehen und blickte ihn starr und fragend an, während sie kaum die Lippen bewegte. Er hatte den verzweifelten Willen, eine Frage zu stellen, doch es drang kein Laut aus seiner Brust.

„Sie ist gestern gestorben", sagte das Mädchen, ohne auf die Frage zu warten, „sie ist ganz plötzlich gestorben, aber sie war schon lange krank."

„Wie?" fragte er und erschrak, als er seine Stimme klar und deutlich hörte.

„Der Lehrer hat über sie gesprochen, und wir sind alle aufgestanden", fuhr das Mädchen fort. „Als ihr Name aufgerufen wurde, habe ich ‚Hier' gesagt."

Während das Mädchen sprach, beobachtete es den Mann mit aufmerksamer Neugier. Er stand gegen den Baum gelehnt, und die beschlagene Brille verbarg seinen Blick; er war seltsam geschwollen an den Schläfen und auf der Stirn, und der Bart ließ sein schwammiges und krankes Gesicht grau erscheinen. Seine herabfallenden, farblosen Lippen stammelten leise, und sein Körper, an dem die schmutzigen Kleider wie angeklebt waren, schüttelte sich wie im Krampf; es sah aus, als klammerten seine Hände sich irgendwo im Leeren fest. Ohne zu sprechen, wandte er sich um, und das Mädchen sah ihn den Pfad hinuntergehen. Mit seinen schlenkernden Armen und den gebeugten Schultern schien er in schwerfälliger Plumpheit vorwärts zu fallen durch den Nebel.

Das Mädchen blickte zur Schule zurück; die Gefährtinnen waren, des Wartens wohl müde, fortgegangen, und die Fenster waren geschlossen; auch das Gittertor war geschlossen, und die Kleine wunderte sich, daß die Schule, die eben noch so voller Leben gewesen war, nach wenigen Minuten verlassen dalag. Es schien ihr, als habe sie eine lange Zeitspanne vor sich, und sie wußte nicht, was sie damit anfangen sollte. Ein unerwarteter, schwerer Nebel hatte den tiefer gelegenen Teil der Stadt bedeckt, aber die Kuppeln und Turmspitzen ragten noch frei empor, und es schien, als schwebten sie in der Höhe. Vom großen Schulplatz aus sah sie die Straßen, die Brücke und den Fluß, doch alles undeutlich und versunken. Sie ging zwischen den Bäumen hindurch, und schon war die Schule nicht mehr zu sehen. Auf einem unbegangenen Schneepfad lief sie eilig dahin und dachte: Ich gehe zu ihr.

Der Ort, zu dem sie gelangte, war ihr unbekannt; er war von Nebel überflutet, und hohe Gebäude ragten auf, deren Umrisse und Farben man nicht erkennen konnte. Eine dunkle Menge lief dort in fieberhafter Eile umher, ohne daß jemand sich stieß oder stehenblieb. Es gelang ihr nicht, in dieser zahllosen Menschenmenge die Gesichter und Kleider zu unterscheiden; alle kreuzten oder überholten einander rings um sie her, und fortwährend ertönten die Schritte, einem Regen ähnlich und wie von einer unendlichen Entfernung gedämpft.

Auch sie fing an zu laufen. „Maria!“ rief sie laut; und ihr Ruf kam als Echo zurück und dann ein zweites Mal aus weiterer Ferne. „Maria!“ rief sie noch einmal und blieb verwirrt stehen. Eine Stimme, so erstickt und flüchtig, wie wenn man Verstecken spielt, antwortete schließlich: „Clara.“ Sie lief ziellos durch die eilige Menge und streifte manche Leute, ohne die Berührung wahrzunehmen; immer wieder rief sie den Namen der Freundin, bis sie sie mitten zwischen den Leuten stehen sah. Sie erkannte sie ganz deutlich: sie hatte nur ihre Schulschürze an, und ihre Augen waren starr und weit aufgerissen.

„Frierst du nicht?“ fragte sie die Freundin, doch sie erhielt keine Antwort. „Der Wind hat dich ganz zerzaust“, sagte sie.

Da strich sich Maria zerstreut mit den Fingern durch die Locken.

„Weißt du, daß ich ihn gesehen und mit ihm gesprochen habe?“ fuhr Clara leise fort. Die Freundin trat von ihr weg mit verwirrtem Blick und schüttelte den Kopf. „Ich wollte dir keine Angst machen“, entschuldigte Clara sich rasch, und eine schmerzende Beklommenheit erfaßte sie. Auf dem Gesicht ihrer Gefährtin waren Falten entstanden, ihre Augen hatten sich getrübt, und sie sah plötzlich viel magerer aus. Das ist gewiß wegen der Krankheit, dachte Clara.

„Er war es, der mich getötet hat“, sagte die Freundin plötzlich, mit einer so schrillen Stimme, daß Clara zusammenzuckte. Doch es war nicht mehr möglich, sich verständlich zu machen, ohne zu schreien; alle diese Menschen, die auf der Flucht zu sein schienen, verursachten ringsum einen tosenden Wind, und man mußte die Arme fest an den Körper pressen, um die Kleider festzuhalten. „Warum willst du mitten unter so vielen Menschen reden?“ fragte sie, „warum ziehen wir uns nicht in eine Ecke zurück?“ Aber es gelang ihr nicht, ihre Frage und ihren vorwurfsvollen Ton hörbar zu machen.

Maria neigte den Kopf ernst und versunken wie jemand, den es große Mühe kostet, sich zu erinnern. Als sie wieder zu sprechen begann, dämpfte sie den Klang ihrer Stimme, so daß ihre Worte sich im Sausen der Luft verloren und nur durch die Bewegung der Lippen verständlich wurden. Sie schien den Nebel und die Flucht ringsumher nicht zu bemerken; bald sprach sie hastig, bald langsam, wie ein verirrter Vogel, der mit den Flügeln schlägt.

„Er wartete jeden Tag auf mich bei dem Baum“, murmelte sie, verstohlen um sich blickend.

„Jeden Tag bei dem Baum“, wiederholte die Freundin gelehrig.

„Und als ich krank wurde“, fuhr die andere geheimnisvoll fort, „trat er plötzlich in mein Zimmer. Die Luft war nicht klar, und ich glaubte, ich sei mit euch auf der Straße, ihr lachtet über seine Brille, und ich rief euch zu, ihr solltet ihn davonjagen; aber dann erinnerte ich mich, daß ich wegen des Fiebers im Bett lag und daß dies mein Zimmer war. Er wurde immer größer, wie ein schwarzer Fleck, der aus dem Inneren der Wand hervorkam, und er sagte: ‚Da bin ich, ich bin gekommen.‘ Seine Zähne schlugen aufeinander, während er zu lächeln versuchte. Ich schrie: ‚Ich kenne dich nicht! Geh fort!‘

Da nahm er seine Brille ab, damit ich ihn erkennen sollte, und entblößte seine reglosen Augen. ‚Warum starrst du wie ein Blinder?‘ fragte ich. ‚Weil ich schlafe‘, antwortete er mir, ‚ich bin müde. Gestern war Sonntag, du hattest frei, und ich bin bis zum Abend herumgelaufen, um dich zu finden, und habe im Schnee gesucht wie ein Hund, um die Spuren deiner Füße zu entdecken. Ich bin müde, meine Arme sind schwer, meine Knie versagen.‘ – ‚Geh fort‘, sagte ich zu ihm, ‚dies Zimmer gehört mir. Ich habe Angst!‘

‚Ich will dir Angst machen‘, erwiderte er stotternd, ‚aber noch wage ich nicht, dich zu berühren.‘ Und aus der Art, wie er mit den Händen fuchtelte, begriff ich, daß er mich töten würde. Ich schämte mich, mit meiner Mutter darüber zu sprechen, die ihn nicht sah, obwohl er immerfort in einer Ecke stand. Den ganzen Tag und die ganze Nacht blieb er dort stehen, und ich starrte ihn an und konnte keine Minute schlafen, denn die Matratze brannte, und die Decken waren so schwer. Am nächsten Tag sagte er zu mir: ‚Morgen.' Und immer leiser wiederholte er: ‚Morgen.' Ich wollte auf die Straße fliehen, aber ich hatte keine Kraft mehr in den Beinen. Niemand befreite mich.

Alle gingen auf Zehenspitzen, und dann fing ich an zu schreien, denn das Zimmer leerte sich, und ich sah nichts mehr, nur ihn. Er hatte einen schlechten Anzug an und war bleich, seine Augen starrten mich an, er taumelte, ballte die Fäuste und lächelte mir zu. Ich spürte den Schnee ringsum fallen, und die Wände bogen sich herab über mich und über ihn. In dem Augenblick sagte meine Mutter: ‚Sogar mit all den vielen Decken ist ihr noch kalt. Sie zittert, die Kleine. Man muß ihr das andere Nachthemd anziehen, das wollene.'

Als die zweite Nacht vorüber war, wurde der dritte Tag kurz wie eine Minute, und ich hörte, wie der Mann lachte mit einem tiefen Klang. Sein Lachen lief durch das Zimmer wie eine Maus, und es gelang mir nicht, sie fortzujagen, nicht einmal wenn ich mir die Ohren zuhielt. Ich hörte von ferne eure Stimmen, die von mir sprachen, und ich begriff, daß ihr um mein Bett standet. Es ist nicht möglich, dachte ich, daß sie ihm erlauben werden, sich mir zu nähern. Aber im Gesicht spürte ich seinen Atem. ‚Nein!' schrie ich, ‚ich will nicht!' Er sagte nichts mehr, und nachdem seine Hände mich getötet hatten, blieben sie schlaff liegen wie zwei Fetzen. Er ging davon auf einer fernen Straße, stieg eine Holztreppe hinauf bis zu einer Tür, und seine Augen schlossen sich vor Müdigkeit. Da konnte ich mich von ihm entfernen."

„Du hast sehr laut geschrien, vorher", bemerkte Clara, in Gedanken versunken.

„Niemand verstand es", sagte die andere zornig, mit einer Stimme, die nach Weinen klang; und sie wandte der Freundin ihr fast alt gewordenes Gesicht zu mit den trockenen Augen, die vergrößert schienen wie von schwarzer Augenschminke. „Er ist nicht mehr da", murmelte sie mit einem Seufzer, „er ist fortgegangen."

Mitten zwischen diesen hohen, gestaltlosen Häusern sah sie so klein aus, daß Clara Mitleid mit ihr bekam. Und so erzählte sie ihr heimlich: „Heute haben wir alle ‚Hier' geantwortet beim Aufrufen, als dein Name verlesen wurde."

Maria schüttelte sich und sagte: „Komm!" Die beiden Freundinnen faßten einander bei der Hand. Maria ging ängstlich voraus und führte Clara, indem sie ihr neues, verwelktes Gesichtchen nach vorne schob. Der Wind wurde schwächer und die Menschenmenge spärlicher, je weiter sie schritten. Als sie zu einer niedrigen, grasbewachsenen Mauer kamen, war der Nebel durchsichtig geworden wie Fensterglas.

„Hier ist niemand mehr", flüsterten sie.

Maria hielt behutsam inne, noch außer Atem. Dann schüttelte sie den Kopf und kauerte sich dicht an die Mauer mit einem sehnsüchtigen, absonderlichen Lächeln.

„Schau!" rief sie in einem kurzen, triumphierenden Schrei. Und langsam, mit unendlicher Angst und Ehrfurcht, wie jemand, der ein Geheimnis entdeckt, öffnete sie vorne den Halsausschnitt ihrer Schulschürze. ‚Darunter hat sie nichts an', dachte die Freundin.

Und mit geneigten Köpfen schauten sie beide und hielten den Atem an vor Verwunderung. Sie sahen, daß die Brust zu wachsen begann; auf der kindlichen weißen Haut sprossen zu beiden Seiten zwei kleine nackte Dinge hervor, zwei wachsenden Blumenknospen gleich.

Sie lachten miteinander, ganz leise.

Die Großmutter

Als sie mit vierzig Jahren Witwe wurde, merkte Elena, daß sie nur halb lebendig war und sich in einer unerbittlichen Leere befand, aus der es keinen Ausweg gab. Ihr Mann war ihr nie ein wahrer Gefährte gewesen; sie hatte neben diesem Kaufmann dahingelebt, oder richtiger: vegetiert; er war geizig wie eine Schmarotzerpflanze, der das geringste bißchen Erde und Wasser genügt, um nicht zu verdorren. Nachdem nun der Mann nicht mehr da war, hatte sie das Gefühl, als hätte sie im Winterschlaf gelegen und nähme nun, von einem heftigen Stoß geweckt, den Winter wahr, der ihren Schlaf umgeben hatte und der ihr jetzt bei ihrem Erwachen keine Nahrung zu spenden vermochte. Das Haus, das der Mann ihr hinterlassen hatte, lag eingepfercht in einer der finsteren Schluchten, von denen es in der Stadt so viele gab. Einst war diese Stadt von einem Volk von Kaufleuten und Seefahrern auf dem Rücken eines ganz aus Felsen und Klüften bestehenden Hügels erbaut worden; und während einige Häuser hoch oben in der Sonne lagen, waren andere zwischen Treppen und engen Gäßchen zusammengedrängt, wo es häufig zu Raufereien kam und wo man mit geweiteten Nasenflügeln begierig darauf wartete, daß der Wind den Geruch des Meeres herüberwehe.

Das Haus war mit gewöhnlichen und geschmacklosen Möbeln eingerichtet, Dutzendware oder Gelegenheitskäufe, die zwischen kahlen, hohen Wänden standen. Mäuse und Schaben nisteten in Löchern, und Elena bewegte sich in diesen Zimmern wie in der Tiefe eines Brunnens. Mit den Augen suchte sie das Licht, denn es war ihr, als sei sie eingeschlossen zwischen glatten und ausweglosen Mauern, die sie mit großen Anstrengungen immer wieder vergeblich zu erstürmen suchte. Beklommenheit und Verwirrung überkamen sie, und endlich faßte sie den Entschluß fortzugehen.

Ihr Mann hatte ihr ein beträchtliches Vermögen hinterlassen, aber obwohl sie wußte, daß sie nun frei und reich war, empfand sie doch immer noch jenes Bedürfnis nach einsamer Stille, das sie von jeher gehabt hatte. Sie beschloß, in ein Landhaus zu ziehen, das sie niemals gesehen hatte, obgleich es zu ihren Besitzungen gehörte. Sie wußte, daß es weiträumig und ruhig war und daß ein Stockwerk vermietet war und das andere leer und für sie bereit stand. Ihre Phantasie begann um den Namen des Dorfes zu kreisen, um das Haus, den Fluß, die Kirche; und das Verlangen, all diese vorgestellten Dinge mit ihren Händen zu berühren, schnürte ihr die Kehle zu, bis sie weinen mußte. Sie weinte lange am trüben Fenster vor den schmutzigen, engen Gassen, aber ihr Körper schüttelte sich nicht. Ihre Gestalt war hochgewachsen und kräftig, ohne weibliche Formen, beinahe männlich und dennoch sonderbar weich; diese Weichheit verliehen ihr vielleicht ihr langsamer und zerstreuter Gang, die Zerbrechlichkeit ihrer Gelenke und durchsichtigen Finger und die singende Stimme, in der zuweilen volle und tiefe Töne aufklangen. Wenn auch in ihrem bleichen und länglichen Gesicht kein Schatten eines Fältchens zu sehen war, so lag doch eine Müdigkeit darin wie ein Verlangen nach Schlaf und Auflösung; nur die starren Lichter ihrer Augen leuchteten lebhaft unter dem immer zerzausten dunklen Haar. Ihr Lächeln war sanft und weich, obwohl sie dabei schlechte Zähne entblößte.

Mit stillem Eifer, der einem langsamen Fieber glich, traf sie die Vorbereitungen zur Abreise. Sie leerte die Schränke und Schubladen, dann und wann innehaltend, um die Stoffe mit verträumten, schweifenden Blicken anzusehen. Eine große Hochzeitstruhe in der Ecke des Zimmers enthielt Wäsche und Kleidchen für ein Neugeborenes, die sie selbst genäht hatte. Ihre Ehe war unfruchtbar gewesen, aber der Wunsch nach Kindern brannte in ihr während der Zeit der Jungfräulichkeit und der Reife; und während sie vergeblich wartete und spürte, wie ihr Leib in einer verzweifelten Sehnsucht verdorrte, hatte sie eine prächtige Ausstattung genäht und Lätzchen und Leibchen gestickt, wobei sie die gleiche kindliche und geheimnisvolle Freude empfand wie die Nonnen in den Klöstern, wenn sie Meßgewänder nähen. Viele Tage ihrer Ehezeit hatte sie mit dieser Arbeit zugebracht, die sie zuweilen wehmütig stimmte, zuweilen aber auch so mutlos machte, daß sie in krampfhaftes Weinen ausbrach. Sie versuchte, sich lebendige, zarte Körperchen in diesen Windeln vorzustellen, und nachts zuckte sie zusammen, denn im Traum war es ihr, als fühle sie in ihrem Leib die Bewegungen eines Kindes. Jetzt zog sie ein Kleidchen nach dem andern aus der Truhe, hielt es in der Hand und liebkoste es. Abermals wurde sie von jenem alten Schmerz ergriffen, und die dunklen Wände lasteten auf ihr wie ein Alp; aber sie dachte daran, daß sie fortgehen wollte, und sie riß sich zusammen.

Die Kinderausstattung wurde wieder in die Truhe gelegt, und mit dem übrigen Gepäck reiste sie ab.

Es war Herbst, und das Dorf, das sie empfing, lag in einer grauschimmernden Landschaft, in welche die rotbelaubten Bäume ein paar spärliche Farbflecke streuten. Von den erdfarbenen Häusern mit den roten oder schwarzen Dächern waren einige niedrig, nur einstökkig, andere schmal und lang, und ihre Fenster sahen wie Schießscharten aus. Hinter manchen offenstehenden Türen sah man die Herdfeuer glühen; über die schlammigen Wege zogen Ochsenherden, und Bauern in grünlichen Mänteln ritten auf Pferden. Am Rande des Dorfes strömte ein vom Regen angeschwollener, lehmfarbener Fluß, der sich bei einem plötzlichen steilen Abfall des Geländes in einen Wildbach verwandelte und mit wütend brausenden Strudeln hinabstürzte; über den Fluß führte eine schmale Eisenbrücke mit dünnen Pfeilern, die an beiden Seiten von spitzen Bogen überwölbt war. Nicht weit davon entfernt stand Elenas Haus.

Es war bescheiden, langgestreckt und hatte ein weit überspringendes Dach. Im eingezäunten Garten wuchs zwischen dem Unkraut ein einziger Baum mit dünnem Stamm, ein Ailantus, der, weil er so außergewöhnlich rasch wächst, auch „Paradiesbaum“ genannt wird. Seine Krone reichte schon bis zum oberen Stock. Unten war das Haus von einem plumpen Bogengang umgeben, und an der rechten Seite führte eine Außentreppe in das obere Geschoß hinauf. Die Zimmer waren geräumig und halb leer, so daß die Schritte auf dem steinernen Fußboden metallisch widerhallten. Die weißgetünchten Wände waren von Nischen, Türen und Alkoven unterbrochen, und durch die schmalen, hochgelegenen Fenster drang ein bläuliches, schräges Licht. Vor einem der Fenster blieb Elena auf den Zehenspitzen stehen, bis es dunkelte; sie betrachtete die Schlucht des Wildbachs, die schlammigen Straßen unter den Hufen der Pferde und das Dunkelwerden des Himmels.

Als es finster war, fiel ihr ein, daß sie den Bewohnern des Erdgeschosses ihre Ankunft mitteilen müsse. Sie stieg in den Garten hinunter, wo die Luft schneidend kalt geworden war, und klopfte an die Tür:

„Es ist offen!“ sagte von drinnen eine tiefe, volltönende Stimme, die im Bogengang widerhallte.

Elena trat ein; einem hellen Licht folgend, das scharfe Schatten in den Korridor warf, gelangte sie in eine Küche. Die Lampe mit der weißen und schwankenden Flamme hing gerade am Eingang, und der Mann, der gesprochen hatte – es war ihr sogleich, als erkenne sie ihn wieder –, saß an einem kleinen Tisch neben der Tür und schnitzte mit einem sichelförmigen Messer menschliche Züge in einen grob behauenen Baumstamm; sie wußte bereits, daß ihr Hausbewohner ein Schnitzer von Heiligenfiguren war.

Er mußte ungefähr fünfundzwanzig Jahre alt sein; über seiner männlichen, kraftvollen Gestalt wirkte sein Gesicht beinahe weiblich, gleichsam unvollendet wie das eines Kindes. Er hatte große, blaue Augen, gebogene Wimpern, weiche, frische Lippen und lockiges, rotblondes und ziemlich wirres Haar. Der blonde Bart machte das Gesicht nicht derber, sondern verlieh der Haut einen rosig bronzefarbenen Schimmer; die leichte Bewegung seiner großen Hände rings um das Holz war geheimnisvoll und wunderbar wie Kinderspiel. Er trug alte Hosen aus rotem Barchent und eine grünliche, abgeschabte Wildlederjacke. An den Füßen hatte er weite, mit Fell gefütterte Pantoffeln.

Nach einem Augenblick des Zögerns erhob er sich, als Elena eintrat, und stammelte eine Begrüßung, wobei er plötzlich errötete, aber nicht aufhörte, mit seinen Fingern über das Holz zu streichen. „Ich bin die Besitzerin des Hauses", sagte Elena ganz sicher und heiter, „ich bin heute angekommen."

„Ach, ja", sagte er verlegen mit derselben frischen und volltönenden Stimme, die zu ihr gesprochen hatte, als sie hereinkam; dann wandte er sich zur Seite und fuhr fort: „Mama, die Signora ist da."

Jetzt bemerkte Elena, daß in dieser rauchigen und schrägen Küche sich noch jemand bewegte. Neben dem Herd, auf dem ein nach Speck duftendes Gericht schmorte, kniete die Gestalt einer Frau, die damit beschäftigt war, in der Kohlenglut herumzustochern. Sie drehte sich kaum um bei dem Ruf, und Elena spürte sogleich, daß ein schwarzer Blick sie anblitzte. Einen Augenblick später stand die Frau auf und kam argwöhnisch näher; sie lehnte sich an den Sohn mit dem Ausdruck eines Kindes, das eine Natter im Gras erblickt und sich an den Rock der Mutter flüchtet.

Verstört wandte Elena die Augen ab und richtete sie gegen die Decke, die sehr hoch war und im Schatten lag, so daß sie sonderbar fern erschien. Doch voll Verlangen nach Sympathie und Freundschaft schaute sie von neuem die beiden Schweigenden an. Die Frau war nicht sehr groß, aber sie schien uralt zu sein, denn ihr Gesicht war hager und sonnenverbrannt und mit einem dichten Netz von Runzeln überzogen; dieses hinfällige Aussehen stand in seltsamem Gegensatz zu ihren ruckartigen, raschen und fieberhaften Bewegungen. Sie war wie eine Bäuerin gekleidet, mit einem schwarzen Rock, einer schwarzen Bluse und einem weiten, wollenen Umschlagtuch, das Fransen hatte und mit roten Arabesken bestickt war. Ein schwarzes Kopftuch, dessen Zipfel unter dem Kinn gebunden waren, umrahmte ihr Gesicht, so daß man die Haare nicht sah; und von den Ohren hingen ihr zwei hölzerne Ohrgehänge in der Form von Kreuzen, die sicherlich eine Arbeit des Sohnes waren.

Ihre Füße waren sehr klein und steckten kokett in blanken Stiefelchen mit gerundeten Spitzen, die zu ihrer ländlichen Kleidung gar nicht paßten.

„Wenn die Signora Platz nehmen möchte", sagte der Sohn nach einer Weile, „und zum Nachtessen bei uns bleiben ..." Elena errötete, als sei sie bei einem Vergehen ertappt worden. Die Alte schien von Entsetzen ergriffen:

„Aber nein!" rief sie, ohne Elena anzublicken. „Es ist nichts im Hause. Es ist überhaupt nichts da ..." Und atemlos wiederholte sie dieses „Nichts" und fuchtelte mit den Händen.

Betroffen blieb Elena noch einen Augenblick stehen; ihr war zum Weinen zumute. Draußen ertönte der Schrei eines Nachtvogels, und sie glaubte sogar seinen Flügelschlag zu vernehmen.

„Guten Abend", flüsterte sie eilig und streckte die Hand aus. Der junge Mann drückte sie in der seinen, die groß und warm war; und die Augen der Alten funkelten. Die Nacht war so schwarz, daß die Erde sich nicht mehr vom Himmel unterschied; nur an einer Stelle des Himmels erschien eine undeutlich ausgebreitete Helle; vielleicht war es der Mond, der durch die Wolkenmassen schimmerte.

Mitten in der Nacht glaubte Elena ein leichtes Kratzen an der Tür zu hören und dann einen sich nähernden schleichenden Schritt, wie von einem Tier. Und dann fühlte sie an ihrer Haut unter den warmen Decken etwas Weiches, Gewichtloses, Flüchtiges. Sie hüllten sich zusammen in einen gemeinsamen warmen Atem ein; Elena streckte die Arme aus und öffnete die trockenen Lippen, sie empfand die Kraftlosigkeit und Ruhe, die einem das Fieber gibt. Mit einem Ruck setzte sie sich auf. Es war niemand im Zimmer, sie war ganz mit Schweiß bedeckt. Den Rest der Nacht verbrachte sie in einem trägen und tiefen Schlaf. Als eben der Morgen dämmerte, erwachte sie und ging in den Garten hinunter. Ein Teil des Himmels war heiter, die Sonne war noch nicht aufgegangen, und ein feuchtes, eisiges Licht fiel auf die Dinge herab; schon waren Pferdehufe zu hören und dann und wann ein paar schallende Stimmen. Auch ihre Hausgenossen waren schon wach; aus der angelehnten Tür tönte ein dumpfer Singsang in einer unverständlichen und kindischen Sprache. Es war die Alte, die ein Klagelied sang. Dann ging die Tür weit auf, und die hohe Gestalt des Bildschnitzers erschien in der Öffnung. Elena zuckte zusammen, sie fühlte sich nicht vorbereitet für diese Begegnung, und der junge Mann schien sogar noch schüchterner als am Abend zuvor. Seine Augen waren wie befeuchtet vom morgendlichen Schimmer, und in seinen Zügen lag noch die aufgelöste Blässe des Schlafs.

„Wollt Ihr meine Heiligen sehen?" flüsterte er unvermutet, als sei es ein Geheimnis.

Elena ging ihm durch den kurzen Korridor voran; die Alte am Herd hielt in ihrem Lied inne, um auf ihre argwöhnische und erschrockene Art hinüberzuschielen, aber sie sagte nichts. Die beiden wandten sich nach links, und Elena betrat eine niedrige, dunkle Kammer, in der neben einem vergitterten Fenster ein paar Figuren in einer Reihe standen, die ihr kaum bis zur Hüfte reichten. Sie waren von einer naiven und feierlichen Steifheit und hatten die natürliche Farbe des Holzes. Eine Heilige Jungfrau mit einer dreireihigen Kette um den Hals streckte die langen und gespreizten Finger aus, wie um zu flehen, aber ihr Antlitz war gleichmütig und ohne Ausdruck. Ein David, halb nackt und knochig, die Haare lose auf die Schultern herabfallend, schaute starr nach vorn mit seinen pupillenlosen Augen, während er mit dem Fuß auf einen noch ungeformten, kaum angedeuteten Kopf trat. Ein Engel stand streng und aufrecht da, von einer Kutte mit symmetrischen Falten bedeckt, und seine geschlossenen Flügel waren im Vergleich zum Körper von ungeheurer Größe. Schweigend betrachtete Elena alle diese Figuren, unfähig, etwas über sie zu sagen. Das kleine Fenster ging auf den Wildbach hinaus, und in der aufgehenden Sonne sah man durch das Gitter den Widerschein des auf dem Wasser tanzenden Lichtes. Der junge Mann hatte sich liebevoll über seine Statuen gebeugt, um einen Staubschleier von Davids Gewand zu wischen, als sie von der Alten unterbrochen wurden, die mit flehender und zugleich befehlender Stimme von der Küche her rief:

„Giu-seppe! Giu-seppe!"

Sie schraken auf, und diesmal ging der Bildhauer Elena voran in die Küche. Als bemerke sie die Gegenwart der anderen Frau nicht, sagte die Mutter vorwurfsvoll zu ihrem Sohn:

„Vergißt du ganz, daß es Zeit für die Messe ist?“ Dann ging sie in eine Ecke und hob ein Paar lange, glänzende Stiefel auf. Der junge Mann setzte sich wortlos auf einen strohgeflochtenen Stuhl, und die Alte kniete sich vor ihn hin. Gebückt, bis sie ganz krumm war, zog sie ihm mit aufmerksamen und demütigen Gebärden die Pantoffeln aus und die schwarzen Stiefel an. Während er reglos mit stillem Lächeln dasaß, band sie ihm das Seidentuch um den Hals, und nachdem sie einen Kamm aus der Tasche gezogen hatte, kämmte sie ihm lange das blonde, vom Schlaf verwühlte Haar.

Schließlich schob er sie sachte mit der Hand beiseite, stellte sich aufrecht hin und ging hinaus, ohne zu sprechen. Elena, unfähig, einen Schritt zu tun oder eine Silbe von sich zu geben, blieb in der Küche an der getünchten Wand stehen, auf welche die Sonne jetzt rote Strahlen warf. Unterdessen ging die Alte zum Herd und nahm einen Rosenkranz vom Nagel. Sie kam mit einem so leichten Schritt zurück, daß Elena es nicht gewahr wurde und zusammenzuckte, als sie auf ihrem Gesicht den Atem der Alten spürte. Die Alte war so nahe an sie herangetreten, daß die Zipfel des Kopftuches sie streiften und Elena ihre Zähne knirschen hörte. Unter dem Netz der Runzeln erschien das Gesicht der alten Frau aufgewühlt wie von einem Sturm:

„Du hast ihn mir verhext“, zischte sie Elena sonderbar geschwind ins Gesicht, „weh dir, wenn du ihn mir wegnimmst.“ Diese Worte hörten sich an wie ein Schluchzen. Elena wollte etwas entgegnen, aber schon ging die Alte mit ihrem behenden Gang hinter dem Sohne her. Dann konnte Elena sie durch das Fenster sehen, wie sie auf dem gewundenen Pfad hinabstiegen und wieder auftauchten. Der hochgewachsene und kräftige Sohn schien langsam zu gehen, und doch mußte die Mutter den Schritt beschleunigen, um mitzukommen. Ihr Kopf reichte dem Sohn kaum bis zur Schulter, das schwarze Kleid wallte ihr um die Beine.

Plötzlich band Elena sich ihren violetten Schal wieder um den Kopf, denn es fiel ihr ein, sie könne ebenfalls zur Kirche gehen. Da sie den Weg nicht kannte, war sie gezwungen, den beiden, die schon einen weiten Vorsprung hatten, von ferne zu folgen, und sie begann zu laufen. Der steinige Pfad stieg an und fiel wieder ab, und sie lief so schnell, daß es war, als gleite der Weg unter ihren Füßen fort. Sie verlor die beiden vor sich nicht aus den Augen; doch mit einemmal schien es ihr, als seien sie verschwunden, und das Herz klopfte ihr vor Erregung. Der Weg fiel an dieser Stelle steil ab, und sie lief nun doppelt schnell, die Zipfel des Schals an ihre Brust pressend. Sie hörte einen mächtigen Orgelklang und einen Chor von Stimmen, und da wußte sie, daß sie bei der Kirche angekommen war.

Sie staunte über die große Menschenmenge, die sich trotz der frühen Stunde hier eingefunden hatte. Die Leute des Dorfes mußten wohl sehr fromm sein. Einige Pferde, die man mit den Beinen an Baumstämmen festgebunden hatte, warteten etwas vom Eingang entfernt. Die heilige Stätte war voll von Leuten, die in ihrer Bauerntracht dicht aneinandergedrängt standen und mit weit aufgerissenen Mündern sangen, die Augen auf den zelebrierenden Priester gerichtet. Der Raum war schmal, langgestreckt und schmucklos, und durch die sehr hohen Fenster ohne Glasscheiben strömte ein grelles Licht. Dieses Licht vermischte sich mit dem Weihrauch, der so dicht war, daß sein Geruch die Kehle zusammenschnürte und die Gläubigen in einen flimmernden Nebel getaucht waren.

Elena blieb beim Weihwasserbecken stehen und versuchte, mit den andern zu singen. Aber sie war vom raschen Laufen ermüdet und vom Weihrauch betäubt, so daß ihre Lippen sich ohne einen Laut bewegten. Sobald sie eingetreten war, hatte sie nicht weit entfernt den Bildhauer und seine Mutter erblickt. Um eine Berührung mit der übrigen Menge zu vermeiden, hielten die beiden sich dicht an der Wand; der Mann sang gleichmütig und richtete die Augen auf den Altar; die Mutter, die Hände unter dem Umschlagtuch gefaltet, folgte mit ihren in verzückter Anbetung geweiteten Augen jeder Bewegung seiner Lippen, fast als müsse sie erst in diesem Augenblick die Worte des Chorals von ihm lernen. Alle beide waren sie tief versunken in ihren Gesang und merkten es nicht, als der Chor zu singen aufhörte; so schwebten ein paar Sekunden lang nur ihre beiden vereinten Stimmen durch die Kirche. Elena hörte mit Verwunderung die Stimme des jungen Mannes, die, in der Stille widerhallend, aus der Orgel hervorzukommen schien.

Als die Messe zu Ende war, fühlte sie sich plötzlich vorwärts gestoßen von den vielen Menschen, die beim Weihwasserbecken das Knie beugten. Einen Augenblick lang sah sie noch die Alte und spürte ihren aufmerksamen und drohenden Blick auf sich ruhen; aber bald tauchte sie mit dem Sohn in der Menge unter. Die Kirche leerte sich, und die Leute verstreuten sich in den Gassen; die Pferde entfernten sich mit leichtem Trab. Jetzt wurde die schon senkrecht stehende Sonne von einer schwarzen Wolkenmasse gestreift, die Strahlen durchdrangen den gewitterhaften Schatten und brachen sich zerstiebend in der Mulde des Tals. Elena beeilte sich, da sie Regen kommen sah. Mühelos, fast ohne zu überlegen, fand sie den Weg wieder, den sie beim Kommen gegangen war. Kaum war sie beim Gartentor angelangt, als die düstere, flimmernde Luft in einen leisen Windstoß umschlug und der mit Wasser vermischte Staub aufwirbelte. Und dann regnete es mit blinder Wut.

Einige Tage sah Elena ihre Nachbarn nicht. Zuweilen hörte sie die Alte laut sprechen oder im Ton einer dumpfen Klage ihren Sohn rufen; doch wie in einem geheimen Einverständnis vermieden sowohl sie als auch die beiden andern eine Begegnung. Sie hatte das Gefühl, als hätten Mutter und Sohn einen magischen Kreis um sich gezogen, den zu überschreiten ihr nicht gestattet war. Sie blieb außerhalb der Kreislinie, furchtsam und wie verzaubert. Anstatt aber den Frieden zu genießen, den sie vom Aufenthalt auf dem Lande erhofft hatte, ging sie wie eine Schlafwandlerin durch die Zimmer, von unbestimmten Leidenschaften erregt. Manchmal überkam sie ein leichter Schlummer, aus dem sie mit einem Ruck aufschreckte, bestürzt und mit schmerzenden Gliedern wie jemand, der gewaltsam an einen fremden Ort geworfen wurde.

Bei einem solchen Erwachen an einem späten Nachmittag erstaunte sie, daß sie mitten im widergespiegelten Licht des Flusses dasaß, das in breiten, schwankenden Wellen an die Wände schlug. Es war ihr, als lande sie taub und trunken an einem fernen Ufer, und erst nach einigen Sekunden wurde sie gewahr, daß Giuseppe vor ihr kniete, mit lächelnden, in kindlicher Anbetung verlorenen Augen.

Angsterfüllt sprang sie auf die Füße.

„Ich bin es", stammelte er. Ihr Antlitz erbleichte, eine Flamme zuckte ihr über die Haut, und eine brennende Blutwelle strömte in ihre Brust. Mit unsicheren, verlangenden Händen berührte sie sein Haar, und einen Augenblick lang schwankten sie, vom Licht umhüllt. Nun umfaßte der Jüngling ihre Hüften und legte schweigend seinen Mund auf ihren unfruchtbaren Leib.

Ihre Heirat wurde auf Weihnachten festgesetzt; dann nämlich war Elenas Trauerzeit um. Während der Tage, die der Hochzeit vorausgingen, vermieden sie in stillschweigender Abmachung, von der Mutter zu sprechen. Die Alte blieb in ihrem verschlossenen Zimmer und ging Elena aus dem Wege; wenn sie jedoch durch einen Zufall zusammentrafen, wandte sie rasch ihr verzerrtes, erdfahles Gesicht zur Seite. Eines Morgens aber, als Giuseppe nicht da war, hörte Elena eine rauhe, unmenschliche Klage, die aus einem geschlossenen Zimmer drang. Obwohl ein heftiger Widerwille sie fast erstickte, trat sie ein und sah in einer Ecke des Zimmers die Alte auf den Knien liegen und ihre Stirn gegen die Wand pressen. Der von den schwarzen Kleidern umhüllte Körper bewegte sich nicht, aber die Muskeln zuckten unter der Haut, und die Eingeweide wurden vom Weinen erschüttert. Die Alte streckte die Arme an der Wand aus und krümmte die Finger, als suche sie einen Halt, an den sie sich klammern könne.

„Signora . . .", stotterte Elena töricht; aber die Alte

wandte sich nicht um und antwortete nicht, sondern nahm mit noch größerer Eile ihr verworrenes Fluchen oder Beten wieder auf:

„Man hat ihn mir gestohlen, meinen Sohn", hörte Elena, „meinen einzigen Sohn, meinen Jungen." Und auf ihrem faltigen, blassen Hals schwollen die Adern an, daß es aussah, als müßten sie zerspringen und als müßte die Alte auf einmal totenbleich umfallen. Mit dem Gefühl von schmerzender Scham ging Elena aus dem Zimmer. Die Verwünschungen und Klagen der Alten verfolgten sie unentwegt und flößten ihr Furcht ein, fast als sei ihr ein wütender Hund auf den Fersen.

Hinter einem Haus hervor kam Giuseppe ihr entgegen mit dem verlegenen Lächeln und der kindlichen Röte, die ihn jedesmal überkamen, wenn er Elena traf. Sobald sie beisammen waren, wußten sie nicht, was sie einander sagen sollten; eine unbestimmte Verwirrung erfaßte sie, wie vielleicht zwei Pilger sie verspüren, die nichts Gemeinsames haben und doch denselben Weg zurücklegen müssen. Wenn sie in einem dröhnenden Pulsschlag beieinander waren, den nur sie allein fühlen konnten, strebte und schwoll das Blut des einen dem Blut des andern entgegen, und die beiden Wogen flossen ineinander mit einer solchen Macht, daß sie meinten, alles Blut sei aus ihren Adern gewichen. Sie drückten einander die brennenden Hände, und ihr Atem vermischte sich in der eisigen Luft. Elena hatte eigentlich von der Mutter zu ihm sprechen wollen, aber nun waren die Klagelaute verstummt, und in der Stille klebte der Dunst des Sonnenuntergangs, der den Raum um sie her frei ließ, an den Dingen ringsum, so daß es aussah, als strömten sie aus ihm hervor. Sie gingen ins Haus, und Elena glaubte, die Alte schlafe vielleicht.

Die Hochzeit wurde in Eile und in aller Stille gefeiert. Nun begann für Elena eine seltsame Zeit. Während sie in einem Zustand zwischen Trunkenheit und Schlaf umherging, schienen unter ihren Augen alle Dinge aus dem Chaos neu zu entstehen und aus einem inneren Antrieb Gestalt anzunehmen. Und das Sich-Entwickeln dieser Formen spürte Elena in sich selbst, unter ihrer Haut und in ihrem Gehirn, so deutlich, daß sie mit geschlossenen

Augen alle Dinge hätte erkennen können. Zugleich geschahen sonderbare Verwirrungen unter ihren Augen; die Unterschiede zwischen den Gegenständen waren aufgehoben, eine geheime Übereinstimmung stellte sich her zwischen den Reichen der Natur, und es war, als höre das eine Reich auf, wo das andere begann, als habe das eine am anderen teil. Oft schien es ihr, als ob ein Stein atme und Wurzeln schlage in der Erde wie eine Pflanze. Oder die Bäume nahmen das starre Leben der Steine an, die Blätter flogen umher wie Insekten, und die Tiere wurden zu reglosen Massen. Und sie selbst fühlte sich wie ein Baum, aus dem die Knospen hervorsprossen mit einer qualvollen Wonne. Wenn sie einen Gegenstand auch nur streifte, erschauerte sie vor Freude; sie liebkoste alle Dinge, und es war ihr, als entdecke sie alles neu, als entstehe alles in ihrem eigenen Geheimnis. Ihre Augen glänzten, ihr Haar war weicher geworden und schien von Leben zu zittern. Ihr Busen, der immer flach und kümmerlich gewesen war, wölbte sich wie der eines jungen Mädchens; sie ging langsam und lässig mit königlicher Bewegung. Während die Tage verstrichen, entwickelte sich ihr Körper wie durch ein Wunder zu sanften, weiblichen Rundungen, und sie betrachtete sich erstaunt.

Als sie begriff, daß sie schwanger war, erfüllte sie eine so tiefe Freude, daß ihr war, als versinke sie darin. In ihrer überschäumenden Dankbarkeit schien es ihr, als sei ein Gott mit Leib und Seele gegenwärtig in ihrem eigenen Sein, und sie fiel auf die Knie, und die Tränen strömten über ihr Gesicht. Ganz dem Wunder zugewandt, das sich in ihr vollzog, vergaß sie, daß die Tage und Nächte aufeinander folgten; und Lachen und Weinen kamen ihr leicht und plötzlich wie bei Kindern. Als sie glaubte, die ersten Bewegungen des Kindes in ihrem Leib zu spüren, blieb sie wach in der Nacht, um sie wahrzunehmen. Mit angehaltenem Atem saß sie im Bett, das lose Haar auf den halbnackten Schultern, ein sehnsüchtiges Lächeln auf ihrem Mund. Mit zarten und mütterlichen Worten rief sie Giuseppe, der neben ihr schlief, und als er die schlaftrunkenen Augen öffnete, fragte sie ihn:

„Bist du glücklich?", und mit einem kurzen, heftigen Lachen drückte sie ihn an ihre Brust. Noch lange betrachtete sie ihn, nicht ein einziger Ausdruck seines Gesichtes sollte ihr entgehen, und sie strich mit ihren sorglichen Händen über seinen Körper, damit das Kind sich nach seinen Formen bilde. Oft blickten sie einander verloren an, drückten sich die Hände, ohne zu sprechen, und aus ihren Umarmungen brach eine fast andächtige Heftigkeit, als solle jedesmal das Kind einen neuen Lebensimpuls daraus empfangen.

Nun war die alte Mutter gänzlich beiseite geschoben. In der ersten Zeit blieb sie in ihrem Zimmer, in eine verächtliche Feindseligkeit eingeschlossen. Aber dann konnte sie nicht widerstehen und kam mit verstohlenen und flüchtigen Blicken wieder hervor, beinahe schüchtern. Giuseppe beachtete sie kaum; manchmal ließ er sich von ihr kämmen oder die Schuhe anziehen, doch er sah zerstreut und abwesend dabei aus; und wenn er nur den Widerhall von Elenas Stimme oder ihre Schritte vernahm, horchte er angespannt, ganz jenem Geräusch hingegeben. Die Alte wurde einer Bettlerin ähnlich: sie erflehte von ihrem Sohn das Almosen eines Blickes, eines Wortes, als Zeichen ihrer alten Gemeinschaft. Vergeblich ging sie geschäftig um ihn herum, wobei sie ihre Stiefelchen knirschen ließ. Vergeblich knüpfte sie sich gefallsüchtig das Kopftuch um das Gesicht, in dem die Augen vor Haß funkelten. Giuseppe war immer sprungbereit wie ein Hase im Wald. Die Mutter aber wurde schließlich so leblos und starr wie seine hölzernen Statuen. Ohne sich zu rühren, saß sie auf einem niedrigen Schemel in einer der in diesem Hause so zahlreichen Nischen oder manchmal auf einer Treppenstufe, die Hände unter den Falten des Umschlagtuches ineinandergelegt; es schien, als wolle sie die beiden überwachen, all ihr Tun und ihr zärtliches und fiebriges Geflüster. Zuweilen fingen sie einen ihrer wilden Blicke auf, der im Zorn um Mitleid zu bitten schien wie der Blick der tollwütigen Hunde; doch sie achteten nicht darauf. Die Alte fing an, unverständliche Tiraden vor sich hin zu brummen, Flüche oder flehentliche Bitten, auf welche die Eheleute dann und wann lauschten mit einer undeutlichen und abergläubischen Besorgnis und offensichtlichem Verdruß; aber im Grunde hielten sie sie doch nur für eine Irre. Wenn sie allein war, kauerte sie sich in einen Winkel ihres Zimmers, die weiten Falten des Kleides hüllten sie ein, und sie schluchzte, bis sie außer Atem und leer und schlaff war wie ein Sack. Wenn es aber einmal geschah, daß der Sohn in ihre Nähe kam, ihr zulächelte oder ihr leicht über die Hand streichelte, dann wies sie mit einem finsteren Blick sein Erbarmen von sich und zog sich in ihren Winkel zurück.

So hörten auch diese kurzen Zeichen der Zuneigung endgültig auf. Manchmal schien die Alte Phantasien zu haben; sie malte sich aus, sie könne vielleicht in der Nacht in das danebenliegende Zimmer gehen und einen Augenblick über dem schlafenden Sohne wachen, aus der Nähe nachsehen, ob seine Wimpern gewachsen, ob nicht Anzeichen von vorzeitigen Runzeln zu sehen seien, ob die Haut noch immer so frisch sei wie einst. Vielleicht würde die Kühnheit sie so weit treiben, ihn mit der Hand leise zu streifen. Sogleich aber fiel ihr ein, daß daneben, im selben Bett mit dem Sohn, unter derselben warmen Decke die andere lag. Und sie zuckte zusammen. So gingen die Tage dahin.

Bis Elena eines Nachmittags, als der Sommer zu Ende ging, Zwillinge gebar, einen Knaben und ein Mädchen. Nach der Geburt verbrachte sie den Rest des Tages in einem so heiteren Staunen, daß das Verschwinden der Alten erst bei einbrechender Nacht bemerkt wurde. Elena schlief, in eine tiefe Erleichterung versunken, während die Dämmerung die großen weißen Wände verdunkelte; die beiden Kinder schliefen neben ihr, die beiden kleinen, fast genau gleichen Köpfchen auf demselben Kissen. Nach einer Weile hielt Giuseppe in der Betrachtung des Bettes inne und erinnerte sich an die Mutter. Er klopfte an die Tür ihres Zimmers, ohne Antwort zu erhalten, und als er merkte, daß dieses leer war, rief er in plötzlicher Erregung mit leiser Stimme durch alle Zimmer, die ihm ungewöhnlich kühl und verlassen erschienen; endlich gewahrte er ein „Ich gehe fort“, das in ungelenken Buchstaben mit Kohle an die Wand neben dem Kamin geschrieben war. Da rannte er auf die

Straße hinaus und rief in den lauen Nachtwind, der ihm die Haare zauste:

„Mama! Mama!“ Er hoffte, die Mutter noch zu finden, vielleicht würde sie um die Ecke der Gasse biegen; doch als er sich entschloß, hier und dort nachzufragen, ob man sie zufällig gesehen habe, erwiderte ihm jemand, daß sie, ein Bündel tragend, vor vielen Stunden eilig den Weg herabgekommen sei, ohne mit irgendwem zu sprechen. Dies war geschehen, kurz nachdem Elenas Schreie aufgehört hatten und man das Wimmern der Kleinen vernommen hatte.

Giuseppe ging wieder ins Haus hinauf und benachrichtigte Elena leise von der Flucht; sie sagte nichts, sie war erschöpft; doch in dem Blick, den sie miteinander wechselten, lasen beide denselben Gedanken. Die Nachforschungen, die – übrigens nicht sehr eifrig – in den folgenden Tagen angestellt wurden, blieben ergebnislos. Und während die Tage und Monate verstrichen, glaubten sie fast, die Alte vergessen zu haben. Wenn sie aber viele Jahre danach wieder an die Zeit zurückdachten, die zwischen dem Fortgehen der Alten und ihrer Rückkehr vergangen war, wurden sie sich bewußt, wie rasch jene Jahre davongeglitten waren, fast als sei die Zeit der Alten entgegengeeilt. Gewiß war es die Glückseligkeit, welche diese Jahre so kurz erscheinen ließ. Kaum waren die Blüten der Mandel- und Kirschbäume verwelkt, als schon der erste Schnee wieder auf den Bergen lag; und die Herbstnebel waren kaum verflogen, als schon die glühende Sommerluft wieder das Gras versengte und die Flüsse austrocknete.

Auch verliefen die Tage so einfach und gleichförmig, daß man den einen mit dem anderen verwechseln konnte. Giuseppe schnitzte jetzt für die Kinder Holzpuppen, und um sie beweglich zu machen, verband er die Gelenke mit Draht. Die beiden Kinder schauten ihm beim Schnitzen aufmerksam zu. Mit jedem Jahr wurde der Paradiesbaum höher.

Wie gewisse Pflanzen, die in der Reife ihres Lebens nur eine einzige Blüte hervorbringen, sich in diesem Geschenk erschöpfen und dann verdorren, so war auch die flüchtige Blüte Elenas abgefallen, ihr Körper überließ sich dem Lauf der Tage, verging in trägem Gesättigtsein, und in ihrem erloschenen Gesicht blieb von der fiebrigen inneren Glut nichts übrig als die tierhafte Eifersucht, mit der sie über das Wachstum der Kinder wachte. Die Zwillinge ähnelten einander so sehr, daß sie beinahe gleich aussahen; nur hatte das Mädchen rundlichere Formen und in den Augen eine eigenartige Sanftheit, fast wie ein Lämmchen. Auch unterschieden sie sich durch die Haarfarbe, mohrenschwarz war der Knabe und rotblond das Mädchen, aber beider Haar war lang und glänzend und wurde von der Mutter sorgfältig zu Löckchen gekämmt. Sie hatten große, helle Augen, die rund waren vor Staunen, und besonders die Wangen und Händchen waren voll und zart wie manche Blumenkronen. Sie trugen hübsche Sammetkleider mit Spitzenkragen und Schleifen, bunte Strümpfe bis zu den nackten, rosigen Knien. Wenn sie mit kleinen, vorsichtigen Schritten liefen, hielten sie sich fast immer an der Hand, und da sie die Sprache der Menschen noch nicht richtig sprechen konnten, hatten sie eine besondere gemeinsame Sprache, die aus Gestotter und Schreien bestand, ein Gemisch aus der Sprache der Katzen und jener der Vögel. Oft lachten oder weinten sie über ihre besonderen Geheimnisse, zu denen die Erwachsenen keinen Zugang hatten, und ob es Lachen oder Weinen war, es kam plötzlich und ungehemmt. Waren sie in ihren Erschütterungen auch einen Augenblick lang getrennt und verloren, so fanden sie sich nach einem verirrten Taumeln in der Einsamkeit des Schluchzens doch sogleich wieder. Dann staunten ihre tränenerfüllten Blicke, wenn sie einander begegneten, und ihr gemeinsamer Schlaf war wie ein Nest mit noch ungefiederten Vögeln.

Sie waren es, die die Alte zuerst erblickten, als sie zurückkehrte und spähend am Gartentor stehenblieb. Sie beobachteten sie voller Verwunderung und folgten ihr Schritt für Schritt, während sie hastig durch den Garten hinkte.

„Mama!“ schrie Giuseppe, der die Alte vom Fenster aus sah, und als er unten an der Treppe ankam, schloß er sie in seine Arme. Im ersten Augenblick schluchzte sie; ihre Hände bebten auf der Brust des Sohnes, und sie versuchte vergeblich, mit zuckendem Mund Worte hervorzubringen. Mit unsicherem Schritt betrat sie das Haus; sie ließ sich nicht anmerken, daß sie Elenas Anwesenheit wahrnahm, doch sie wendete rasch ihre Augen ab, und die Pupillen funkelten unter den geröteten Lidern.

Erbleichend zog Elena die Kleinen auf ihren Schoß; ihr Mann trat neben sie, bis er sie mit der Hüfte berührte. Die Alte ihnen gegenüber war mit einemmal verwirrt und vereinsamt und hielt sich mühsam im Gleichgewicht auf dem Stuhl, den der Sohn ihr angeboten hatte. Die Spitzen ihrer blanken und wie neuen Stiefelchen waren zu sehen; sie mußte sie wohl die ganze Zeit für diese Rückkehr aufbewahrt haben. Sonst aber war sie in Lumpen gekleidet, und ihr Anblick hatte nichts Menschliches mehr; sie sah eher aus wie ein Vogel. Ihre Handgelenke und Hände mit den geschwollenen Adern glichen einem Knäuel von Schnüren; auf ihrem Gesicht bildeten die Runzeln sonderbare schwarze Zeichen, Schnitte und Kreuze. Sie hatte keine Lippen mehr, die grauen, strähnigen Haare hingen ihr ins Gesicht unter dem zerschlissenen Tuch. Aber in den Augen der Zwillinge war sie etwas Wunderbares. „Das ist eure Großmutter", wagte Giuseppe zu sagen, mit leiser, schüchterner Stimme. Da schien der seltsame Vogel sich in seine gebrochenen Flügel zu verkriechen, und er sah die Familie verstohlen an mit wie von Müdigkeit verschleierten Augen; bald jedoch sah man, daß es Tränen waren. Aus den entzündeten Winkeln der Lider lief das Weinen auf ihr unbewegtes Gesicht. Dann zog ihr Mund sich zusammen und wurde kraus wie der eines Kindes.

„Du", sagte die Großmutter mit bebender und schwacher Stimme, nur ihren Sohn anblickend, als ob die anderen verschwunden wären. „Du hast deine alte Mutter fortgetrieben, daß sie um Almosen bitten mußte wie eine Bettlerin. Du hast sie allein auf die Straße geschickt, betteln zu gehen. Auf ... die ... Straße ...", und sie schüttelte verächtlich den Kopf. Dann schwieg sie, von ihrem Zittern übermannt, das ihre zahnlosen Kiefer aufeinanderschlagen ließ; und unsicher schwankte sie auf ihre Nische zu und setzte sich auf die Stufe.

„Willst du etwas essen?" flüsterte der Sohn ihr zu.

Sie sagte: „Wasser und Brot."

Was suchte sie? Was hoffte sie? Sie blieb dort sitzen, die Füße dicht nebeneinander und die Augen mit den wimpernlosen Lidern auf ihren Schoß gesenkt. Auch diesmal tauschten Giuseppe und Elena einen Blick; von nun an vermieden sie es, die Alte anzusprechen. Nur die Kinder schauten sie bisweilen neugierig an, erstaunt und in seltsamer Weise verzaubert. Als es Abendbrotzeit war, forderte niemand die Großmutter auf, sich an den Tisch zu setzen; nicht ein Laut war aus ihrer Ecke gedrungen, und auch die beiden Eheleute schwiegen, von einer Art angstvoller Bestürzung ergriffen. Sie versammelten sich alle vier rings um den Tisch, und in diesem Augenblick schaute die Alte sie an. Das grelle Licht der Petroleumlampe schloß sie in einen Kreis ein; sie sah Giuseppes Profil, seine blonden Locken, seine Wimpern, die Wange ohne Runzeln. Seine Schultern waren leicht gebeugt, während er das Brot brach. Sein halbgeöffneter Mund sah im Schein der Lampe hellrot und feucht aus. Vor ihm, voll beleuchtet, war Elenas Gesicht mit dem in die Schläfen gekämmten Haar, der weichen Haut und den schwellenden, geschwungenen Lippen. Die beiden Kinder zu ihren Seiten waren wie aus ihrem Fleisch gewachsen.

Dann und wann brachen sie in Rufe und zartes, leises Lachen aus; doch Vater und Mutter fuhren fort zu schweigen. Giuseppe beugte sich zur Seite mit seiner ungeschickten Schwerfälligkeit, und auf eine absonderliche Bitte des kleinen Mädchens warf er seiner Frau ein unbestimmtes und knabenhaftes Lächeln zu. Da legte die Frau, als wolle sie ihm Vertrauen einflößen, ihre weiße Hand in die seine. Die Dunkelheit verbarg die Berührung ihrer ineinander verflochtenen Finger, und lange blieb Elenas Hand in der anderen liegen, als sei sie dort eingeschlummert; dabei lächelte sie, die Augen nicht auf ihren Mann, sondern auf die beiden Kinder gerichtet, die in ihrer wirren Sprache plapperten.

Fast als wäre jene Hand eine Schlange und hätte, über sie hingleitend, mit einem Biß plötzlich Feuer gelegt, erschauerte die Alte und schien zu Asche zu zerfallen.

Nur ihre schlaftrunkenen, fiebrigen Augen starrten mit gierigem Widerwillen immer noch auf die Gruppe. „Zu Bett, Kinder", sagte Elena schließlich und erhob sich. Nun trat Giuseppe zur Mutter: „Brauchst du nichts mehr?" fragte er mit einer neuen und fremd klingenden Stimme. „Dein Bett ist gerichtet."

Sie antwortete nichts. „Gute Nacht, Mama", flüsterte Giuseppe beinahe verschämt und schlich hinter Elena hinaus. Die Zwillinge blieben zurück und stellten sich vor die Alte hin, aber doch in einer gewissen Entfernung. Sie betrachteten dieses Gesicht voller Risse und erzählten einander leise mit Staunen und Neugier, daß dies die Großmutter sei. Der Knabe sah sie forschend und nachdenklich an: „Großmutter", sagte er noch einmal. Da erschien auf dem Gesicht der Schwester ein kaum angedeutetes und flüchtiges Lächeln, und sogleich bedeckte sie das Gesicht mit ihrem Arm.

„Kinder!" rief Elena mit weicher Stimme.

Die Augen der Großmutter schienen sich zu verhärten und zu Glas zu werden. „Hört ihr", sagte sie leise, „morgen erzählt euch die Großmutter ein Märchen. Kommt morgen wieder." Sie lächelten offenherzig bei dieser Einladung. Vergnügt und verzaubert gingen sie ein wenig näher zu ihr heran.

„Ein Märchen", wiederholten sie gemeinsam mit lauter Stimme, „morgen." Und zur schmeichelnden Alten zurückblickend, folgten sie nur ungern dem Ruf der Mutter.

Die ganze Nacht hindurch blieb die Alte dort sitzen mit schmerzenden und kribbelnden Gliedern. Sie lauschte dem widerhallenden Tosen des Wildbachs; und als der Morgen graute, drang mit dem Getöse auch der glitzernde Widerschein des Wassers herein. Da schüttelte sie sich aus ihrem Schlaf wie ein Vogel aus seinen zerzausten Federn. Noch ohne sich ihrer selbst bewußt zu sein, schweifte ihr verächtlicher und erschrockener Blick umher. Die ersten, die herunterkamen, waren die Zwillinge.

Sie wunderten sich nicht, die Großmutter noch immer dort zu sehen; sie warteten auf das Märchen. Die Alte sah aus, als habe man sie geschlagen; sie war wie ein morsches Stück Holz, nur ihre Augen glänzten, zwei Glasscheiben ähnlich.

„Soll die Großmutter euch das Märchen erzählen?" flüsterte sie bedachtsam, als tauche in ihr ein in dieser Nacht geträumter Traum wieder auf.

Die beiden Kinder drängten sich aneinander mit einem vergnügten kleinen Lachen, die Pupillen vor Spannung geweitet. Es war ein Fest für sie, als die Alte zu sprechen begann. Sie sah sie forschend und strenge an wie eine Lehrerin, die etwas erklärt, und sie betonte jede Silbe.

„Dort unten, wo die Großmutter gewesen ist", sagte sie, „gibt es eine große Wiese, eine große Wiese mit Blumen, die aus Wasser gemacht sind. Dort gibt es Pferde aus Glas, die springen, und Vögel aus Wasser, die fliegen."

„Sind auch die Flügel aus Wasser?" fragte der Knabe.

„Gewiß", erwiderte sie ärgerlich. „Und zum Schlafen gibt es ein Hemdchen aus Gras, für jeden eines." An dieser Stelle sahen die Geschwister sich zweifelnd an. Doch schon meinten sie, durch das hohe Fenster im Widerschein des Wildbachs die feurigen Pferde aus Glas hereinstampfen zu sehen. Mit Glöckchengeläute und geblähten Flügeln trampelten sie mit ihren Hufen über jene besonnte und flüssige Wiese; ihre tausend Augen sprühten Funken wie Kohlen.

Die Zwillinge starrten die abenteuerliche Alte mit Zutrauen an. Sie hätten gern weitere Fragen gestellt, doch die Großmutter flößte ihnen außer Staunen auch Furcht ein, so daß sie schweigend an der Wand stehen blieben und verlegen mit den Händen über ihre Schürzen tasteten. Schließlich aber nahm die Begeisterung in ihnen überhand, und sie stotterten fröhlich noch Ergänzungen zu dieser Geschichte und lachten verzückt. Auch die Alte lachte mit all ihren Runzeln und mit einem dumpfen, trockenen Geräusch wie knisterndes Holz. Dann erhob sie sich; sie war stumm und ernst geworden und streifte die Kinder nur mit einem verachtenden Blick. Sie schien zu frieren, so fest wickelte sie sich in ihr Umschlagtuch ein, und ihre gelblichen Hände zitterten.

„Addio", sagte sie mit einem Seufzer. Dann ging sie

zur Tür, ohne die Kinder noch einmal anzusehen, und schlich humpelnd davon. Sie blieben allein in dem von den Sonnenstrahlen durchfluteten Zimmer, und durch das Fenster sahen sie die Großmutter ganz klein und schwarz den Hang hinuntergehen. Sie wären ihr gern gefolgt, aber sie hatten nicht den Mut dazu; auch glaubten sie, die Großmutter werde nur kurze Zeit fortbleiben und jeden Augenblick wieder auftauchen, vielleicht auf dem Rücken eines ihrer fliegenden Pferde.

„Wo ist sie?“ fragte nach einer Weile das kleine Mädchen und zog ihren Bruder am Ärmel.

Der schüttelte nachdenklich den Kopf. Plötzlich waren sie betroffen von dieser funkelnden Stille: „Mama!“ schrien sie und liefen die Treppe hinauf. „Ruf die Großmutter! Ruf sie! Ruf sie!“

Diesmal nahmen die Nachforschungen nur kurze Zeit in Anspruch und waren nicht vergebens. Die Alte wurde in der Abenddämmerung aufgefunden. Zuerst entdeckte man ihr schwarz-rotes Umschlagtuch, das sorglich zusammengefaltet auf einem Stein lag, und daneben ihre noch immer blanken, wenn auch an den Spitzen etwas abgestoßenen Stiefelchen. Sicher hatte sie sich aus Eitelkeit diese Kleidungsstücke ausgezogen, damit sie nicht verdorben würden vom Wasser. Bald darauf wurde ihr Körper, der aus dem tobenden Fluß herausgeschleudert worden war, auf dem Kiesstrand gefunden. Von den spitzen Steinen des Bachbettes mißhandelt, war er voller Schrammen und Wunden und sah so geschwollen und schlaff aus wie ein Baumstamm mit morscher Rinde. Die verklebten Haare, grünlich vom Wasser und Schlamm, glichen langen, verwelkten Grasbüscheln. Die Augäpfel waren verdreht und so weiß und starr wie zwei Blumen eines unterirdischen Teiches.

Die Kinder waren schon eingeschlafen, als dieser Körper ins Haus getragen wurde. Eine ungeheure Stille folgte auf das Tosen des Wildbachs in dem Zimmer, in das die Alte gelegt wurde und wo eine geschwätzige Bäuerin ihr die Augenlider zudrückte und sie ankleidete. Sobald alles Notwendige getan war, legten auch Giuseppe und Elena sich zur Ruhe.

Im Bett, an der Seite ihres Mannes, glaubte Elena mitten in einem bösen, bedrückenden Traum dumpfe Aufschläge zu hören in regelmäßigem Rhythmus: Das ist die Erde, die man über sie schaufelt, dachte sie, es ist zu Ende, so Gott will; aber bei diesem Gedanken fühlte sie plötzlich eine Eiseskälte in den Schläfen und meinte, die Alte sei ins Zimmer getreten und lehne sich schweigend an die dunkle Wand gegenüber mit einer Gebärde, als wolle sie sich die Stiefelchen ausziehen; sie zeigte Elena ein vertrauliches Lächeln, das nicht ohne Anmut war. Ihre Augen zwinkerten verschmitzt und funkelnd unter dem an den Zipfeln zusammengebundenen Tuch hervor.

In beklemmender Angst wurde Elena plötzlich wach und richtete sich im Bett auf. Noch ehe sie ganz zum Bewußtsein kam, sah sie Giuseppe an und wunderte sich nicht, daß er ebenfalls reglos im Bett saß und mit weit aufgerissenen Augen an die Wand starrte. Sie berührte seine Hand, und bei dieser Berührung schauderte sie. Ohne etwas zu sagen, fiel sie in den Schlaf zurück.

Schon im Morgengrauen kündigte sich ein heiterer Tag an. Ein durchsichtiges Licht ließ den Raum größer erscheinen und enthüllte bis zum Horizont die an den Berghängen erbauten Städte. Die Wiesen, weich von der Frühlingsfeuchtigkeit, schienen die Tropfen einzuatmen, und die Vögel schüttelten sich mit sehnsüchtigen Klagen. Bei den ersten Lichtstreifen, die durch die Fensterläden drangen, bemerkte Elena voll Entsetzen, daß der junge Kopf ihres Mannes, der schlafend auf dem schweißnassen Kissen lag, nicht mehr blond war, sondern beinahe weiß. Als sie ihn rief, hob er unwillig das Gesicht wie aus einem tödlichen Schlaf. Die Unreife seiner Züge schien nun gezeichnet von einem stumpfen und bleichen Alter, als habe heute nacht eine kranke Wurzel in seinem Fleisch zu wuchern begonnen. Und seine Blicke flüchteten sich sogleich in die Winkel seiner Augenhöhlen zurück, als fürchteten sie sich, den Blicken Elenas zu begegnen.

Die Alte wurde in aller Eile und beinahe heimlich fortgetragen. In weitem Abstand voneinander und ohne sich ins Gesicht zu sehen, folgten ihr der Sohn und die Schwiegertochter, am Fluß entlang, in dem die Bäume und Schornsteine sich spiegelten. So gingen sie den Weg hinab, während sich im Hause die Dienstmägde in der Küche versammelten und geheimnisvoll tuschelten.

Unterdessen standen die Zwillinge auf, und ohne irgendwen zu Hilfe zu rufen, zogen sie sich mühsam ihre rotweiß gewürfelten Kittelchen an. Mit zerzausten Haaren stiegen sie langsam die Treppe hinunter, wobei die Sohlen ihrer ungeschnürten Sandalen klapperten. Da es so früh am Morgen war und die Sonne durch die Fenster flutete, knüpften sie in Gedanken das Heute an den vorhergehenden Tag an und wunderten sich, als sie sahen, daß die Nische der Großmutter leer war.

„Großmutter!" riefen sie im Korridor. Dann trieb ihre Kühnheit sie dazu, in das Zimmer einzutreten, das der Großmutter gehört hatte. Noch war auf dem Bett die Mulde eines Körpers zu sehen; ein Dunst, der nach Eingeschlossenheit und Finsternis roch, schwebte zwischen Tür und Spiegel. Die beiden Kinder wichen zurück.

Vergebens suchten sie die Alte in allen Zimmern. Die Sonne malte auf den Kalk der Wände fließende Blätter und Zweige, Halme und Insekten mit schwirrenden Flügeln. Ein wenig bekümmert drangen die Geschwister bis in die düstere Kammer, in der ihr Vater die Holzstatuen aufgestellt hatte. Auf den zusammengepferchten und verstaubten Figuren hing ein Spinnennetz, ganz mit funkelnden Tropfen übersät. „Sie ist nicht da", sagten die Kinder enttäuscht, und sie beschlossen, die seltsame und liebenswürdige Alte im Obstgarten zu suchen.

Hier beobachteten sie neugierig ihre beiden Schatten, die auf dem langen Schatten des Paradiesbaumes vorwärts schritten; und darüber redeten sie miteinander. Als sie zum Wipfel des Baumes aufblickten, der voller Vögel war, sahen sie ein sonderbares, verlockendes Insekt an einem Lichtstrahl herabschweben. Es war ein großer Schmetterling, dessen schwarze Flügel mit roten Arabesken verziert waren; wie schlaftrunken flog er auf und nieder. „Fang ihn!" sagte das kleine Mädchen; aber kaum hatte der Knabe die Hand ausgestreckt, flog der Schmetterling davon über die Hecke des Gartens.

Er war so nah, daß man die Beinchen zittern und die Augen, die Pfefferkörnchen glichen, listig glänzen sah;

doch er ließ sich nicht fangen. Die Wiese war in Wind und Tau getaucht, die Blumen begannen sich zu öffnen, und kein anderer Laut war zu hören als das Tosen des Wildbachs, dem Donnern einer Schlacht ähnlich. „Gehen wir weiter“, beschlossen die Kinder. Schon stieg aus den Schornsteinen der Rauch mit seinen wirbelnden Figuren, und die Sonne stand senkrecht über der Eisenbrücke. Die Geschwister traten aus dem kühlen Gras des Ufers heraus und blieben bei der Brücke stehen. Der Fluß schoß glitzernd dahin und vermischte Wasser und Licht. Der Schmetterling war verschwunden.

An einem dürren, schwärzlichen Baum war ein plumpes Boot angebunden, von dem der Lack abgesplittert war. Kaum war es den Kindern unter Schwierigkeiten gelungen, hineinzusteigen, als der Ast, der dem leichten Gewicht nicht standhielt, mit dem darangebundenen Seil abbrach. Unter Jubelschreien, mit den winzigen, rundlichen Händen winkend, begrüßten sie den Beginn ihrer Reise.

Spiegelungen, kalt und blinkend, liefen über das Wasser hin, und das Boot schien ihren Spuren nachzugleiten. In Wirklichkeit wurde es von der Strömung angezogen, die in die Tiefe stürzte. Die Kinder drängten sich an die Sitzbank, von Angst gepackt. Doch schon bäumten sich auf dem grünen Streifen des Lichtes die gläsernen Pferde ihnen entgegen, und aus ihrem wilden Lauf brach pfeifend ein eisiger Wind hervor, in dem die Vögel mit den Flügeln aus Wasser um sich schlugen. „Hier ist es!“ flüsterten die erschrockenen Kinder. Und plötzlich hob sich das Boot auf die Kruppe der rasenden Pferde und stürzte, umkippend, mitten in die wilde Strömung hinein.

Via dell'Angelo

In der Kindheit hatte Antonia ihre Eltern verloren, und da ihre Verwandten ins Ausland zogen und nicht wußten, wo sie das Kind lassen sollten, brachten sie es in das Kloster der Via dell'Angelo. Ein befreundeter Jesuitenpater stellte Antonia, die Hände übereinanderlegend, den Nonnen vor; seine Schultern waren gebeugt, sein gleichmütiges Gesicht war grau wie Lehm. Er selbst hatte zu diesem Kloster geraten, in welchem nur drei Nonnen wohnten, und dazu Antonia, die nur ein geringes Kostgeld bezahlte und so etwas wie eine Zwischenstellung einnahm zwischen Dienstmagd, Zögling und Pensionärin. In jener Gegend gab es zahlreiche weiträumige Klöster, in denen Nonnen verschiedener Orden lebten; einige trugen die gefältelte Haube, andere den Schleier und wieder andere den weiten Umhang. Dem Kloster gegenüber ragte der gewaltige Bau des Gefängnisses auf, dessen gelbe und glatte Fassade in regelmäßigen Abständen von den vergitterten Fenstern unterbrochen war. Vor dem Eingangstor ging eine niemals schlafende Wache, das Gewehr geschultert, auf dem Kiesweg hin und her mit klirrendem Schritt.

Die Sonne, noch greller durch die gelbe Farbe der Mauern, fiel aus heiterem und frischem Himmel in die schräg ansteigende Straße hinein. Man nannte sie „Via dell'Angelo", Engelsgasse, weil eine steinerne Statue mit riesengroßen, zusammengefalteten Flügeln an der Kreuzung stand. Es war eine unförmige Gestalt, ohne Haupt und verstümmelt, die aussah, als ob sie auf breiten, geschwärzten Füßen vorwärts schreite. Was ihren Ursprung betraf, so war jede Erinnerung daran vergessen; vielleicht war es ein alter Gabriel, die Verkündigung bringend, ein Überbleibsel einer zerstörten Kirche, vielleicht aber auch eine Siegesstatue, die symbolische Beute aus einer Schlacht. Doch ging das Gerücht, daß es ein richtiger Engel sei, den Gott wegen irgendeiner schweren Schuld aus dem Paradies vertrieben und auf die Erde verbannt hatte. Hier schlich er sich manchmal, um sich ein wenig zu zerstreuen, unter den verschiedensten Gestalten in die Häuser und raubte Menschen, vor allem kleine Kinder. Doch war es nicht möglich, ihn zu erkennen. Viele Leute bekreuzigten sich, wenn sie an der Statue vorübergingen, und sprachen rasch ein Gebet.

Zum Kloster gehörte eine langgestreckte und vom Echo widerhallende Kirche mit einem weißen Hochaltar, der unter einer schmalen, sehr hohen Kuppel errichtet war und zu dem eine breite Treppe mit einer Balustrade aus Porphyr führte. Kleine, mit rotem Filz verkleidete zweiflügelige Turen öffneten sich an den Seitenwänden. Zum feierlichen Hochamt wurden die Gefangenen unter Kettengerassel in diese Kirche geführt.

Über dem Kirchenschiff befanden sich die weiß getünchten Zellen des Klosters, die mit Kruzifixen aus schwarzem Holz, mit Öllämpchen, wächsernen Blumen und Statuen geschmückt waren, an denen Glasglöckchen hingen. Einige Fenster gingen auf einen engen Garten hinaus, der dicht bewachsen war mit staubigem und vom Weihrauch verdorbenem Grün. Vielleicht waren die ein wenig faden Mahlzeiten und das eintönige Leben, das man im Kloster führte, daran schuld, daß Antonia nicht recht wuchs; nur ihr Haar war gewachsen, und da sie die tiefschwarzen Zöpfe um den Kopf gelegt hatte, sah er übermäßig breit aus im Verhältnis zu ihrer Gestalt. Mit sechzehn Jahren war sie noch kindlich und zierlich, hatte schmächtige Ärmchen und verlor sich ganz in den weiten Röcken. Und ihr Gesicht, vom schwarzen Kranz der Zöpfe umrahmt, sah weiß und leidend aus mit den verblaßten Sommersprossen, dem runden Kinn und den großen grauen Augen hinter der Brille. Diese Brille verlieh ihr ein gelehrtes und zugleich katzenhaftes Aussehen, denn die Nase, die zwischen den beiden Brillengläsern hervorkam, war winzig klein und ein bißchen stumpf. Dieses Gesicht war immer fragend und verängstigt, aber dennoch klug. Nur das Lächeln, spröde und gleichzeitig schlau, gab ihm den Ausdruck einer gewissen Unternehmungslust; und ein solches Lächeln schien jedesmal, so könnte man sagen, „den ersten Flug" zu versuchen.

Nur selten verließ Antonia das Kloster; und wenn sie einmal ausging, verwirrte sie das Geheimnis der Straßen, die in ein fernes und fiebriges Brausen getaucht waren, so daß sie es vorzog, unentwegt auf ihre schwarzen Schuhe zu schauen, die eilig vorwärts gingen. Wenn sie einmal aufblickte, war ihr, als sähe sie oben an der Fassade des Gefängnisses die Sträflinge sich an die Gitterstäbe klammern mit gierigen, bleichen Gesichtern, kahlgeschorenen Köpfen und starren, schwarzen Augen. Und oft, wenn sie hinter sich ein Geräusch hörte, glaubte sie, der Engel von der Straßenkreuzung habe mühsam seine zerbröckelten Füße vom Boden gelöst und folge ihr nach mit müden, langen Schritten, die auf den Steinen dröhnten. Wenn seine beiden schweren Flügel sich öffneten und wieder schlossen, war es wie ein dumpfes Rauschen. Dann hielt Antonia den Atem an und hatte nicht den Mut, sich umzuwenden. In Wirklichkeit aber kamen jene Laute und jenes Rauschen aus ihrem eigenen Blut.

Im Kloster lernte sie nähen und außer allen häuslichen Arbeiten auch ein paar fromme Lieder. Manchmal kam der Jesuitenpater zu Besuch und erkundigte sich nach ihr; ohne sie anzublicken, gab er ihr gute Ratschläge und schenkte ihr Bildchen. Von den drei Nonnen war Madre Cherubina die angesehenste; sie war ältlich, mager und runzelig unter ihrem Häubchen. Ihre Bewegungen waren nervös und hastig; ihre Stimme war schrill, aber im Gespräch mit Fremden oder mit dem Jesuitenpater wurde sie honigsüß. Ihre breiten Lider hoben sich wie Vorhänge über den in den Winkeln geröteten Augen, ihre Nasenflügel bebten, um ihre Lippen lag ein heuchlerisches und boshaftes Lächeln. Diese Nonne schien fortwährend vom Dämon der Inquisition besessen zu sein, sie war energisch und mitleidlos, und wegen dieser Eigenschaften, abgesehen vom Gewicht ihres Ranges, war sie auch für die Bestrafungen zuständig. Bei solchen Gelegenheiten tobte sie theatralisch in einer Drohpredigt, dann schwieg sie, ein himmlisches Lächeln auf dem Antlitz, und packte mit ein paar harten und peinigenden Griffen Antonia am Kragen oder geradezu am Hals, wie man es mit Katzen macht, und schlug sie zwei- oder dreimal auf den Nacken mit ihren gelblichen, knöchernen Fingern, die glatt und hohltönend waren wie die Perlen der Rosenkränze. Wenn diese Züchtigung vollbracht war, nahm sie Antonia bei der Hand und zerrte sie, streng und steif wie ein Scharfrichter, mit großen Schritten in ein Kapellchen hinein, wo sie das Mädchen einschloß, während sie, fieberhaft mit den Händen fuchtelnd und die Augen verdrehend, zu ihr sagte: „Bete, meine Tochter! Bete um die Vergebung deiner Sünden!" Antonia weinte nicht, sondern demütigte sich zu einem zerknirschten und gehorsamen Lächeln, und wenn die Nonne keuchte: „Bete um die Vergebung deiner Sünden! Bete! Bete!", dann stammelte sie: „Ja, Madre Cherubina."

Die zweite Nonne, Schwester Affabile, war ein geheimnisvolles Geschöpf, sehr hochgewachsen und aufrecht, mit einem regelmäßigen, bleichen Gesicht, einem weichen und blutlosen Mund. Sie sprach wenig, lachte nie, und ihr Schritt war lautlos. Wenn sie auf der Türschwelle erschien, sah sie immer so aus, auch wenn sie nur aus dem nächsten Zimmer trat, als komme sie von sehr weit her und habe irgend etwas hinter sich zurückgelassen. Wollte sie ihre Zustimmung ausdrücken, dann senkte sie nur eben die Wimpern, und die Gebärde ihrer Hand war so majestätisch und lässig, daß ein Gefühl von Ruhe von ihr ausging. Auch ihre Stimme war, obwohl sie sehr einfache und allgemeine Dinge sagte, verträumt wie die einer Schlafenden, und wenn man ihr zuhörte, fühlte man langsam jede Erinnerung schwinden.

Schwester Maria Lucilla, die dritte Nonne, die sich mit der Küche und dem übrigen Haushalt beschäftigte, war klein und rundlich, roch immer nach Küche und schwenkte beim Laufen die Hüften, so wie die Hühner tun. Sie hatte blaue Augen, einen hellroten Mund, ein fettes und weißes Gesicht, das sich schamhaft mit roten Flecken überzog, kurze und rote Hände, und auf jedem Handrücken waren fünf Grübchen. Sie lachte oft, und dabei zitterte sanft ihr Doppelkinn. Oft weinte sie auch, und dann schnitt ihr ganz verschmiertes Gesicht pathetische Fratzen. Diese Nonne nähte heimlich für Antonia hübsche hellblaue Hemdchen; sie bestickte sie auch mit passenden Mustern wie etwa weißen Täubchen mit roten Schnäbeln und roten Füßchen oder mit Blumen, meistens mit keuschen Lilien, deren Staubgefäße im Kelch mit gelbem Faden gestickt waren. „Oh, was für schöne Tauben!" rief Antonia und schlug die Hände zusammen, „oh, was für hübsche Blätter!" – „Du mußt sie auch anziehen, weißt du", riet ihr Schwester Maria Lucilla heimlich, „die schwarzen Kleider und die groben Schuhe, das ist ja schön und gut, denn alle sehen sie, ebenso wie dein Benehmen. Aber die Hemdchen, wer sieht die? Niemand außer unserem Herrgott. Und was für eine Sünde sollte das wohl sein, wenn man hübsche und bunte Hemdchen trägt? Im Gegenteil, der Herr wird sich freuen, so schön genähte und gestickte Hemdchen zu sehen, die man ihm zu Ehren trägt. Aber daß es nur Madre Cherubina nicht erfährt!"

So war Antonias Leben bei den Nonnen. Nun geschah es eines Tages, daß sie bei der Verrichtung der Haushaltsarbeiten gegen eine heilige Ampel stieß und sie zerbrach und deshalb von Madre Cherubina sehr hart bestraft wurde. Empört und fanatisch beschwor die ergrimmte Nonne mit flammendem Eifer die Verachtung des Himmels auf Antonia herab, zuletzt sperrte sie sie wie gewohnt in die Kapelle ein und sprach Verdammnis über sie, wobei ein bitteres Vergnügen ihre Mundwinkel befeuchtete. „Du wirst den ganzen Tag hierbleiben", befahl sie mit hochgezogenen Augenbrauen, „und nur zur Messe herauskommen. Bete, meine Tochter, bete!"

Die Kapelle war ein schlichter, quadratischer Raum, weiß getüncht und mit gewölbter Decke, ein spitzbogiges Fenster ging auf den Garten hinaus. Über diesem Fenster war eine Treppe gemalt mit drei musizierenden Engeln, von denen einer immer etwas höher stand als der andere: der erste mit einer Trompete, der zweite mit einer Harfe und der dritte mit einer Mandoline. Alle drei hatten sie glattes, goldschimmerndes Haar und nackte Füße, aber sie waren verschieden gekleidet: der erste trug ein Gewand von einer Farbe wie trockenes

Laub, der zweite ein leuchtend rotes, der dritte ein dunkelblaues. Wenn das Licht von Westen her diese Farben streifte, legte es sich auf die weiße Decke und die Umrisse des Altars wie ein Regenbogen. Darin feierten die zarten Strahlen ein leises und beflügeltes Fest, mischten sich mit dem Silber der Votivtafeln und dem Lila der Hyazinthen in einer so unschuldigen Glut, daß man sich in ihrem Genuß verlor, als fliege man in einer seligen Wolke.

Ohne darüber nachzudenken, was sie tat, setzte sich Antonia, anstatt niederzuknien, auf den Betschemel aus geschnitztem Holz und betrachtete dieses Engelskonzert, um sich in ihrer Einsamkeit zu trösten. Sie hoffte sehnsüchtig, jeden Augenblick möchten durch ein Wunder die kleinen Instrumente zusammenklingen zu einem wirklichen Spiel, so daß sie den ganzen Tag in Freuden verbringen würde; vielleicht hörten die Sonnenstäubchen, die so selig tanzten, schon das Konzert. Bei diesem Gedanken liefen ihr die zurückgehaltenen Tränen über die Wangen, und sie bereitete sich mit verlangender Hingabe auf ein langes, verzweifeltes Schluchzen vor; aber gerade, als sie beginnen wollte, wurde sie von der Vesperglocke gestört, die von unten her läutete wie aus der Tiefe eines düster funkelnden Wassers. Antonia wunderte sich, daß schon so viel Zeit vergangen war, ohne daß sie es bemerkt hatte; es war ihr, als habe sich eben erst die Tür hinter den schwarzen Röcken von Madre Cherubina geschlossen. Eilig schluckte sie das Schluchzen herunter, wischte sich die Augen trocken, verschob das Weinen auf später und machte sich zum Hinuntergehen bereit.

Die große Kirche aus grauem Stein, feierlich geschmückt und behängt, war noch vom Tageslicht erfüllt. Auf den wenigen Betschemeln bekreuzigten sich schweigend ein paar schüchterne Menschen mit zerknirschter und ernster Geste. Auch der Priester, der aufrecht hinter der Balustrade stand, schwieg; er wandte die Stirn dem Altar zu und hob in seiner prächtigen, goldgesäumten Stola die Arme in die Höhe. Nun ging Antonia auf den allerschönsten Betschemel zu, der mit rotem Brokat und schneeweißen Spitzen bedeckt war und gewöhnlich nur bei Trauungen benutzt wurde. Sie neigte den Kopf und faltete die Hände; als sie aber verstohlen die Wände der Kirche betrachtete, sah sie, daß in diesem Augenblick durch eines der Seitentürchen Schwester Affabile eintrat. Groß und würdevoll und ohne das bleiche Antlitz zu bewegen, schritt sie in ihrer versunkenen Art fast wie eine Schlafende dahin und trug in der Hand ein kleines Tabernakel aus massivem Gold, das halb mit einem Tuch bedeckt war. Sie näherte sich der knienden Antonia und beugte sich über sie, indem sie ihre Hand hob zu einem ganz leichten Wink und zu Boden schaute mit einer auffordernden Herablassung, als wolle sie ein heiteres Geheimnis andeuten. Antonia gehorchte sogleich und folgte ihr durch das Kirchenschiff, das Schwester Affabile schweigend durchschritt, unmerklich die schlanken und vornehmen Hüften bewegend. Als sie in der Sakristei angekommen waren, sagte Schwester Affabile leise: „Da ist sie“ und senkte die Lider; dann schlurrte ihr schwarzes Gewand davon. Antonia verneigte sich schüchtern und lächelte unsicher einem Herrn zu, der am Tisch der Sakristei saß und sie zu erwarten schien.

„Ein Herr“ sage ich, obwohl es sich eigentlich nur um einen Jüngling in einem abgetragenen bürgerlichen Anzug handelte. Aber irgendwie muß ich doch die Empfindung der außerordentlichen Ehrerbietung und Dankbarkeit zum Ausdruck bringen, von der Antonia ergriffen wurde, sobald sie ihn sah. „Wie jung du bist!“ murmelte sie erstaunt, und dies sagte sie nur, weil sie nicht den Mut hatte zu gestehen: „O Gott, wie schön du bist!“ Es ist wahr, niemals war ihr ein menschliches Antlitz so jung erschienen, und nie hatte sie eines gesehen, das sich mit diesem vergleichen ließ. Die schmalen Augen waren wie zwei Hyazinthen, und sie ahnte, daß ein solcher Mund beim Lachen blühend und zart sein würde. Mit ernster Aufmerksamkeit beobachtete er Antonia und befahl ihr, sich umzudrehen; er schien befriedigt zu sein und fing an zu lachen. Dann sagte er zu ihr: „Nimm deine Brille ab und laß uns gehen.“

Sie gehorchte und wurde purpurrot. „Wollen wir ausgehen?“ schlug er vor und erhob sich. Aber sie stammelte: „Wenn wir durch die Kirche gehen, dann sehen uns die Nonnen." Der Jüngling tat einen Augenblick so, als denke er nach: „Wir können fortfliegen, aus dem Fenster fliegen", sagte er schließlich, und auf einmal lachte er aus vollem Halse ein herausforderndes, bitteres Lachen. Aber dann, als er wieder ernst geworden war, öffnete er ihr die Tür der Sakristei. „Hier geht es hinaus", versicherte er beruhigend. Und wirklich führte eine Tür gerade auf die Straße. „Aber wenn wir den Nonnen begegnen?" flüsterte sie. „Dann sagen wir, ich sei dein Bruder", erwiderte er achselzuckend. „Sind wir nicht alle Brüder im Herrn?" Und hierbei warf er von neuem den Kopf zurück und lachte zum Himmel hinauf, ganz wild. Antonia fragte bestürzt: „Verspottest du den Herrn?" und schlug das Zeichen des Kreuzes.

Doch als sie ihn jetzt ansah, empfand sie im Grunde nur Mitleid. Sie bemerkte, daß seine Augen erregt und verdüstert waren und daß seine Lippen sich zuweilen zu einer Grimasse der Enttäuschung und des Widerwillens verzogen. Auch ging er nur mit großer Mühe, wie jemand, der eine schwere Last schleppt; er war sehr bleich. Oh, du lieber Junge! dachte Antonia. Und da sie nicht wußte, was sie ihm sagen sollte, schlug sie vor: „Wollen wir nicht durch die Via dell'Angelo gehen?"

„Den Weg weiß ich selbst", entgegnete er finster und schaute sie schräg an mit einem seltsamen, häßlichen Blick. „Gib mir die Hand", fügte er barsch hinzu. Auf der Straße, durch die sie liefen, lag ein dämmriges Licht, das bei jedem ihrer Schritte tiefer in die Nacht versank. Sie gingen eine enge, gewundene Treppe hinunter zwischen Häusern, die hoch in die ruhige Luft hinaufragten. In den zahllosen Fenstern sah man Lampen aufleuchten, sah nächtliche Schatten gestikulieren und hörte verhaltene und schrille Stimmen, einem Rascheln dürrer Blätter ähnlich. Dann wurden die Fenster eines nach dem andern mit gedämpftem Krachen geschlossen; die Lampen verlöschten, die Wände ringsum ragten düster empor; und im Dichterwerden der Finsternis hörte jedes Geräusch auf, nur der Atem des Schlafes rauschte wie ein ferner, langsamer Strom. Antonia hatte zuvor nie gewußt, daß die Stadt in so schwarzen, engen Gassen versank; aber sie hatte nicht den Mut, ihre Zweifel auszusprechen, nur ein Seufzer entrang sich ihr. „Was ist?" fragte er sogleich. Er zog sie an sich, um sie zu beruhigen. „Mein Haus", sagte er in einem beschämten, fast bebenden Ton, „mein Haus ist etwas abseits gelegen, nicht wahr?"

„O nein", beeilte sie sich zu entgegnen, von einem plötzlichen Gefühl von Schuld und Reue durchdrungen. Immer müder schien er zu werden bei dem langen Hinuntersteigen; in der Dunkelheit hörte man seinen noch schwerer gewordenen Schritt und seinen keuchenden Atem. „Ruh dich ein wenig aus", hätte sie am liebsten gesagt. Am Ende eines schlüpfrigen und gewundenen Gäßchens murmelte er schließlich erschöpft: „Wir sind da"; er blieb vor einem grünen, mit Schimmel überzogenen Türchen stehen und zog einen großen rostigen Eisenschlüssel aus der Tasche.

Durch einen engen Korridor kamen sie in ein schmales Zimmerchen mit niedriger Decke, in das durch die Fensterscheibe ein nächtlicher Schimmer einfiel. Er zündete am Kopfende des eisernen Bettes, über das eine zerschlissene Bettdecke gebreitet war, eine Lampe an, die nur spärlich den von auseinanderklaffenden Fliesen bedeckten Fußboden erhellte. Im Winkel der verblichenen und von Feuchtigkeit fleckigen Wände stand ein wackliger Waschtisch neben einem Strohstuhl. Der Jüngling setzte sich auf das Bett, um sich auszuruhen; er schien wirklich erschöpft vor Müdigkeit, seine Lippen wurden noch blasser, und ein fiebriger Atemhauch kam aus seinem Mund.

„Warum hast du heute geweint?" fragte er sie nach einer Weile.

„Weil Madre Cherubina mich gekränkt hat", erklärte sie.

„Was für eine Schande", bemerkte er verächtlich, „eine Nonne, die jemanden kränkt." Und er schüttelte den Kopf. „Ich muß dir auch die Schuhe ausziehen", fuhr er fort, „sie sind ganz staubig." Und er bückte sich bedachtsam. Über alles, was er sah, verwunderte er sich und machte Bemerkungen: „Was für riesige Schuhe", sagte er, „und was für lange Strümpfe!" Auf einmal fing er an zu lachen, ganz aufgemuntert und glücklich: „Oh, was für kleine Füße!“ rief er, „und was für eine Angst sie haben! Wie weiß sie sind! Sie sehen aus wie kleine Kaninchen. Versteckt euch nicht! Du, laß mich mit ihnen spielen. Jetzt“, verkündete er ernst und entschieden, „jetzt müssen wir uns lieben.“ Und andächtig schloß er die beiden Füße in seine Hände.

„Ziehst du mir auch das Kleid aus?“ fragte Antonia hochrot und atemlos.

„Ja“, sagte er, und während seine Augen unbeschwert und voller Freude umherstreiften, nahm sein Gesicht Farbe an. Er schien schon Erfahrung zu haben mit all den Ösen und Häkchen, mit denen Antonias Kleider zugehakt waren, denn mit großer Gewandtheit zogen seine Hände ihr die Röcke aus. Mißbilligend spottete er über all das Schwarz; als er jedoch zum Hemdchen kam, strahlte sein Gesicht vor Bewunderung: „Das gefällt mir“, sagte er mit einem Lächeln, „oh, wie ist das hübsch! Und sogar gestickt! Und so viele Figuren! Sollen das Glöckchen sein, da, diese Reihe?“

„Nein, erklärte sie, „das sind die Lilien vom heiligen Antonius.“

„Lilien, ja richtig. Und wer hat sie dir gestickt?“ Voll Stolz erwiderte sie, daß es Schwester Maria Lucilla getan habe. Doch der Jüngling schien auch das wieder zu mißbilligen und runzelte die Stirn: „Eine Schande“, sagte er schließlich, „daß eine Nonne Hemdchen für ein Mädchen näht. Eine Nonne sollte nur Meßgewänder sticken.“ Antonia schwieg gedemütigt; aber er schien seinen Vorwurf gleich wieder zu vergessen und hob in einem herrlichen Lachen der Liebe sein Gesicht: „Wie schön du bist!“ sagte er zu ihr.

Sie neigte den Kopf: „Ich habe schon einen Busen“, murmelte sie wohlgefällig. Er betrachtete sie; und beinahe fürchtete er, sie zu beschädigen, als er ihren Zopf hochhob und gleich wieder fallen ließ oder mit dem Finger sachte über einen Fuß streichelte. Und verwirrt, mit verhaltener Stimme, wiederholte er abgerissene Worte: „Wie zart du bist. Wie weiß du bist. Und jetzt“, fragte er, vor Schüchternheit errötend, „muß ich mich jetzt auch ausziehen?“

„Ja, wenn du willst", sagte sie leise. „Ich werde mich auch zur andern Seite drehen, hier an das Fenster werde ich mich stellen", schlug sie vor. Und sie ging zum Fenster, ganz ohne Scham, ja insgeheim freute sie sich sogar, nackt zu sein, und hob ihren leichten, schneeweißen Körper auf die Zehenspitzen. Vom Fenster aus sah man ein verlassenes Tal, das von einer fernen, geheimnisvollen Helle erfüllt war, und Antonia spiegelte sich in der grünen Nacht wie ein Schilfrohr auf dem Fluß. Als sie das Gebirge betrachtete, welches das Tal abschloß, gewahrte sie oben auf unzugänglichen Höhen ein einsames Haus, reich an Strebepfeilern und Türmen mit sehr hohen Spitzen, und durch die Glastüren in den wie Eisen glänzenden Mauern schimmerte ein morgendliches Leuchten. Strahlen von Licht kamen von allen Seiten daraus hervor wie die erregten Flüge der Schwalben um ihre Nester. Kein anderes Haus war dort oben zu sehen; so groß war Antonias Erstaunen, daß sie fast auf die Knie fiel: „Was ist das für ein Palast, den man dort sieht?" fragte sie mit ganz leiser Stimme, in den Anblick verloren. „Oder ist es vielleicht eine Kirche? oder eine Kathedrale?" – „Es ist keine Kirche", antwortete er unwirsch auf ihre Frage, mit einer keuchenden, rauhen Stimme, die aus einem unterirdischen Raum zu kommen schien. Eingeschüchtert und verstört fuhr Antonia noch leiser fort: „Und diese Millionen von Flügeln, sind das alles Schwalben? Und sind sie . . . aus Gold?"

„Es sind keine Schwalben", erwiderte er eilig, mit einer Art wütendem Schluchzen. Und mühsam kam er näher und wandte sein verstörtes Gesicht jenem Hause zu mit einem Blick voll unaussprechlichem Entsetzen, einem Blick, der voll brennender Sehnsucht und ganz und gar hoffnungslos war. Dann löste er mit einer zornigen Anstrengung, die ihn mit Unbehagen und bitterem Widerwillen erfüllte, die Augen von dort oben und blickte zu Boden; ruhelos ging er im Zimmer auf und ab, wie ein Vogel, der im Käfig mit den Flügeln schlägt. „Sprich nicht *davon* zu mir", rief er schließlich, während er sich vor Antonia hinstellte und sie beinahe haßerfüllt ansah, „kannst du gar nicht einmal den Mund halten?" Sie war so verlegen und eingeschüchtert, daß sie sich hätte verstecken mögen, und sie wich immer weiter ins Dunkel zurück und versuchte, sich mit den Armen zu bedecken, so sehr schämte sie sich jetzt ihres Körpers. „Ich werde nicht mehr sprechen“, flüsterte sie demütig, „wenn du willst, werde ich immer, ohne zu sprechen, in dieser Ecke sitzen bleiben, wenn du mich nur hier sein läßt.“ Er schüttelte mehrmals den Kopf und fuhr fort, sich auszukleiden; er bemühte sich, nicht zum Fenster zu blicken, während Antonias Augen immer größer wurden vor Bewunderung und Staunen: „Wie jung du bist!“ sagte sie immer wieder in verhaltenem Entzücken. Mit seinen hellen und frischen Farben, den zarten, länglichen Formen stand sein Körper im ruhigen nächtlichen Licht wie eine Blume im Wasser eines Sees. Gewiß hat nie jemand eine so liebliche Blume gesehen; doch als Antonia die Augen senkte, gewahrte sie mit Schaudern, daß um die beiden Fußgelenke dicke und schwere Eisenketten lagen. Einst mußten diese beiden Ketten aneinandergeschmiedet gewesen sein, denn man konnte noch die Stelle sehen, an welcher der Ring zerbrochen worden war. „Aber du bist . . .“, begann sie voller Angst.

Der Jüngling errötete heftig, von beklemmender Furcht durchdrungen: „Still!“ unterbrach er sie mit ungeduldiger Gebärde, und mit einem kindlichen Schrekkensschrei suchte er sich demütig im Dunkeln zu verbergen. Auch diesmal empfand sie finstere und entsetzliche Reue: „Verzeih mir“, flehte sie jammervoll. Da ging er zu ihr und nahm mit einem verlegenen, milden Lächeln ihre Hand: „Willst du“, schlug er zögernd vor, „daß wir zu Bett gehen? Willst du . . . schlafen?“ – „Ja“, sagte sie. Und sie legten sich zusammen nieder. Antonia, die seine Brust suchte, als sei sie ein Zufluchtsort, war entzückt vom Duft seiner Haut, die nach Kindheit und Garten roch, wie wachsende Gräser. Besonders am Hals war dieser Duft noch süßer und unschuldiger als am übrigen Körper: „Es ist so gut, an deiner Schulter auszuruhen“, sagte sie mit einem schüchternen Seufzer. „Da ist ein Duft, der schöner ist als Blumen. Ich habe nicht gewußt, daß es einen solchen Duft geben könnte. Laß mich ein wenig ausruhen.“ Und ihr Gesicht nistete sich ein unter seinem Kinn. „Schlaf!“ sagte er, „oder tu so, als ob du schliefest. Unterdessen liebkose ich dich mit dem Mund. Tu, als schliefest du, als seist du leblos." Sie schloß die Augen und lag unbeweglich, alle ihre Geister in sich sammelnd, und ließ es bebend geschehen, daß der Mund des Jünglings, der wie im Fieber glühte, ihr Gesicht berührte. Dann und wann hielt er inne, vielleicht um sie anzuschauen, und lachte zärtlich und verhalten. Und sie dachte: O mein Lieber! Doch sowie sie auch nur die Lider hob, wurde er zornig, schüttelte enttäuscht den Kopf und ermahnte sie eindringlich zu schlafen. Antonia spürte, wie seine Liebkosung allmählich immer schwächer wurde, bald nur ein gelindes Streicheln war wie ein säuselnder Hauch, bis sie sich ganz verlor in einem müden Atmen. Als Antonia endlich wagte, die Augen zu öffnen, sah sie, daß ihr Gefährte eingeschlummert war; jetzt bemerkte sie auch, daß sein so jung erscheinendes Gesicht bei Licht ganz gedemütigt aussah, fast wie von Schlägen. Vom Kinn bis hinauf zur bleichen Stirn hatten sich über den Ausdruck von Starrsinnigkeit und jäh aufflackerndem Stolz die Zeichen einer leidvollen Müdigkeit, eines untröstlichen Weinens gelegt. Dieser Knabe erinnerte an ein leuchtendes Insekt, dem man das Licht ausgelöscht hat und das nun blind umherflattert von einer Dunkelheit zur andern.

Antonia war in seinen Anblick versunken, aufmerksam und verwirrt, und betrachtete mit größter Genauigkeit jede einzelne dieser sonderbaren und von Tragik gezeichneten Furchen. Dann stieg sie nachdenklich und still aus dem Bett und ging zum Fenster; und das Gesicht abwendend, um nicht hinauszuschauen, schloß sie die Läden ganz dicht. Erleichtert ging sie auf Zehenspitzen noch ein wenig in dem kleinen Zimmer umher und legte die verstreuten Kleidungsstücke sorgfältig auf dem Stuhl zusammen. In dem Augenblick aber, als sie wieder unter die Leintücher schlüpfen wollte, kam ihr ein quälender Verdacht. Sie meinte, den Grund zu erraten, weshalb ihr Gefährte wünschte, daß sie schlafe: vielleicht wollte er heimlich in der Nacht aufstehen und sie für immer verlassen, und dann würde sie beim Erwachen allein sein wie zuvor.

Da nahm sie mit einem kleinen, wilden Lächeln das Ende des Bändchens, welches ihren Zopf zusammenhielt, und knotete es um das reglose Handgelenk des Jünglings. Dadurch würde sie auch im Schlaf jede seiner Bewegungen wahrnehmen. Jetzt konnte sie in Frieden einschlafen; und wirklich sank sie schon wieder mit einem sanften Gemurmel in einen Schlummer, der wie eine schwindelerregende, sich drehende Treppe war. Und unten am Fuß der Treppe war Schwester Maria Lucilla zu sehen mit verzerrtem Gesicht; sie schluchzte, vergoß reumütig Tränen, so groß wie Weintrauben – und stickte Meßgewänder.

Das heimliche Spiel

Auf dem Platz stand immer eine absonderliche und altmodische Mietskutsche, die nie jemand mietete. Der schläfrige Kutscher schüttelte sich jedesmal, wenn vom Kirchturm die Stunden schlugen, aber dann ließ er das Kinn wieder auf die Brust sinken. An der Ecke bei dem verblichenen, gelben Gebäude des Rathauses war ein Brunnen, in den aus einem seltsamen Marmorantlitz ein dünner Wasserstrahl lief. Dicke, gedrehte Locken wikkelten sich wie Schlangen um dieses Antlitz, und die vorstehenden, pupillenlosen Augen hatten einen toten Blick.

Seit fast dreihundert Jahren stand ein Palazzo auf der anderen Seite, dem Rathaus gegenüber. Es war ein Patrizierhaus, das einst prunkvoll gewesen und jetzt verfallen und düster war. Die mit Verzierungen überladene Fassade war grau geworden von der Zeit und wies die Zeichen der Zerstörung auf. Die schwebenden Putten, die den Eingang bewachten, waren zerfressen und schmutzig; von den Marmorgirlanden bröckelten die Blumen und Blätter ab, und das verschlossene Portal zeigte Schimmelflecken. Dennoch war das Haus bewohnt; aber die Besitzer, Erben eines erlauchten, aber heruntergekommenen Namens, ließen sich selten blicken. Nur manchmal erhielten sie den Besuch des Priesters oder des Arztes, und im Abstand von Jahren schneiten Verwandte aus fernen Städten herein, die bald wieder abreisten. Im Innern des Palazzo reihten sich große, leere Säle aneinander, wo an stürmischen Tagen durch die zerbrochenen Fensterscheiben Staub und Regen eindrangen und umherwirbelten. Von den Wänden hingen zerrissene Tapetenfetzen herunter, Reste von durchlöcherten Gobelins, und an den Zimmerdecken schwebten inmitten schimmernder und aufgeblähter Wolken nackte

Engelchen und Schwäne, und zwischen Girlanden aus Blumen und Früchten schauten wunderbare Frauen hervor. Einige Säle waren mit Fresken von Abenteuern und Sagen ausgemalt; darauf tummelten sich königliche Gestalten, die auf Kamelen ritten oder in dichtbelaubten Gärten spielten, zwischen Affen und Falken.

Das Haus ging an zwei Seiten auf verlassene, enge Straßen hinaus, an der dritten Seite lag ein eingeschlossener Garten, eine Art Gefängnis mit einer hohen Mauer, in dem ein paar Lorbeer- und Orangenbäume verkümmerten. Weil kein Gärtner da war, hatten wilde Brennesseln diese kleine Fläche überwuchert, und auf den Mauern wuchsen Kräuter mit bläulichen, verblichenen Blüten.

Die Familie des Marchese, welchem der Palazzo gehörte, ließ fast alle Zimmer unbewohnt und hatte sich in eine kleine Wohnung im zweiten Stock zurückgezogen; diese war mit altertümlichen Möbeln ausgestattet, und in der Stille der Nacht hörte man den klagend dünnen Nageton der Holzwürmer. Die Marchesa und der Marchese sahen dürftig und unbedeutend aus; ihre Züge wiesen jene traurige Ähnlichkeit auf, die manchmal nach jahrelangem Zusammenleben durch Angleichung entsteht. Mager und welk, mit blassen Lippen und hängenden Wangen, bewegten sie sich wie Marionetten. Vielleicht floß in ihren Adern anstelle des Blutes eine träge, gelbliche Substanz, und eine einzige Kraft beherrschte ihr Wesen: für die Frau war es die Autorität, für den Mann die Angst. Früher war der Marchese ein leichtsinniger und jovialer Landedelmann gewesen, der sich nur damit beschäftigte, den letzten Rest seines Erbes auf irgendeine Weise durchzubringen. Aber die Marchesa hatte ihn erzogen. Ihrer Auffassung nach mußte sich jeder, der wahre Humanität besitzen wollte, vor Lachen und lautem Sprechen hüten, und vor allem mußte er peinlich genau darauf bedacht sein, seine geheimen Schwächen vor den andern zu verbergen. Nach ihren Grundsätzen war es ein Verbrechen, die Lippen zu verziehen, sich aufzuregen oder sich energisch die Nase zu schneuzen; und der Marchese, der fürchtete, durch unerlaubte Gesten und Geräusche von der Vorschrift abzuweichen, vermied seit langer Zeit jegliche Geste und jegliches Geräusch; so wurde er zu einer Art Mumie mit sanften Augen und gesenktem Haupt. Trotzdem konnte er nicht verhindern, daß er Schelte und Vorwürfe bekam. Die Marchesa, die hochgebildet war und eine scharfe Zunge hatte, verletzte ihn oft mit stichelnden Vorwürfen oder Anspielungen auf gewisse, nicht genannte Personen, die nur verdienten, der Schändlichkeit bezichtigt zu werden; Leute, die selbst nicht wüßten, was sie wollten, und unfähig seien, ihre eigenen Kinder zu erziehen, würden das Haus zugrunde richten, wenn nicht ein gnädiges Geschick ihnen eine Ehefrau geschenkt hätte. Der Marchese erduldete, ohne mit der Wimper zu zucken, solche Quälereien bis zu der Stunde, da er sich mit dem wenigen Kleingeld in der Tasche, das die strenge Verwalterin ihm zugestand, zum Spaziergang aufmachte. Vielleicht überließ er sich in der Einsamkeit der Feldwege weit ausladenden Gebärden, schmetterte Lieder und schneuzte sich dröhnend die Nase. Jedenfalls glänzte, wenn er heimkehrte, ein seltsames Licht in seinen Augen, und diese unfreiwillige Enthüllung seiner vergnüglichen und unerzogenen inneren Welt erweckte den Argwohn der Marchesa. Den ganzen Abend setzte sie ihm dann zu mit erniedrigenden und immer ausgeklügelteren Fragen, um ihm kompromittierende Äußerungen zu entreißen Und der Ärmste gab sich durch sein Hüsteln, sein Stammeln und Erröten immer mehr Blößen, so daß die Marchesa eine peinlich genaue und strenge Kontrolle über ihren Mann ausübte und sich oft entschloß, ihn auf dem Spaziergang zu begleiten. Er fügte sich resigniert darein; aber die Flamme in seinen Äuglein brannte starr und besessen und nicht mehr vor Fröhlichkeit.

Von diesen Eltern stammten drei Kinder ab. In ihren ersten Lebensjahren war die Welt für sie nach dem Ebenbild der Eltern geschaffen. Die andern Leute im Dorf traten nur undeutlich in Erscheinung als unsympathische und boshafte Gestalten, Frauen mit dicken, schwarzen Strümpfen und langen, öligen Haaren oder als fromme und traurige alte Leute. Alle diese schlechtgekleideten Figuren irrten in den engen Gassen, auf dem Dorfplatz und den schmalen Brücken umher. Die drei Kinder haßten das Dorf. Wenn sie eines hinter dem andern mit dem einzigen Diener ausgingen und an den Mauern entlangstreiften, waren ihre Blicke scheel und verächtlich. Die Buben des Ortes zahlten es ihnen heim, indem sie die Kinder verhöhnten und einen düsteren Schrecken in ihnen erweckten.

Der Diener war ein etwas gewöhnlicher Mann von hohem Wuchs; seine Hände waren behaart, seine Nasenflügel breit und rötlich, und er hatte kleine, unstete Augen. Von der Marchesa wurde er in Furcht und Unterwürfigkeit gehalten, und dafür ließ er seine Rache an den Kindern aus, indem er sie wie ein Gebieter behandelte; wenn er sie, sich leicht in den Hüften wiegend und von oben auf sie herabblickend, begleitete oder sie mit harter Stimme herbeirief, bebten sie vor Haß. Die kurzen mütterlichen Ermahnungen folgten ihnen bis auf die Straße, und die Kinder schritten gesittet, schweigsam und ernst einher.

Fast immer wurde der Spaziergang bei der Kirche unterbrochen, in die man zwischen zwei Säulen eintrat, die von einem kräftigen, ruhig blickenden Löwenpaar getragen wurden. Hoch oben ließ eine große Rosette ein bläuliches, kühles Licht ins Kirchenschiff einfallen, in dem die Flammen der Kerzen sachte schwankten. In der Apsis sah man einen großen Leichnam Christi, aus dessen Wunden violettes Blut tropfte, und ringsherum sah man gestikulierende Gestalten, die sich mit schwerfälligen Bewegungen zu Boden warfen.

Die drei zerknirschten Kinder knieten nieder und falteten die Hände.

Obwohl Antonietta, die Älteste, schon siebzehn Jahre alt war, hatte sie noch den Körper eines Kindes und war auch wie ein Kind gekleidet. Sie war mager und ohne Anmut, und da es im Palazzo nicht Brauch war, häufig die Haare zu waschen, strömte ihr glattes Haar immer einen leichten Mäusegeruch aus. Es war durch einen Scheitel in der Mitte geteilt, und dieser Scheitel war im Nacken zwischen den kürzeren und feineren Haaren frei zu sehen und erweckte die quälende Empfindung, als müsse er beschützt werden. Ihre Nase war lang, gebogen und zart, und ihre dünnen Lippen zuckten beim Sprechen. In ihrem bleichen und mageren Gesicht bewegten sich die Augen mit glühender Leidenschaft; nur wenn die Marchesa zugegen war, blieben sie trüb und gesenkt.

Sie trug Zöpfe bis auf die Schultern und einen schwarzen Kittel, der so kurz war, daß man, wenn sie sich allzu lebhaft bückte, ihre engen leinenen Unterhosen sehen konnte, die mit einem roten Bändchen verziert waren und fast bis zum Knie reichten. Der Kittel war hinten über dem mit Spitzen besetzten Unterkleid zugeknöpft. Die schwarzen Strümpfe waren mit einem einfachen Gummiband befestigt, das zerschlissen und umgerollt war.

Pietro, das zweite Kind, war etwa sechzehn Jahre alt und ein sehr sanfter Knabe. Er bewegte seinen kleinen, untersetzten Körper mit einer gewissen Langsamkeit, und unter seinen dichten Brauen hatten die Augen einen schwachen Glanz. Sein Lächeln war zutraulich und gutmütig, und seine Abhängigkeit von den beiden Geschwistern war auf den ersten Blick zu erkennen.

Giovanni, der Jüngste, war der Häßlichste der ganzen Familie. Sein kümmerlicher Körper schien schon alt auf die Welt gekommen und allzu verwelkt zu sein, um wachsen zu können; seine leuchtenden, regsamen Augen aber glichen denen der Schwester. Nach kurzen Zeiten nervöser Lebhaftigkeit pflegte er in plötzliche Erschöpfung zu verfallen, die von Fieberanfällen gefolgt war. Der Arzt sagte von ihm: Ich glaube nicht, daß er das Entwicklungsalter überlebt.

Wenn das Fieber ihn ergriff, unerklärlich und sonderbar, überliefen ihn Schauer, die elektrischen Schlägen ähnelten. Er wußte, daß dies die ersten Anzeichen waren, und er wartete mit verzerrten Lippen und aufgerissenen Augen auf den weiteren Verlauf des Anfalls. Lange Tage hindurch irrten die Alpträume um sein Bett mit fortwährendem Summen, und eine gestaltlose Langeweile lastete auf ihm in einer dunstigen Atmosphäre. Dann kam die Genesung; und da er zu schwach war, um sich zu bewegen, kauerte er sich in einen Sessel und klopfte im Takt mit den Fingern auf die Armlehnen. Dann überließ er sich seinen Gedanken, oder er las.

Die Marchesa, beschäftigt mit ihren Tätigkeiten als sparsame Hausfrau, kümmerte sich nicht viel um die Erziehung und den Unterricht der Kinder. Es genügte ihr, daß sie schwiegen und sich nicht rührten. So hatte Giovanni Gelegenheit, sonderbare Bücher zu lesen, die er hier und dort aufgestöbert hatte und in denen Gestalten mit nie gesehenen Kleidern vorkamen, mit breitrandigen Hüten, enganliegenden, langen Sammetwesten, mit Schwertern und Perücken; und die Damen trugen phantastische Gewänder und waren mit Edelsteinen und golddurchwirkten Schleiern geschmückt.

Diese Wesen sprachen eine beflügelte Sprache, die Höhen und Abgründe zu beschreiben wußte, die süß war in der Liebe und wild im Zorn, und sie durchlebten Abenteuer und Träume, über die das Kind lange nachgrübelte. Giovanni teilte seine Entdeckung den Geschwistern mit, und alle drei glaubten, die Gestalten der Bücher seien dieselben, welche die Wände und Zimmerdecken im Palazzo bevölkerten und die seit langem in ihnen lebendig, doch in den Untergründen ihrer Kindheit verborgen waren und jetzt ans Licht emportauchten. Bald bestand unter den Geschwistern ein heimliches Einverständnis. Wenn niemand sie hören konnte, sprachen sie von ihren Geschöpfen, sie nahmen sie gleichsam auseinander und setzten sie wieder zusammen; sie unterhielten sich so ausführlich über sie, bis sie in ihnen lebten und atmeten. Haßgefühle oder tiefe Liebe verbanden sie mit dieser oder jener Gestalt, und häufig kam es vor, daß die drei Kinder in der Nacht wach blieben, um sich in *jenen* Worten miteinander zu unterhalten. Antonietta schlief allein in einem mit dem Zimmer der Brüder direkt verbundenen Kämmerchen; das Schlafzimmer der Eltern war von diesen Räumen durch einen weiten Saal, eine Art Wohn- oder Speisezimmer, getrennt. Also hörte die Kinder niemand, wenn sie, jedes von seinem Bett aus, miteinander redeten, indem sie die geliebten Figuren in ihrer eigenen Person verkörperten.

Es waren neue und köstliche Gespräche.

„Leblanc, Ritter Leblanc“, flüsterte vom Bett rechts die ein wenig spröde Stimme Giovannis, „habt Ihr die glänzenden Schwerter geschärft für das Duell? Die blutige Morgenröte steigt bald herauf, und Ihr wißt, der stolze Lord Arthur kennt kein menschliches Erbarmen und zittert nicht vor dem Tod.“

„Ach, Bruder mein“, stöhnte die klagende Stimme Antoniettas, „schon sind die schneeweißen Binden und duftenden Salben bereitet. Möge der Himmel es wünschen, daß sie dazu dienen, den Leichnam Eures Feindes zu salben.“

„Das blutige Morgenrot, das blutige Morgenrot“, murmelte Pietro, der eine weniger reiche Phantasie besaß und immer ein wenig schläfrig war. Aber Giovanni unterbrach ihn sogleich und flüsterte ihm die Worte zu:

„Du mußt antworten, daß du unerschrocken der Gefahr entgegentreten wirst und daß nicht einmal ein Graf Arthur dich jemals wird zurückweichen sehen, ja, daß ein solcher Mann überhaupt noch nicht geboren ist.“

So geschah es, daß die drei Kinder das Theater entdeckten. Ihre Personen entstiegen ganz und gar, mit Waffengeklirre und rauschenden Gewändern, dem Nebel der Erfindung. Sie nahmen eine Stimme und einen Körper aus Fleisch und Blut an, und es begann für sie ein doppeltes Leben. Sobald die Marchesa sich in ihr Zimmer, der Diener sich in die Küche zurückzog und der Marchese sich zu seinem Spaziergang aufmachte, verwandelte sich jedes in die von ihm gewählte Figur. Mit klopfendem Herzen schloß Antonietta die beiden Türflügel und wurde zur Prinzessin Isabella; und der in Isabella verliebte Roberto wurde von Giovanni dargestellt. Nur Pietro hatte keine genau festgelegte Rolle und verkörperte einmal den Rivalen, einmal den Diener und dann wieder den Kapitän eines Schiffes. So lebendig war ihre Vorstellungskraft, daß jedes seine wirkliche Persönlichkeit vergaß. Oftmals, wenn sie, von der Marchesa überwacht, gelangweilt stillsitzen mußten, machte dieses wunderbare, allzusehr unterdrückte Geheimnis sich Luft in verstohlenen, leuchtenden Blicken, die „nachher“ bedeuteten, „nachher spielen wir *das Spiel*“. Abends im Dunkeln unter den Bettdecken bevölkerten die Geschöpfe des Spiels ihre Einsamkeit, und die Geschehnisse, die sich am nächsten Tag zutragen würden, nahmen Gestalt an; sie lächelten im stillen darüber, aber wenn das Schauspiel heftig oder tragisch war, ballten sie die Fäuste.

Im Frühling nahm auch der gefängnisartige Garten ein Scheinleben an. In einem sonnigen Winkel streckte die rotgestreifte Katze sich aus und schloß lange Zeit die grünlichen Augen. Sonderbare, plötzliche und lebhafte Gerüche schienen hier und dort hervorzubrechen aus einem Busch oder einem Erdhaufen. Schattenkranke Blüten öffneten sich und fielen still zu Boden, und die faulenden Blumenblätter häuften sich zwischen den Steinen; die Gerüche lockten träge Schmetterlinge an, die den Blütenstaub fallen ließen.

Am Abend ging oft ein lauer, dumpfer Regen nieder, der die Erde nur leicht befeuchtete. Darauf folgte ein leiser Wind, schwer von Düften, die durch die Nacht schwebten. Der Marchese und die Marchesa schliefen nach dem Essen auf ihren Stühlen ein.

Das heimliche Spiel war eine Art Verschwörung geworden, die auf einem märchenhaften, fernen Planeten stattfand, den nur die drei Kinder kannten. Von Verzauberung ergriffen, schliefen sie nicht in der Nacht, sondern grübelten darüber nach. Einmal lagen sie sehr lange wach; Isabella und Roberto, die Liebenden, denen man so viele Hindernisse in den Weg legte, mußten sich für eine Flucht verabreden, und die Kinder dachten in höchster Erregung darüber nach, wie sie diese schweren Probleme lösen könnten. Endlich schlummerten die beiden Knaben ein, und die Gesichter der erfundenen Personen schwankten unter ihren Augenlidern hin und her, hell aufleuchtend und dann wieder dunkel, bis sie ganz erloschen.

Aber Antonietta gelang es nicht, einzuschlafen. Bisweilen schien es ihr, als höre sie eine heisere, lang anhaltende Klage in der Nacht, und sie horchte angespannt. Eigentümliche Geräusche in der Zimmerdecke brachen blitzartig in das Schauspiel ein, das sie, den Kopf unter der Bettdecke, ersann und erlebte. Schließlich stieg sie aus dem Bett, trat vorsichtig in das Zimmer der Brüder und rief sie mit leiser Stimme.

Giovanni, der einen leichten Schlaf hatte, setzte sich mit einem Ruck im Bett auf. Die Schwester hatte über das Nachthemd, das ihr kaum bis zu den Knien reichte, ein abgetragenes Mäntelchen aus schwarzer Wolle gezogen. Ihr glattes Haar, das weder sehr dicht noch sehr lang war, hing lose herunter; ihre Augen glänzten zwischen schrägen, schwarzen Schatten im Schein einer Kerze, die sie mit beiden Händen festhielt.

„Weck Pietro auf", sagte sie und beugte sich über das Bett des Bruders mit ungeduldiger und fiebriger Eile. In diesem Augenblick rührte sich Pietro im anderen Bett und machte die verschlafenen Augen auf. „Es geht um das Spiel", erklärte sie.

Träge und beinahe unwillig richtete Pietro sich auf dem Ellenbogen auf; beide Knaben schauten die Schwester an, der ältere mit zerstreuter und stumpfer Miene, der andere aber war schon neugierig geworden und wandte sein Gesicht mit den alten und zugleich kindlichen Zügen der Kerzenflamme zu.

„Es hat sich zugetragen", begann Antonietta mit hastigem Eifer, wie jemand, der von einem unerwarteten und schwerwiegenden Ereignis spricht, „daß Roberto während der Jagdpartie eine Botschaft geschrieben und sie in der Höhlung eines Baumstammes verborgen hat. Der Windhund Isabellas läuft wie durch ein Wunder zu jenem Baum und kehrt mit dem Brieflein im Maul zurück. ‚Tu so, als verirrtest du dich', steht darin geschrieben, ‚und finde dich, sobald es dunkelt, in dem Walde ein, der das Schloß Challant umgibt. Von dort werden wir fliehen!' So entwische ich, während alle dem Fuchs auf der Spur sind, und treffe mich mit Roberto. Und der Wind weht, und Roberto hebt mich auf sein Roß, und wir entfliehen in der Nacht. Die Ritter aber bemerken unsere Abwesenheit und verfolgen uns mit Trompetenklang."

„Wollen wir machen, daß sie sie finden?" fragte Giovanni mit aufgeregten, neugierigen Augen im rötlichen Kerzenlicht.

Die Schwester konnte nicht ruhig bleiben und fuchtelte mit beiden Händen in der Luft herum, so daß die Kerzenflamme in einem Aufruhr von zuckenden Blitzen und riesigen Schatten schwankte.

„Man weiß es noch nicht", erwiderte sie. „Denn", fügte sie mit einem geheimnisvollen und triumphierenden Lachen hinzu, „jetzt gehen wir in den Jagdsaal, um das Spiel zu spielen."

„In den Jagdsaal! Das ist unmöglich!" sagte Pietro kopfschüttelnd. „Du machst wohl Scherze! In der Nacht! Sie werden uns hören und uns entdecken. Und dann ist alles aus." Aber die beiden andern entgegneten ihm entrüstet: „Schämst du dich gar nicht? Was du für eine Angst hast!"

Mit dem festen Vorsatz zu rebellieren streckte Pietro sich von neuem im Bett aus.

„Nein, ich komme nicht", sagte er. Da verlegte Antonietta sich aufs Flehen: „Verdirb doch nicht alles", bat sie. „Du mußt den Jäger spielen und die Trompete blasen." Auf diese Weise brach sie den letzten Widerstand Pietros, der sich entschloß aufzustehen. Er hatte, genau wie sein Bruder, ein verwaschenes Flanellhemd an, über das er die kurzen Hosen zog. Antonietta öffnete mit äußerster Vorsicht die Tür, die zur Treppe führte.

„Nehmt auch eure Kerze mit", mahnte sie ganz leise, „im Saal sind keine Lampen."

Und die drei Kinder gingen eines nach dem andern die Treppe hinunter, die ziemlich schmal und aus schmutzigem, undurchsichtigem Marmor war. Der „Jagdsaal" befand sich im ersten Stock, gleich hinter der Treppe. Er war einer der größten Räume des Palazzo, und die Verlassenheit, welche die anderen Räume düster erscheinen ließ, war hier durch ausladende Fresken belebt, die Wände und Decke schmückten. Es waren Darstellungen von Jagdszenen vor einer felsigen Landschaft, in der stachlige, dunkle Bäume wuchsen. Eine Unmenge von Windhunden, die Schnauzen vorgeschoben und mit gestreckten Hinterbeinen, liefen in schneller Flucht, während die Pferde hochsprangen oder auch feierlich einherschritten in ihren roten und goldenen Schabracken. Die Jäger in eigentümlicher Kleidung aus Samt und Seide, die wie schuppige Fischhaut schillerte, bliesen die Trompeten, auf dem Kopf grüne Dreispitze oder hohe Hüte mit wallenden Federn. Lange Bänder hingen von den Trompeten herab, gelbe und rote Seidentücher flatterten vor dem trüben Himmel, und aus den Felsen sprossen Pflanzen mit spitzen Blättern hervor und steife, weitgeöffnete Blumen, die Steinen glichen. Dies alles war von der Finsternis verschlungen. Die Kerzen mit ihrem schwachen Schein warfen in der Weite des Saales hier und dort einen Schimmer auf die lebhaften Farben der Sättel oder die weißen Rücken der Pferde. Die Schatten der Kinder schwankten gigantisch an den Wänden, ihre Gebärden waren vergrößert und ihre Schritte wie die von Gespenstern.

Sie schlossen die Türen. Das Drama begann.

Die Stille der Nacht war ungeheuer; der Wind hatte sich gelegt, so daß die Bäume des Waldes nicht rauschten. Antonietta stand neben einem gemalten Baum, in dem plötzlich die Säfte zu fließen begannen. Schlafende, aber lebendige Vögel saßen zwischen dem Laub. Und wie durch ein Wunder wuchs über Antonietta ein langes Gewand mit prächtigem Faltenwurf, das an gewisse Pflanzen erinnerte; von ihrem Arm hing eine goldene Tasche. Ihr Haar teilte sich in zwei blonde Zöpfe, und ihre Pupillen waren geweitet vor Verzückung und Angst.

„Nur Mut, meine Geliebte, ich bin ja bei dir", flüsterte der Bruder, indem er sich in einen kräftigen Ritter verwandelte. Sein zartes und faunisches Gesicht beugte sich vor in die Dunkelheit. „Roberto!" sagte sie mit einem schwachen Aufschrei, „Roberto, umarme mich, mein Geliebter!"

Eine plötzliche Anmut blühte in ihr auf. Ihre Zähne und ihre Augen leuchteten von Anmut; und auf ihrem gebogenen Hals und auf ihren Lippen nistete Grazie. Antonietta sank nieder, und ihre nackten Knie berührten den Boden. „Was tust du, meine Braut?" fragte er. „Erhebe dich!"

Sie zuckte zusammen. „Du bist gekommen", wisperte sie fast stöhnend, „und es ist nicht mehr Nacht, ich fürchte mich nicht mehr. Endlich bin ich dir nah! Ich bin wie in einer Festung, wie in einem Nest. Wenn du wüßtest, wie traurig ich war, wie ich weinte in diesen einsamen Nächten! Und du, mein Herz, was tatest du in diesen Nächten?"

„Ich irrte auf meinem Roß umher", sagte er, „und

dachte nach, wie ich dich rauben könnte. Aber, meine Liebste, vergiß nun die Zeit der Einsamkeit. Jetzt ist alles überstanden. Keine Macht kann uns mehr trennen. Wir sind vereint für die Ewigkeit."

„Für die Ewigkeit!" wiederholte sie verwirrt. Sie lächelte mit gesenkten Lidern, sie seufzte und bebte. Plötzlich fuhr sie zusammen und schmiegte sich an ihn: „Scheint es dir nicht auch", sagte sie, „als hörtest du in der Ferne Trompetenschall?"

Roberto lauschte angespannt. „Soll ich Trompete blasen?" fragte Pietro und lief herbei. Das konnte er besonders gut. Er wußte den Klang der Blasinstrumente und die Stimmen der Tiere nachzuahmen, und dabei blähten seine Backen sich auf, seltsam und ungeheuerlich.

„Ja", flüsterten die beiden andern.

Ein Trompetenschall, rauh und leise, der allmählich näher kam und lauter wurde, war im Hintergrund zu hören. Im Wald erhob sich der Wind; ein plötzlicher Sturm riß an den Baumwipfeln wie an Fahnentüchern. Die Pferde sprangen auf, die Ritter zuckten zusammen auf den Kruppen ihrer Pferde, die Falken kreisten in der zischenden Luft. Die Windhunde stürzten sich in die Finsternis, und die Ritter bliesen ins Horn und schrien: „Holla! Holla!" Sie liefen vorwärts zwischen den Fakkeln, die Kreise und Streifen von Rauch in die Luft zeichneten.

Isabella stieß einen Schrei aus und warf den Kopf nach hinten, sich an Roberto klammernd.

„Meine Königin", rief er, „niemand wird dich aus diesen Armen reißen! Ich schwöre es. Und mit diesem Kuß besiegle ich den Schwur. Kommt nur herbei! Kommt herbei, wenn ihr den Mut habt!"

Die beiden Kinder küßten sich auf die Lippen, Giovanni schien größer zu werden. Mit geröteten Wangen und pochenden Schläfen umschlang er die Schwester. Und Antonietta begann einen rasenden Tanz mit wirrem Haar und brennendem Mund und schrie dabei: „Kommt, Ritter und Rosse!" Pietro sprang hierhin und dorthin, auf seinem plumpen Körper schwankend und die Backen aufblasend, einem dicken Dudelsack ähnlich.

In diesem Augenblick brachen die Tragödie und die lärmende Fröhlichkeit ab. Bäume und Ritter erstarrten, verloren ihre Gestalt, und ein staubiges Schweigen drang durch den Raum. Im Licht der Kerzen standen nur noch drei häßliche Kinder.

Die Tür war aufgegangen. Ein plötzlicher Einfall hatte die Marchesa veranlaßt, dem Zimmer der Kinder einen nächtlichen Besuch abzustatten, und schließlich hatte ihre Suche sie in den Jagdsaal geführt. „Was ist das für eine Komödie?“ rief sie mit schriller, erschrockener Stimme. Sie trat ein, gefolgt vom Marchese, und hielt einen hohen Leuchter in der Hand.

Ihre grotesken langen Schatten streiften über die gegenüberliegende Wand. Das Kinn und die spitze Nase, die dürren Finger und der Zopf der Marchesa, der oben auf dem Kopf aufgesteckt war, schwankten leicht in dem Licht, das jetzt heller geworden war, und die kleine demütige Gestalt des Marchese blieb unbeweglich zurück. Er trug eine zerschlissene, gelbrot gestreifte Hausjacke, in welcher er einem Käfer glich, und die spärlichen grauen Haare, die er immer mit einer Pomade einrieb, sträubten sich auf seinem Schädel und verliehen ihm den Ausdruck des Entsetzens. Er stand, ängstlich um sich blickend, da, als fürchte er zu stolpern, und hielt die ausgestreckte Hand vor die Kerzenflamme.

Die Marchesa ließ einen scharfen Blick über die Kinder gleiten, der diese versteinerte; dann wandte sie sich mit hochgezogenen Brauen und einem höhnischen und verächtlichen Lächeln an die Tochter. „Schau sie mal an“, rief sie, „wie niedlich! Oh, wie reizend, wie reizend!“ Und plötzlich wütend und kampflustig geworden, fuhr sie in lauterem Ton fort: „Ihr solltet Euch schämen, Antonia! Ihr werdet mir erklären . . .“

Die Kinder schwiegen. Doch während die beiden Brüder verlegen mit gesenkten Augen dastanden, blickte Antonietta, bei ihrem jetzt leblosen Baum niederkauernd, die Mutter mit weit aufgerissenen, verstörten Augen an, einer jungen Wachtel gleich, die vom Sperber aufgespürt worden ist. Dann zog über ihr bleiches Gesicht mit den weiß gewordenen Lippen eine flackernde, heftige Röte, die ihre Haut mit dunklen Flecken bedeckte. Ihre Lippen bebten, und sie stand einen Augenblick hilflos da, überwältigt von einer schmerzenden, unbezähmbaren Scham. Sie wich immer weiter in ihre Ecke zurück, als fürchte sie, irgend jemand wolle sie anrühren und schlagen.

Die beiden Brüder erschraken über die Szene, die nun folgte. Die Schwester fiel plötzlich auf die Knie, und sie glaubten, sie wolle um Verzeihung bitten; statt dessen aber bedeckte sie ihr glühendes Gesicht mit den Händen und begann sich seltsam zu schütteln, mit einem heiseren und fiebrigen Lachen, das rasch zu einem wütenden Weinen wurde. Sie zeigte ihr verzerrtes Gesicht, und mit steifen Beinen auf dem Boden ausgestreckt, fing sie an, sich unentwegt mit kindlichem Gebaren die aufgelösten Haare zu raufen.

„Antonietta! Was geht hier vor?" rief der Marchese bestürzt. „Sei du still!" befahl die Marchesa, und da die Tochter bei der heftigen Bewegung ihre schlanken weißen Beine entblößt hatte, wandte sie sich voll Abscheu ab.

„Steh auf, Antonietta", befahl sie. Doch ihre Stimme erbitterte die Tochter, die von Furien besessen schien; es war die Entdeckung ihres eifersüchtig gehüteten Geheimnisses, was sie so tief erschütterte. Stumm entfernten sich die Brüder, und sie blieb allein in der Mitte des Saales liegen und schüttelte den Kopf, als wolle sie ihn sich vom Halse reißen, und dabei keuchte sie mit verstörten und anstößigen Gebärden. „Helft mir, sie aufzuheben", sagte schließlich die Marchesa, und sobald die Eltern sie anrührten, bewegte Antonietta sich nicht mehr, sie war völlig erschöpft. Unter den Achseln gestützt, stieg sie ohne Bewußtsein die schwach erleuchtete Treppe hinauf; ihre Augen waren trocken und starr, auf ihre Lippen trat der Schaum des Zornes, und ihr Schreien war einer erstickten und abgerissenen Klage gewichen, die voller Haß war. Auch in ihrem Bett, in das sie nun gelegt wurde, fuhr sie fort, in dieser Weise zu klagen; man ließ sie allein.

Die Brüder in dem danebenliegenden Zimmer konnten nicht umhin, auf diese Klage zu lauschen, die sie jetzt von dem Gedanken an das entdeckte Geheimnis ablenkte. Doch dann wurde Pietro von einem traumlosen Schlaf übermannt, und Giovanni blieb allein wach in der Finsternis. Ruhelos wälzte er sich bald auf die eine, bald auf die andere Seite; endlich faßte er den Entschluß, aus dem Bett zu steigen und barfuß in das Zimmer der Schwester zu gehen. Es war ein schmaler länglicher Raum, in dem man die Luft der Kindheit – allerdings einer unterdrückten Kindheit, wie in einer Erziehungsanstalt – atmete. Die Decke war mit einem verblaßten Figürchen geschmückt: eine schlanke, geschmeidige Frau, in orangefarbene Schleier gehüllt, streckte tanzend die Arme nach einer bemalten Vase aus. Die Zimmerwände waren fleckig und düster; ein Paar alte rote Pantoffeln standen neben dem hölzernen Bett, und an der Wand hielt ein Engel mit ausgebreiteten Flügeln eine Weihwasserschale in der Hand. Die Nachtlampe brannte und warf einen bläulichen, schwachen Schein auf das Bett.

„Antonietta!" rief Giovanni. „Ich bin es . . ."

Die Schwester schien den Ruf nicht wahrzunehmen, obwohl ihre tränenerfüllten Augen geöffnet waren; sie lag in ihren kindlichen Schmerz versunken, mit zusammengepreßten, bebenden Lippen, und rührte sich nicht; ganz allmählich schlossen sich ihre Augen, und die nassen Wimpern waren zu sehen, lang und strahlenförmig. Auf einmal zuckte sie zusammen und rief: „Roberto!" Und dieser Name und die herbe Süße der Stimme voll Wehleid erschreckten den Bruder.

„Antonietta!" wiederholte er. „Ich bin es, dein Bruder Giovanni!"

„Roberto", sagte sie noch einmal mit leiser Stimme. Nun beruhigte sie sich langsam und schien ganz in sich gesammelt und aufmerksam wie jemand, der behutsam die Spuren eines Traumes verfolgt. In der Stille spürte auch der Bruder die Anwesenheit Robertos; hochgewachsen, ein wenig prahlerisch, mit der enganliegenden schwarzen Sammetweste, der mit Arabesken verzierten Waffe und den Silberspangen stand Roberto zwischen den beiden.

Antonietta schien nun ruhig eingeschlafen zu sein; Giovanni ging in den Korridor hinaus. Hier umfing ihn das Schweigen des Hauses, ein eingeschlossenes und zugleich grenzenloses Schweigen wie das der Gräber. Übelkeit und ein Gefühl, als müsse er ersticken, schnürten ihm die Kehle zu, so daß er zum großen Fenster im Treppenhaus ging und die Scheiben öffnete. Er hörte in der Nacht leichte, dumpfe Aufschläge, als ob weiche Körper auf den Sand des Gartens fielen; lebendig und greifbar nah erschien ihm der Raum jenseits des Gartens, und das Bedürfnis zu fliehen, das er früher schon manches Mal, wenn auch trügerisch und undeutlich, gespürt hatte, ergriff ihn jetzt plötzlich und unwiderstehlich.

Ohne zu denken, fast leblos kehrte er in sein Zimmer zurück und schlüpfte im Dunkeln in seine Kleider. Die Schuhe in der Hand, stieg er die Treppe hinunter, und das Knarren der Haustür, die sich hinter ihm schloß, erschreckte und entzückte ihn, als sei es ein Lied. „Addio, Antonietta", sagte er leise. Er dachte, er würde Antonietta und das Haus und die Piazza nie wiedersehen und er brauche nur geradeaus zu laufen, damit das alles nicht mehr existiere.

Auf dem verlassenen Platz war das heisere Tropfen des Brunnens zu hören, und er kehrte sich zur anderen Seite und wandte den Blick von jenem kalten und traurigen Marmorgesicht ab. Er lief durch die bekannten Straßen, bis er zu den Feldwegen und dann zu den offenen Feldern kam. Das Korn, das schon hoch und grün war, wuchs zur Rechten und zur Linken, die Berge im Hintergrund sahen aus wie undeutliches Gewölk, und die vorgeschrittene Nacht atmete wie erschöpft, feucht und still unter den funkelnden Lichtern der Sterne. Ich werde zu jener Gebirgskette kommen, dachte er, und dann ans Meer. Er hatte das Meer noch nie gesehen, und das trügerische und dunkle Rauschen einer Muschel, die er als Kind oft zum Spaß an sein Ohr gehalten hatte, fiel ihm wieder ein. Jetzt aber hörte er es lebendig und ringsum widerhallend, so daß es ihm vorkam, als breiteten sich links und rechts von ihm anstelle der Felder zwei Wasser aus, in denen ein ständiger Wirbel war. Nach einiger Zeit meinte er, schon sehr weit gegangen zu sein, während er sich erst wenig von seinem Heimatort entfernt hatte. Erschöpft wollte er sich ausruhen am

Fuße eines Baumes mit glattem Stamm und breiter Krone, die in zwei lange Äste geteilt war, den beiden Armen eines Kreuzes ähnlich. Kaum hatte er den Kopf an die Rinde gelehnt, als er einen Schauer verspürte: Der Anfall! dachte er entsetzt und dennoch ruhig. Das Fieber drang in ihn, bohrte sich mit glühenden Wurzeln in seinen Körper, der schon zu schwach war, um wieder aufzustehen. Sogleich waren seine Augen geschärft, so daß er jetzt das Gewimmel der Nachttiere unterschied, die einen Kreis um ihn bildeten; und er sah das Blinken und Verlöschen ihrer Augen, die trüben Feuern glichen. Sie zwinkerten ihm zu, er erkannte sie alle, und vielleicht hätte er sie, jedes einzelne, rufen und ihnen die endlosen Fragen stellen können, die sich seit seiner Kindheit in ihm angesammelt hatten.

Doch mit seltsamer Eile ging die Nacht schon in den Tag über. Eine klare Morgendämmerung brach an, und es schien, als sei die Landschaft in eine ausgebreitete Stadt aus Kreide verwandelt, staubig und verlassen, in welcher gedrungene Säulen und Hütten, Erdhügeln gleich, verstreut waren. In dieser Stadt erschien auf der Sonnenseite Isabella, groß vor dem Himmel wie eine Wolke, und ihr Gewand war wie der Kelch einer roten Blume. Sie kam ihm entgegen, obwohl ihre Füße sich nicht bewegten. Ihre nackten Schultern hingen vor Müdigkeit, während ihr geschlossener Mund zu lächeln schien; und ihre gläsernen und ruhigen Augen sahen ihn still an, um ihn zum Einschlafen zu bringen.

Folgsam schlummerte er ein; und als es Tag wurde, war es ausgerechnet der verhaßte Diener, der ihn fand und auf seinen plumpen Armen nach Hause trug. Wie schon so oft lag Giovanni tagelang in seinem Bett, ohne sich bewußt zu sein, daß er diese Tage lebte; seine Schwester Antonietta wachte bei ihm. Sie saß träge und ruhig da, manchmal nähte sie, oft war sie müßig. Sie betrachtete den Bruder, der in seinen roten und glühenden Welten schwebte, und dann und wann reichte sie ihm ein wenig Wasser. In ihrer Kittelschürze und mit dem glatt gekämmten Haar saß sie da wie eine Dienerin im Kloster.

Ihre Lippen waren wie verbrannt.

Der Gefährte

Ich war ein Knabe von dreizehn Jahren, Schüler des Gymnasiums. Unter all meinen weder schönen noch häßlichen Mitschülern gab es einen, der wunderschön war. Er war allzu aufsässig und faul, um der Erste in der Klasse zu sein; aber alle wußten, daß die geringste Anstrengung genügt hätte, und er wäre der Erstc geworden. Keiner von uns besaß einen so klaren und frohen Verstand wie er. Der Erste in der Klasse war ich; ich hatte ein poetisches Wesen, und wenn ich an den Gefährten dachte, kam mir stets der Name „Arcangelo" in den Sinn.

Wenn ich ihn mit diesem Namen wieder heraufbeschwöre, sehe ich sein goldschimmerndes, ziemlich langes Haar, das stolze Licht seiner Augen, die Rundung seiner Wangen, die so lieblich mit den Linien seiner Lippen übereinstimmte. Ich höre sogar sein Lachen wieder, das voll von kindlichem Übermut war; es gleicht einem Wasser, das all diese Jahre hindurch klar und rein geblieben ist.

Der Gefährte war so verwöhnt von der Natur, daß niemand von uns daran zweifelte, er werde auch vom Schicksal verwöhnt werden. Sein Hochmut war berechtigt, denn gewiß war er der Reichste von uns allen. Sein Haar war sorgfältig gekämmt, er trug hübsche Krawatten, und seine Schulbücher waren in schönes, leuchtend rotes Papier eingebunden. Niemand von uns hielt sich für würdig, in seinem Hause zugelassen zu werden, das wir uns, ohne es je gesehen zu haben, fürstlich vorstellten.

Jeden Tag kam eine Frau, um ihn abzuholen, die, wie er uns selbst sagte, seine Dienerin war. Von großer Gestalt und zurückhaltendem Wesen, hätte man sie beinahe stolz nennen können; sie hatte bleiche Wangen und dünne Augenlider wie jemand, der wenig schläft in der Nacht; und ihr Zopf war so prächtig und schwer, daß er aussah, als sei er aus massivem Gold; er war im Nacken zu einem Knoten geschlungen, wie die Bäuerinnen ihn zu tragen pflegen.

Die beiden warfen einander ein Lächeln zu, in dem ich heute das Zeichen eines geheimen Einverständnisses erkenne; dann nahm die Frau mit der demütigen Eilfertigkeit einer Dienerin dem Knaben die Schulmappe aus der Hand. Und sie gingen zusammen zu jenem nie gesehenen Haus, um das unsere Phantasien kreisten.

Obwohl ich und nicht er der Erste in der Klasse war, erfüllte es mich mit großem Stolz, wenn er mich mit meinem Vornamen Augusto nannte und nicht mit dem Nachnamen, wie er es bei den anderen Schülern tat.

Eines Tages, als der Gefährte zum Lehrerpult gerufen wurde, um geprüft zu werden, fiel einigen von uns sogleich auf, daß sein Gesicht anders war als sonst. In seinen Augen lag so etwas wie ein flüchtiges Entsetzen. Er sah aus wie jemand, so dachte ich voll Mitleid, der beim Fortgehen einen ungesitteten Gast zu Hause zurückgelassen hat, welcher während seiner Abwesenheit in den geliebten Dingen herumstöbert. Bei der ersten Frage des Lehrers starrte er mit seinen erschrockenen Augen das Pult an, dann brach er in ein seltsames Weinen aus. Seltsam, weil es nicht das befreiende und spontane Weinen der anderen Kinder seines Alters war, sondern ein mühsames, bitteres Weinen wie das der Erwachsenen, deren Schmerz versteinert und ausweglos ist. Als wir ihn so weinen sahen, den Kopf auf die Arme gebeugt und vom Schluchzen geschüttelt, überkam uns dasselbe beklommene und peinliche Gefühl, das man empfindet, wenn man einen Mann weinen sieht.

Am nächsten Morgen erfuhren wir die Ursache von alledem: Der Gefährte kam nicht zur Schule, denn seine Mutter, die seit ein paar Tagen krank gewesen, war in der Nacht gestorben. Wir erfuhren auch, daß seine Mutter eben jene Bäuerin gewesen war, die nach der Schule auf ihn zu warten pflegte; gewiß schämte er sich seiner Armut, und deshalb hatte er so getan, als sei sie seine Dienerin.

Diese abscheuliche Komödie rief unsere Verachtung hervor; aber da er nicht mehr in die Schule kam, konnten die anderen Schüler ihm ihre Verachtung nicht beweisen. Die Vergeltung blieb mir vorbehalten. Der Gefährte, der schon früh seinen Vater verloren und jetzt keine nahen Verwandten mehr hatte, wurde aus Mitleid von einem Onkel aufgenommen, der einen Laden besaß und ihn als Gehilfen anstellte. Wenige Monate waren vergangen, seitdem er die Schule verlassen hatte, als ich durch Zufall diesen Laden betrat und den Gefährten dort wiederfand. Ich kam gerade vom Unterricht und hielt meine Bücher unter dem Arm. Er trug einen zu engen und zu kurzen Anzug, und auf seinen ziemlich schmächtigen Schultern war sein kindliches Gesicht so schön, daß ich gegen meinen Willen nicht umhinkonnte, ihn im stillen wie früher „Arcangelo" zu nennen. Als er mich erblickte, erschien auf seinem Gesicht das gezwungene kleine Lächeln eines Kindes, das man geschlagen hat und das, um einem keine Genugtuung zu geben, so tut, als sei nichts geschehen. Doch als er mich kalt und schweigend auf der anderen Seite des Ladentisches stehen sah, ahnte er vielleicht die Verachtung, die ich wie alle anderen Knaben für ihn empfand. Seine Augen blitzten vor Hochmut, sein Lächeln wurde triumphierend, und höhnisch sagte er zu mir mit leiser Stimme: „Du Streber."

Wer für mich die Antwort formte und auf meine Kinderlippen brachte, weiß ich nicht. Sonderbar fremd hallte sie in mir wider, und doch sprach ich sie aus: „Sohn einer Magd", sagte ich zu ihm. Darauf hatte ich kaum die Zeit, seine brennende Röte und gleich danach sein plötzliches Erblassen wahrzunehmen; er kam mir so verlassen und schutzlos vor in seiner Erniedrigung, daß ich mit einemmal meine kindliche Liebe für ihn voll und ganz wiederfand. Ich rannte aus dem Laden.

Seit damals habe ich ihn nicht mehr gesehen und habe auch nie wieder von ihm sprechen hören. Aber noch heute ist trotz meiner Verachtung das Gefühl für jenen Knaben so stark, daß ich, wenn ich ihn im Gefängnis wüßte (ich begreife nicht, warum meine Gedanken bei dieser Möglichkeit als der wahrscheinlichsten verweilen), bereit wäre, seinen Platz einzunehmen, damit er freigelassen würde.

Andurro und Esposito

Der Tageslauf

Der alte Andurro, der selber nicht wußte, wie alt er war, wachte mitten in der Nacht auf, wie er es immer tat. Obwohl er schon wach war, konnte er doch erst am Morgen aufstehen, wenn seine Nichte Elena kam, um ihm zu helfen. Allein war er nicht imstande, sich zu erheben.

Die Stunden der Regungslosigkeit und der Stille bis zum Morgengrauen flossen für ihn ohne Verdruß oder Schmerzen dahin, leicht wie Wasser. Von seinem schmalen und beinahe unterirdischen Zimmer aus konnte er nicht nach draußen sehen; dennoch nahm er das Aufblinken der Sterne am Himmelsbogen und ihre wechselnden Farben wahr, bis er schließlich dachte: Es ist soweit. Und sozusagen im selben Augenblick sickerte durch die Ritzen das erste Licht, dessen Farbe einem bleichen und noch von Träumen umfangenen Gesicht ähnlich war.

Der alte Andurro dachte: Bald wird meine Nichte Elena kommen; früher kam meine Frau Maria. Die Alte war noch quicklebendig, immer zum Schwatzen und Raufen aufgelegt wie eine Henne, während ich schon keine zwei Schritte mehr gehen konnte. Ich sagte zu ihr: Mit wem wirst du schimpfen, mein Hühnchen, wenn ich unter der Erde bin? – Aber sieh mal an, nun ist sie tot, und ich bin immer noch hier. Er lachte eine Weile und schüttelte den Kopf. In diesem Augenblick kam, hochgewachsen und barfuß, die Nichte Elena. Ihre schwarzen Augen über ihn neigend, die unter ihrer Stirne strahlten wie zwei Sterne, kleidete sie ihn ernst und geschickt an und half ihm, sich auf die Stufe der Türschwelle zu setzen. Sie vergaß nicht, ihm die Schüssel mit der Suppe hinzustellen, die ihm für den ganzen Tag genügen mußte: ein Brei aus weichem Brot und gehackten Kräutern – was gibt es Besseres für einen Alten, der nur noch mampfen kann? Und geräuschlos machte die Nichte Elena sich davon, mit vornehmer Anmut sich in den Hüften wiegend.

Der Alte saß auf der Stufe der Türschwelle und wußte, daß die Sonne aufgegangen war, obwohl sie noch hinter dem Gebirge verborgen und nicht zu sehen war. Über die Ränder der Berge rieselte ihre Glut, bis ihre Strahlen hervorkamen; und der Alte dachte zum tausendsten Male: Es sieht aus wie der Heilige Geist hinter der Wolke. Dieser Gedanke beschäftigte ihn eine Zeitlang; endlich kam die Sonne frei zum Vorschein, und vom Gebirge herab ergoß sich ihr wunderbarer goldener Strom. Die Droschkenkutscher schirrten ihre Pferde an und fuhren mit Peitschenknallen davon. Allen rief Andurro „Gute Fahrt!" zu, aber da seine Stimme wie zusammengeklebt und einem heiseren Donnergrollen ähnlich war, verstanden sie ihn nicht.

Um zehn Uhr kamen die ersten Herrschaften vorbei, die zum Meer hinuntergingen. „Kommt und macht es euch auf meiner Terrasse bequem, meine Herren!" flehte der Alte. „Von dort oben habt ihr eine schöne Aussicht!" Aber da sie glaubten, er sage das nur, weil er Geld verdienen wolle, lehnten die meisten ab. Doch Andurro wollte keine Vergütung, im Gegenteil, er bot den Damen sogar die Nelken auf seiner Terrasse an. Da er selbst nicht bis dort hinaufsteigen konnte, von wo man den Vulkan und sogar die Inseln sah, sollten an seiner Stelle wenigstens andere Leute die Aussicht genießen. „Wie schön!" riefen alle von oben herab. Und der Alte lachte zufrieden über die Ehre.

Um zwölf Uhr mampfte er die Hälfte seiner Suppe und ließ den Rest für das Abendessen übrig. Ein paar Stunden lang kam niemand vorüber, außer den halbnackten Gören, die sich im Staub herumwälzten; manchmal kam auch ein Esel, der von einem kleinen Mädchen am Zaum geführt wurde. Einen guten Teil dieser Zeit verbrachte der Alte, den Kopf auf die Knie oder gegen den Türpfosten gelegt. Wenn er die Glocken läuten hörte, dachte er an das Lied: „Din don, campanon, Fra Simon." Auch ein solches Lied hatte die Macht, seinen Geist viele Stunden lang zu beschäftigen, etwa so wie ein Klang, der von einem bestimmten Punkt ausgeht und durch eine Felsenschlucht und dann durch noch eine und dann nochmals eine widerhallt, durch einen weiten Raum.

Von Zeit zu Zeit erschien die Nichte Elena, um ihm ihre Dienste anzubieten. Mit lässiger Handbewegung begrüßte er sie und rief ihr zu: „Was macht der Schatz?"

Die Sonne ging hinter dem Meere unter, aber der Alte erkannte nur undeutlich ihren glühenden Ball. Ehe die abendliche Feuchtigkeit in seine Knochen dringen konnte, kam die emsige Nichte Elena, hochgewachsen und barfuß; und die schwarzen Augen über ihn neigend, die dunkel unter ihrer Stirn standen wie zwei samtene Rosen, kleidete sie ihn aus und brachte ihn zu Bett. Dann machte sie das Zeichen des Kreuzes über seinem Antlitz und ging davon.

Aus seinem schmalen und beinahe unterirdischen Zimmer konnte der Alte auch jetzt nicht nach draußen sehen; aber er spürte die erste Bewegung der Sterne in der Dämmerung des Himmels und ihr Aufblinken an einem bestimmten Punkt. Zu dieser Stunde, so dachte er, betete meine Frau Maria den Rosenkranz, als sie noch lebte, und zip, zip, zip hörte sie gar nicht mehr damit auf. So Gott will, wird ihr Gebetlein auch mir genützt haben; also brauch ich mir wohl nicht allzu große Sorgen um mein Seelenheil zu machen. Na ja.

Während dieser Gedanke in seinem Geist umging, lief der Abend über das Wachen des Alten dahin, leicht und freundlich. Es schlugen die Stunden der Nacht, und der Mond, beinahe so dünn wie ein Faden, wanderte bei diesem Klang langsam weiter. Als er sehr hoch stand und fast schon wieder am Absteigen war, schlummerte der alte Andurro ein.

Die Taufe

Francesco Esposito stammte aus einer Familie von Anarchisten und Gottlosen; daher war er nach seiner Geburt nicht getauft worden. Er erreichte das Alter von fünfundsiebzig Jahren, ohne die heiligen Sakramente empfangen zu haben; „wie die Tiere", sagte seine Landsmännin Lucia. Seine Verwandten waren alle tot, er war allein. Er litt an Adernverkalkung, und von einem Augenblick zum andern konnte auch bei ihm der Tod eintreten. In Lucias Gemüt erweckte sein Schicksal vielerlei Besorgnisse. Am Morgen, wenn ihr Mann, der Droschkenkutscher war und seinen Standplatz auf der Piazza hatte, mit Wagen und Pferd davongefahren war und die vier großen Kinder in die Schule gegangen waren, ließ sie die drei kleinen Kinder für ein paar Minuten allein, die das sogleich ausnutzten, um sich auf dem großen Platz im Staub zu tummeln (dies war ihr seligster Zeitvertreib). Nachdem Lucia sich das schwarze Kopftuch unter dem Kinn gebunden hatte, lief sie rasch zu dem Zimmerchen, einem schmalen und langen Kellerraum, welcher die ganze Wohnung Francesco Espositos darstellte. Einem kleinen Finken gleich, der alle Tage in der Morgenfrühe kommt, um uns immer wieder dasselbe Lied vorzusingen, sagte sie freudig zu ihm mit glühenden Blicken aus ihren Augen, die so schwarz waren wie die einer Araberin: „Nun, hat Euch die Nacht nicht einen guten Rat eingegeben? Also, was sagt Ihr? Wollen wir nicht doch daran denken, Euch dieses Stühlchen im Paradies zu verschaffen?"

„Na, in meinem Alter, was wollt Ihr da noch!" erwiderte Francesco Esposito.

„Das Alter!" rief Lucia, in ein erregtes Lachen ausbrechend und heftig an den Zipfeln ihres schwarzen Tuches zupfend, „was bedeutet schon das Alter für Unseren Herrn? Vor Unserem Herrn sind wir alle kleine Kinder, wie meine Filomena, die noch in den Windeln liegt. Was glaubt Ihr denn, die Jahre und das Alter, das sind doch bloß Scherze dieser Welt! Der Tod, der ja, der ist etwas Wirkliches; dann ruft uns nämlich Unser Herr zur Prüfung auf, wie ein Schulmeister. Und wenn wir nicht vorbereitet sind, sagt er zu uns: ‚Wer seid ihr, ihr Nichtswisser? Ich kenne euch nicht. Macht, daß ihr rauskommt aus meinem Haus!'"

Und mit großartigen und begeisterten Gesten, zwischen denen sie sich jedoch dann und wann in Sorge nach ihren drei unbeaufsichtigten Kindern umwandte, die sich im Staub herumwälzten, erklärte Lucia noch einmal alles, was man über die Hölle und das Paradies wußte: wie abscheulich und finster und abgrundtief und schändlich die Hölle sei; und wie dagegen das Paradies heiter und ruhig und hell erleuchtet sei, ein Ort der Engel und der Heiligen und der wohlanständigen Leute. „Gefällt Euch etwa der Gedanke", sagte sie zu ihm, „all die Jahrhunderte von Ewigkeit zu Ewigkeit in Gesellschaft von Heiden, Dieben und Mördern zu verbringen? Mit gewissen Verbrechern, denen man hier auf Erden lieber aus dem Weg gehen möchte, weil sie so eklig sind? Und dann trefft Ihr sie da unten wieder, Aug in Aug, als ob sie alle Eure Gevattern und Gevatterinnen wären!"

Es gab keinen Tag, an dem Lucia – mit schwarzem Kopftuch und Stoffschühchen (im Dorf war sie eine von den sehr wenigen Frauen, die Schuhe trugen wie Damen) – nicht zu Francesco Espositos Haus hinunterging und ihre Reden hielt, um den Alten zu überzeugen, daß er sich taufen lassen müsse. Endlich eines Morgens zwinkerte Francesco Esposito ihr zu und sagte:

„Also, im Grund war Unser Herr wohl ein großer Weiser, nicht wahr, jemand, der was davon verstand und ein ganz besonderes Gehirn hatte!"

„Ein besonderes Gehirn!" rief Lucia empört und feierlich, „was ganz anderes als ein besonderes Gehirn! Er ist es, der die Welt in sechs Tagen geschaffen und sich am siebenten Tage ausgeruht hat, das ist Unser Herr, das kann ich Euch bloß sagen!"

„Dann wird er wohl mehr wissen als ich", erklärte Francesco Esposito und stand auf. „Und wenn er gesagt hat, man solle sich mit Weihwasser befeuchten, dann werde ich tun, was er sagt."

Nach diesen Worten blickte er Lucia mit zusammengekniffenen, lachenden Augen an. Und die Frau fing an zu zittern vor Jubel, der ihr fast den Atem benahm, und küßte Francesco Esposito die Hände, wobei sie immer wieder sagte: „Sohn Gottes, Gott hat Euch gesegnet; Ihr, die Ihr ein Zigeuner gewesen seid, befindet Euch jetzt in einem ewigen Königspalast!" Darauf erklärte sie hastig, in einem Ton wie eine Fiebernde, daß sie sich um alles kümmern werde, um den Taufpaten, den Pfarrer und die Feier. „Jetzt laßt mich zu diesen drei kleinen Geschöpfen zurückkehren, die Gott weiß was alles anstellen!" schloß sie, riß sich wegen der glühenden Hitze das schwarze Tuch vom Kopf und eilte davon. Auf dem ganzen Weg rief sie: „Ah, madre mia bella, süßeste Jungfrau von Karmel, daß du mir Unwürdigen eine solche Ehre angetan hast!" Und überstürzt murmelte sie ein Dankes-Ave-Maria nach dem anderen.

In kurzer Zeit wurde der alte Francesco Esposito über die Sakramente, die Gebote und die Lehre unterrichtet; die Worte, die er dem Priester zur Antwort geben sollte, wurden ihm beigebracht und daß durch den Ritus der Taufe jetzt endlich die Befleckung der Erbsünde (die im Dorf, wo alle andern rein waren, nur ihn mit ihrer gräßlichen Schande verunstaltet hatte) von ihm genommen würde, damit er, wann immer es Gott gefallen mochte, ins Paradies fliegen könne, unschuldig wie ein neugeborenes Kind. Nun, in Wahrheit hatte Francesco Esposito seines langsamen Geistes wegen manchmal etwas Mühe, solcherlei Erklärungen zu begreifen, mehr, als wäre er noch ein kleiner Junge gewesen.

Die Stunde der Zeremonie kam herbei; die ganze Zeit über blieb er ruhig, hielt den Kopf gesenkt und antwortete dem Priester, indem er die Worte fast buchstabierte. Aber als der Priester sagte: „Francisce" oder aber: „hunc famulum tuum Franciscum", und da er wußte, daß von ihm die Rede war und er seinen Namen auf lateinisch ausgesprochen hörte, empfand er plötzlich tiefe Rührung und warf stolz den Kopf empor.

Als die Zeremonie zu Ende war, machte sein Taufpate, ein Grundbesitzer aus der Gegend, der von Lucia zu diesem Amt herbeigerufen worden war, ihm eine Silberkette mit einer Medaille der Madonna zum Geschenk; er selbst hängte sie ihm um den Hals, und danach ging er fort, da er auf den Feldern zu schaffen hatte. Auch Lucia kehrte nach einem heiteren Lachen des Einverständnisses, das die Abschiedsworte in ihrer Kehle zittern ließ, zu ihrer Familie zurück. Und Francesco Esposito blieb allein.

Wie sonst setzte er sich vor die Tür auf die Straße.

Hätte jemand gedacht, daß an diesem Tage alles verändert war für ihn? Alle Dinge schienen gleich geblieben zu sein. Vor ihm erhob sich das Gebirge über dem Meer, das ihm vorkam – weil die Anstrengung, den Kopf zu heben, ihm nicht gestattete, die Gipfel zu sehen –, als sei es von schwindelerregender Höhe. Auf den Berghängen konnte man im Mittagslicht, das in seinen Augen zu einer Art flimmernder Dämmerung verschmolz, die verschiedenen Flecken der Weingärten, der Olivenhaine und Wiesen erkennen, die ihm alle schwarz erschienen, wenn auch von einem ungleichen Schwarz. Und weit in der Ferne öffneten sich die beiden aneinandergrenzenden hellblauen Räume des Himmels und des Meeres vor ihm, gleich einem riesigen See, fast wie die geheimnisvolle Mündung eines einzigen Strudels.

Bisweilen hörte man über diesen großen offenen Raum hinweg den Widerhall von Liedern oder Rufen, unbekannte Stimmen, die Francesco Esposito dennoch vertraut waren. Auf der kleinen, engen Gasse gingen nacheinander die ihm bekannten Leute an ihm vorüber: da kam der „Vater-der-siebenundzwanzig-Kinder", fett und leichtsinnig, mit lauter Stimme ein Lied singend, das in den Wirtschaften gerade Mode war. Da kamen die Frau und die älteste Tochter von Pasquale Massa, besser bekannt als „Surunto" (das bedeutete super-unto, schmierig und schmutzig in höchstem Grade), sie waren zerzaust, und wie gewöhnlich stritten sie miteinander. Da kam die Hebamme, derb und mager, mit der Zigarette im Mund. Da kam der finstere Surunto persönlich, den Hut auf dem Kopf und mit der Schmarre auf der Backe. Sie alle sahen Francesco Esposito, wie er manchmal mit lässiger Gebärde die Hand erhob, manchmal wieder den Kopf schüttelte. Dann und wann betastete er seine weißen Locken, die vom Weihwasser benetzt worden waren, und sogleich verbarg er sein Gesicht in den Händen, mit einem verhaltenen Lachen. Wer weiß, ob die Leute merkten, daß er jetzt genauso war wie alle andern und unschuldig wie ein neugeborenes Kind? Es kamen ihm undeutliche Gedanken, die auf ihre Art eine weiße und beflügelte Gestalt hatten, ähnlich wie Tauben. Und wenn er an den Tod dachte, sah er ein blütenweißes Feld, auf dem eine Herde von Lämmchen dicht aneinandergedrängt zu schlafen schien, wie Geschwister, die in einem schönen Bett ruhen.

Dann überkam ihn eine summende mittägliche Schläfrigkeit; doch jenseits dieser Schläfrigkeit, die ihm dennoch keinen Schlaf gewährte, schien ein schwarzer Schlund sich aufzutun. Denn in Wirklichkeit war er immer noch ein Sklave des Zweifels und der Unwissenheit. Am späten Nachmittag bedrückte ihn eine solche Einsamkeit, daß er sich entschloß, Vincenzo Vuotto einen Besuch abzustatten.

Vincenzo war noch älter als er. Zu dieser Tageszeit würde er gewiß in der Küche sitzen und warten, daß die Familie von den Feldern zurückkehre. So war es dann auch: der Freund saß dort in Hemdsärmeln auf einem Stuhl, die Ellenbogen schwer auf die Lehne eines anderen Stuhles gestützt und den Kopf gesenkt, auf den durch ein Fensterchen zwischen der Wand und der Decke ein Sonnendreieck fiel; ein Reigen von kleinen, gerade geschlüpften Fliegen wirbelte schwindlig von der Sonne darin herum. Vincenzo Vuotto war ein schweigsamer Mann, der beim Eintreten Francesco Espositos nur leicht auffuhr und dann das Kinn und den trüben Blick wieder auf die Brust senkte.

Francesco Esposito schlug ein leises Kichern an. „Na ja, nun haben wir auch das mit diesem Stühlchen in Ordnung gebracht“, sagte er mit einer unterdrückten Fröhlichkeit (wie leicht zu verstehen ist, spielte er auf sein Stühlchen im Paradies an).

Vincenzo Vuotto zuckte nicht mit der Wimper. Mit glühenden Bäckchen setzte Francesco Esposito sich ihm gegenüber: „Schaut her“, sagte er mit einem etwas verschämten Lachen, das wie ein Hauch war; und mit den Fingern ließ er das Kettchen hin und her schaukeln, so daß die Silbermedaille des Paten in der Luft tanzte; Vincenzo Vuotto warf, nur weil es sich so gehörte, einen halben Blick darauf. „Man hat mir's gehörig gegeben, heute morgen“, fuhr Francesco Esposito mit einem wohlgefälligen Schmunzeln fort und schüttelte den Kopf. Vincenzo Vuotto gab ein unverständliches Gebrummel von sich.

„Jetzt kann ich ja auch sterben", fing Francesco Esposito seufzend wieder an.

„Bah", sagte Vincenzo.

Der andere warf ihm einen Blick zu und wagte es, ihm seine Zweifel mitzuteilen: „Was sagt Ihr dazu", fragte er und zwinkerte mit den Augen, „zu all diesen Dingen vom Paradies und vom Weihwasser? Gewiß, man muß zu jeder Stunde bereit sein. Vor allem: wer sagt uns, ob diese Welt, die besteht und schon sehr, sehr lange bestanden hat, nicht von einer Minute zur andern in Trümmer gehen kann? Sogar die Paläste ... ich sag das nur als Beispiel ... sogar ein uralter Palast, der seit zwei-, dreihundert und noch mehr Jahren auf den Beinen steht, fängt eines schönen Tages an, Risse zu kriegen, Stücke vom Verputz bröckeln ab, und die Zimmerdecken, die Fußböden ... alles wird zu einem Schutthaufen, der nur noch für die Schlangen und die Fledermäuse und Uhus taugt, die tagsüber drin schlafen. Ein paar Anzeichen gibt es sogar, daß auch die Welt schon Risse hat ... Ich möchte sagen: die Anzeichen fehlen nicht."

Er grub diese Gedanken mit großer Anstrengung aus seinem Geist heraus wie ein Erdarbeiter, der sich mit Hacke und Spaten auf einem steinigen Gelände abmüht. Aber Vincenzo Vuotto ließ keineswegs erkennen, daß er diese Erörterungen zu schätzen wisse. Er machte nur eine Handbewegung, und es war nicht zu ersehen, ob er damit eine kleine Fliege wegscheuchen oder Francesco Esposito zustimmen wollte.

„Nun ja, der Mensch kann nicht sagen, ob heute oder morgen", fuhr Francesco fort; „es kann mir zustoßen, wenn ich heute abend aus Eurem Haus komme und bei mir denke: Jetzt gehe ich zu Pratile und trinke ein Glas Wein, daß ich auf dem Weg von hier bis zu Pratile den Tod treffe; ich falle hin, und es ist aus mit mir. Na ja, der Mensch wird geboren, ohne etwas davon zu wissen, und so kommt er auch zum Letzten, ohne etwas davon zu wissen. Der Mensch weiß nichts von seinem Anfang, und er weiß auch nichts von seinem Ende. Gott sei Dank, wir sind bereit." Und hier schwieg Francesco und wartete auf die Antwort, doch Vincenzo sagte nichts.

„Aber man hat mir's gegeben heute morgen, ganz gehörig", sagte Francesco noch einmal mit unsicherer und leiser Stimme.

Lange saßen sie schweigend da. Das Sonnendreieck stieg tiefer, und mit ihm verschwand das irre kleine Feuerwerk der Fliegen. Man hörte die Glocken das Ave-Maria läuten.

Vincenzo Vuotto hielt den Kopf ein wenig schief, blinzelte mit listiger und verstohlener Miene Francesco an und sagte:

„Die Abendglocken läuten
das Ave-Maria ein,
und wer bei andern Leuten,
der mach, daß er schnell geht heim.
Zu Euch, mein Freund, sag ich es nicht,
tut nur, wie's Euch gefällt.
Doch wäre ich in Eurem Haus
und Ihr nicht in dem meinen,
so wäre ich zu dieser Stund
schon fort und längst daheim."

Francesco Esposito stand nur ungern auf. „Na ja, warum auch nicht", sagte er und blieb einen Augenblick im Türrahmen stehen. Dann lachte er von neuem und sagte: „Gute Nacht."

Vincenzo hob die Hand mit träger Gebärde.

Als Francesco Esposito draußen war, machte er sich unverzüglich auf den Heimweg. Seinen Gedanken nämlich, zu Pratile zu gehen und ein Glas Wein zu trinken, hatte er nur so beiläufig geäußert, sozusagen um ein Beispiel anzuführen, das seine Rede deutlicher erklärte, in Wirklichkeit aber war ihm das Vergnügen, ein Glas Wein zu trinken, seit geraumer Zeit verwehrt. Weil sein Blut zu schwer war, machte ihn der Wein lediglich müde und verstärkte das ewige Summen wie von Grillen, das unaufhörlich in seinen Ohren dröhnte.

Er schlug also den Heimweg ein mit dem Wunsch, nach Hause zu kommen und zu schlafen. Er wußte allerdings, daß diese seine Schläfrigkeit in der Dämmerstunde, wenn sie ihn jetzt auch zum Schlaf verlockte, eine Täuschung war. Sein Schlaf würde kaum zwei oder drei Stunden dauern, und dann würde ihn wie gewöhnlich, gleich einer langen, verworrenen Zeit, das finstere nächtliche Wachsein erwarten. Und schließlich würden die ersten Geräusche des Morgengrauens ihn wie immer mit offenen Augen überraschen.

Noch ehe Francesco Esposito zu Hause ankam, war die Nacht hereingebrochen. Zu jenem inneren Summen, das ihn stets begleitete, gesellte sich jetzt das Echo des Felsenriffs, das jeden seiner Schritte nachhallen ließ. Und es war ihm, als liefe ein Fremder, stumm und absonderlich, auf zwei hohen Stelzen ganz dicht hinter seinen Schritten her.

Vetter Venanzio

Vetter Venanzio hatte an der linken Schläfe ein kleines weißes Zeichen in der Form eines Kommas, von dem Tante Nerina, seine Mutter, behauptete, es sei ein Mondmal. Sie erzählte nämlich, daß sie in der Zeit, als sie den Vetter Venanzio erwartete, eines Abends dem neuen Mond zugeschaut habe; und mit einer solchen Leidenschaft habe sie jenen goldenen Samen des Lichtes, der da in den Himmel geworfen war, betrachtet, daß er in ihr zu keimen begonnen habe und erloschen und in verkleinerter Form auf der Schläfe von Vetter Venanzio wieder erschienen sei.

Dieses Mondmal zeichnete sein Gesicht, sonst war er unscheinbar, winzig klein und so mager, daß seine Schulterblätter hervorstanden wie zwei verstümmelte Flügelchen; und an seinem ganzen Körper konnte man unter der Haut, die dünn und zerbrechlich war wie Zwiebelschale, die kleinen Gelenke und die bebenden Knöchelchen sehen. Er hatte schwarze Löckchen, die aber immer so voller Staub waren, daß sie grau aussahen, und schwarze, weit aufgesperrte Augen voll Schwermut; seine Bewegungen waren immer erregt und hastig wie die eines Häschens auf der Flucht unter dem Mond. Der Vetter Venanzio weinte nie; statt zu weinen, schluckte er, und sogleich konnte man sehen, wie der bittere Klumpen von Tränen ihm in der Kehle steckenblieb, dick wie ein Knoten, der hinauf- und hinunterrutschte. Und dann versuchte Vetter Venanzio ein kleines Lächeln, wobei er zwischen den dünnen Lippen die kümmerlichen braunen Zähnchen sehen ließ. Und von der Anstrengung, jenen Knoten hinunterzuschlucken, wurde er ganz bleich.

Tante Nerina, Vetter Venanzios Mutter, hatte morgens, ehe sie ins Telefonamt ging, wo sie angestellt war, immer viel zu tun, und zwar wegen ihrer Locken. Jeden

Abend teilte sie ihre Haare in lauter kleine Büschel ein, die sie um Streifen von Zeitungspapier wickelte und befestigte; und am Morgen mußte sie sie dann wieder auseinanderwickeln. In dieser sorgfältigen Behandlung der Locken bestand die äußerste Pflege, die sie ihrer Person angedeihen ließ; was nämlich das übrige anbetraf, so war sie unordentlich eingemummelt und mit Sicherheitsnadeln zugesteckt. Ihre sehr hohen hölzernen Absätze waren immer schief, und sie rühmte sich, keinen Puder zu benutzen, weil sie das Glück hatte, daß ihre Wangen von Natur hellrot getönt waren. Sie war stets erregt, in solchem Maße, daß ihr Lachen sich wie Schluchzen anhörte, und wenn ihre Stimme schrill und zitternd „Venanzio! Venanzio!“ rief, jagte sie uns einen seltsamen Schauder ein.

Sämtliche Brüder Venanzios beschäftigten sich mit irgend etwas: der älteste schrieb Fortsetzungsromane; der zweite spielte Fußball, denn er war mit kräftigen Muskeln ausgestattet, der dritte ging zur Schule und wurde immer versetzt, weil, wie Tante Nerina sagte, der Lehrer sehr gutmütig war. Nur Venanzio, der vierte, tat gar nichts; wozu sollte man ihn eigentlich in die Schule schicken? Zwar saß er still in seiner Bank, das stimmt, doch er hörte überhaupt nicht zu, was der Lehrer sagte. Wenn dieser ihn plötzlich anschrie mit einer Stimme wie das Jüngste Gericht: „Was habe ich gesagt? Rossini, wiederhole!“, dann verzog Venanzio den Mund zu seinem verwirrten und fragenden Lächeln, und seine ein wenig abstehenden Ohren zitterten auf sehr eigentümliche Weise; nie glich er so sehr einem Häschen wie in diesen Augenblicken. Es war offensichtlich, daß er sich schämte, jemand zu sein, der alles vergißt. Die Gedanken fielen ihm aus dem Gedächtnis wie Tautropfen von einem Baum: sie blieben einen Augenblick lang in der Schwebe, glänzten unbestimmt und fielen herab.

Nur etwas wußte er auswendig; es war das folgende, nur aus zwei Versen bestehende Lied, das er sich selbst ausgedacht hatte:

Emidio, der Seemann,
er fährt und fährt und fährt.

Und immer sang er es mit einem falsch tönenden Stimmchen.

Außerdem kannte er die Superlative, die er mit größter Genugtuung anwandte. Wenn Tante Nerina vom Telefonamt heimkam und ihn fragte: „Mein Liebling, bist du heute artig gewesen?", dann versicherte er: „Am artigsten", und nach einem Augenblick des Nachdenkens fügte er hinzu: „Das Gegenteil von am unartigsten", und endlich schloß er: „Der Allerartigste" und verdrehte die Augen vor Anstrengung.

Jeden Morgen, ehe sie zum Telefonamt ging, nahm Tante Nerina den Teppichklopfer und schlug Vetter Venanzio. Sie erklärte nämlich, Vetter Venanzio stelle den ganzen Tag und überhaupt jeden Tag so viele Dummheiten an, daß man sicher sein könne, nichts falsch zu machen, wenn man ihn jeden Morgen gleich nach seinem Aufwachen verhaue. So brauchte man sich für den Rest des Tages nicht mehr darum zu kümmern. Also nahm Tante Nerina den Ausklopfer und näherte sich Venanzios Bett, und Venanzio zeigte sein Lächeln und schluckte. „Venanzio", sagte nun Tante Nerina, „zieh dir das Nachthemd hoch, denn ich muß dich verhauen." Und dann ging sie ins Telefonamt, selbstverständlich erst, nachdem sie ihre Locken ausgewickelt hatte.

Und der Papa ging überall herum und versuchte, Feuerversicherungen abzuschließen, und der älteste Bruder ging in die Druckerei und der zweite zum Trainieren und der dritte zur Schule, nur Vetter Venanzio blieb meistens zu Hause. Er lief um das Haus herum, rannte treppauf und treppab, schaute in die Fenster hinein, das Lied von Emidio singend, und stellte hundert Dummheiten an. Wenn er von einem halben Dutzend Gläsern auch nur eines anfaßte, dann fiel sicher dieses eine herunter. Und wenn die Hühnerdiebe wußten, daß Vetter Venanzio allein daheim geblieben war, trafen sie sich bei seinem Haus und stahlen ihm die Hühner unter der Nase weg. Einen einzigen Auftrag hatte er auszuführen, nämlich um zwölf Uhr das Gas anzuzünden und das Wasser für die Spaghetti aufzusetzen; aber nur ganz selten gelang die Sache; zum Beispiel stellte er den Kochtopf mit dem Wasser auf, ohne das Gas anzuzünden, oder aber er zündete das Gas an und stellte den Kochtopf leer darauf.

Er trug ein Hemd ohne Knöpfe und ein Paar Hosen, die in seinen Besitz gelangt waren, nachdem sie den älteren Brüdern der Reihe nach gehört hatten: das Ganze wurde mit Sicherheitsnadeln zusammengehalten. Seine Füße waren nackt, und durch das Barfußgehen waren seine Zehen platt und fächerförmig geworden wie die Füße eines Entleins. Doch damit nicht genug: Vetter Venanzio war ein Schlafwandler. Aus diesem Grunde weigerten sich seine Brüder, nachdem sie ihm so manchen Fußtritt versetzt hatten, im selben Zimmer mit ihm zu schlafen; deshalb schlief er auf einem kleinen Klappbett im Korridor. Dort stand er mitten in der Nacht auf und wanderte im Schlaf umher. Dann kam es vor, daß er ganz plötzlich wach wurde und meinte, tief unten in einem Tal, in irgendwelchen fernen Winkeln zu sein, die ihm im Dunkeln fremd und nicht geheuer schienen. Und schweißbedeckt vor Angst machte er sich tastend auf die Suche nach seinem Bett. Oft geschah es, daß er im Schlaf seltsame Dinge tat, die er am nächsten Morgen vergessen hatte. Hierher gehört die Geschichte von den Fähnchen.

Eines Tages kaufte Tante Nerina sich ein hübsches Kleid aus marokkanischem Krepp, dessen schwarzer Grund ganz bedruckt war mit kleinen Fähnchen. Diese Fähnchen waren nicht größer als Briefmarken, aber dennoch wunderschön. Von allen Ländern waren welche dabei, solche mit winzigen Sternen oder solche mit roten Lilien auf weißem Grund oder solche mit weißen Kreuzen auf rotem Feld. Der Anblick dieser Fähnchen bereitete Vetter Venanzio eine so große Freude, daß er, aus vollem Halse lachend, um das Kleid herumhüpfte. Tante Nerina sagte zu ihm: „Laß dir nur nicht einfallen, mein Herzchen, daß du sie einzeln ausschneidest!"

Nun aber sah Vetter Venanzio, so erzählte er, in der folgenden Nacht einen fliegenden Reigen von Fähnchen, die zu Tausenden in seinem Schlaf flatterten. Er versuchte sie zu verscheuchen, weil er meinte, es seien

Mücken, aber sie kamen immer wieder. Und immer noch schlafend, stand er auf und ging in den Salon, wo das neue Kleid schön ordentlich auf dem guten Diwan lag. Er zündete das Licht an, kauerte sich in eine Zimmerecke und machte sich daran, mit einer großen Schere die Fähnchen fein säuberlich auszuschneiden. Tante Nerina erzählt, genau in diesem Augenblick habe sie eine Warnung des Himmels empfangen und sei plötzlich aus dem Schlaf gefahren und in den Salon geeilt. Aber schon hatte Vetter Venanzio das ganze Vorderteil des Kleides ausgeschnitten, wo nun anstelle der Fähnchen lauter viereckige Löcher waren.

Vetter Venanzio war noch keine acht Jahre alt, als er starb. Und die Leute sagten, seine übermäßig stark nach oben gebogenen Wimpern, die abstehenden Ohren und die länglichen Fingernägel, die aussahen, als ob sie sich von den Fingern loslösten, hätten von Anfang an erkennen lassen, daß er früh sterben würde. Noch nicht achtjährig, wurde er von starken Kopfschmerzen befallen, und nachdem er ein paar Tage mit einem Eisbeutel auf der Stirn schlafend dagelegen hatte, tat er einen langen Atemzug und verschied. Man sah durch die weitgeöffneten Fenster Tante Nerina die Treppen hinauf- und hinablaufen und hörte sie schreien: „Mein Söhnchen! Mein Venanzio! Helft mir! Helft mir!“ Ganz zerzaust sah sie aus, ohne Papierwickler und Locken, so daß ihre Haare – wie unser Dienstmädchen Valchiria berichtete – in alle vier Himmelsrichtungen abstanden. Und der Vetter Venanzio mit seinen Entenfüßchen und den verstaubten Locken wurde nun von Kopf bis Fuß in einen hocheleganten dunkelblauen Anzug gekleidet und in den Sarg und dann auf den Totenwagen gelegt.

Addio, Venanzio! Alle Vettern nahmen weißgekleidet am Begräbnis teil, aber sie weinten nicht; sie staunten nur und waren beinahe neidisch, als sie diesen Luxus sahen: die Goldquasten, die Pferde und den Kutscher in Livree, und das alles nur zu Venanzios Ehren. Nur eine einzige Cousine, die gemeinsam mit den andern dem Sarg folgte und in Ermangelung eines richtigen weißen Kleides ihren weißen Schulkittel angezogen hatte, auf den „II. B“ gestickt war, nur sie allein weinte. Die Sache war nämlich die, daß Vetter Venanzio sie einmal aus Liebe zu einem Bändchen, das sie im Haar trug, gefragt hatte, ob sie seine Frau werden wolle. Und da es ihr an anderen Bewerbern fehlte, hatte sie sich ihm versprochen; und jetzt war sie verzweifelt bei dem Gedanken, daß sie eine alte Jungfer werden würde.

Ein Mensch ohne Charakter

Ich hatte das erste Universitätsjahr beendet und begab mich wie gewohnt für die Sommerferien in mein Heimatdorf F. zu meinen Eltern. Damals war ich ein zartfühlender, schüchterner Jüngling. Diese Eigenschaften sowie meine blonden Haare und mein strahlendes Lächeln hatten mir bei meinen Gefährten den Spitznamen „Poet" eingetragen. Andere verglichen mich meines Aussehens wegen mit einem mittelalterlichen Ritter. Nur schade, daß mir zum Poeten die Begabung und zum Ritter der Mut fehlte.

Mein Examen hatte erst sehr spät stattgefunden, und als ich eine ganze Weile nach den andern Sommerfrischlern in F. eintraf, stellte ich fest, daß meine Altersgenossen in diesem Jahr einen neuen Zeitvertreib gefunden hatten. Man muß zugeben, daß es in F. nur sehr wenig Möglichkeiten gab, sich zu vergnügen. Die Mädchen waren, der alten Sitte gemäß, zurückhaltend und häuslich; Theater gab es nicht. Es blieb einem nichts anderes übrig, als zur Erholung ein bißchen Schabernack zu treiben oder eine Partie Karten zu spielen.

In jenem Jahr jedoch tauchte im Dorf ein neuer Feriengast auf, die Signorina Candida V., die bei ihrer alten, unverheirateten Tante zu Besuch war. Eigentlich war auch die Signorina kaum etwas anderes als eine alte Jungfer, denn sie hatte schon vor etlichen Jahren die Dreißig überschritten. Sie behauptete allerdings, sie sei sechsundzwanzig, und sie sah auch noch ziemlich frisch aus. Klein und dick, lief sie, sich würdevoll in den Hüften wiegend, auf ihren kurzen Beinen daher. Sie hatte eine mächtige schwarze Mähne, ein rundes Gesicht mit leuchtenden Augen, langen Wimpern, weißen und winzigen Zähnen. Die Geschichte dieser Signorina ist bald erzählt.

Sie hatte ihre Jugend allein mit ihrem verwitweten Vater in einer Provinzstadt in Süditalien verbracht. Als Gefangene des strengen, eifersüchtigen Alten war ihr Leben das einer sogenannten „Hausnonne" gewesen; und so hatte sie aus Furcht vor dem väterlichen Zorn ihr eigenes überschwengliches Wesen abgetötet. Sie war neugierig, naschhaft und feige, doch ihre gutmütige Unschuld war unversehrt geblieben.

Als ihr Vater starb, hinterließ er ihr ein äußerst bescheidenes Vermögen, und das Mädchen, das jetzt ganz allein war, zog in die Hauptstadt, um dort die Zeit der Trauer bei recht fröhlichen Cousinen zu verbringen. Ihre Trauer, ihre Ahnungslosigkeit und Unbeholfenheit hinderten sie daran, an dem Leben der Cousinen teilzunehmen, das sie mit großen, gierigen Augen beobachtete. Diese glücklichen jungen Mädchen lebten nur für ihr Vergnügen, beschäftigten sich nur mit Nichtigkeiten und sprachen am liebsten stundenlang hitzig über die Liebe.

Als die Trauerzeit um war, lehrten die Cousinen Candida die Kunst, sich das Gesicht zu schminken, und berieten sie bei der Anschaffung von hellen Kleidern, aber insgeheim lachten sie über sie. Ein Mädchen, das immer nur graue Kittelschürzen getragen, niemals Puder benutzt hat und sich zum erstenmal mit Locken, rosigen Wangen und himmelblauen Kleidern im Spiegel erblickt, kann gar nicht anders als sich schön finden. Die Signorina Candida hielt sich für wunderschön, und da sie ihrer Natur nach ein wenig einfältig war, legte sie ihrem plötzlichen Jubel keine Zügel an.

Gerade in dieser Zeit kam sie in die Sommerfrische nach F.; und während sie in der Großstadt ihre Schamhaftigkeit als Provinzlerin verlegen gemacht hatte, fühlte Candida sich hier nach ihrem Aufenthalt in der Metropole beinahe als Großstädterin unter Provinzlern. Nun kam sie also, in eine Wolke von Selbstbewußtsein und Glückseligkeit gehüllt, zu uns herabgestiegen. Sie kleidete sich in kurze Faltenröckchen von auffallenden Farben; sie trug „Herzensdieb-Löckchen" auf die Stirn geklebt, beschmierte sich mit karminrotem Puder das Gesicht und sogar die Nasenlöcher und Ohrläppchen; mit hocherhobenem Haupt, blitzenden Triumph in den Augen, schritt sie an uns vorüber.

Dies alles läßt sich nur dadurch erklären, daß ihre unterdrückte Jugend mit einemmal stürmisch und zur Unzeit zur Reife kam; Candida, von einem törichten Wahn besessen, lebte in Träumen von Leidenschaften und Heirat. Überzeugt, die Allerschönste zu sein, zögerte sie nicht, sich für unwiderstehlich zu halten: alle diese reizenden jungen Männer liebten sie, so sagte ihr harmloses und seliges Herz zu ihr. Sie liebten sie anders, als man die Mädchen liebt, um deren Hand man anhält; sie liebten sie wie die Frauen, die in Romanen gefeiert werden, und wie jene Edelfräulein, deren Namen die Ritter in alten Zeiten auf ihren Schild einritzten; und wenn sie ihr gegenüber auch schwiegen, so geschah es nur aus Liebe, und wenn sie vor ihr flohen, so geschah es aus übergroßer Liebe.

In dieser ihrer Liebeswelt benahm sie sich recht töricht; man sah sie umherspringen, man hörte sie zwitschern. In der Überzeugung, beneidet zu werden, vertraute sie sich einigen Frauen an: „Der da liebt mich; dieser da macht mir den Hof“, und die Frauen taten verwundert, doch hinter ihrem Rücken lachten sie. Die einzige treue und gutgläubige Vertraute war ihre Tante, die ihr am Abend gern zuhörte und an diesen Träumen ihre Freude hatte.

Für meine Altersgenossen bedeutete Candidas täglicher Spaziergang bald ein wahres Schauspiel. Anfangs, wenn sie Candida festlich und herausfordernd aufgetakelt daherkommen sahen, bildeten sie einen Kreis um sie, unter Gelächter und Späßen, die Candida für Liebeswerbung hielt. Aber um sich noch besser zu amüsieren, beschlossen sie endlich, Candidas Wünschen entgegenzukommen. Bald war es der eine, bald der andere, der auf irgendeinem abgelegenen Feldweg zu ihr mit romanhafter Übertreibung von Liebe sprach, genau wie sie sich es wünschte; und hinterher erzählten sie einander unter Gespött von den Seufzern und dem Augenaufschlagen und der keuschen Sprödigkeit, mit welcher Candida jeder Liebeserklärung begegnete. Unter all diesen Huldigungen schien die Signorina aufzublühen und täglich fetter und prächtiger zu werden. Bald hatten ihr alle ihre Liebe erklärt außer mir. Obwohl ich es mir nicht einzugestehen wagte, teilte ich die Belustigung der anderen nicht; in Wirklichkeit hegte ich für die überschwenglichen Worte, die sie gebrauchten, um Candida hinters Licht zu führen, in meinem Herzen eine zu große Ehrfurcht, als daß ich sie zum Gegenstand eines Spiels machen wollte. Ich behielt sie als heilige Opfergabe einem Mädchen vor, das mir noch nicht begegnet war, aber das ich mir schlicht und wunderschön vorstellte. Überdies erschien mir Candida eher bemitleidenswert als lächerlich. Wenn ich sie in ihren bunten Kleidchen so kühn an uns vorüberschreiten sah, ich weiß nicht, was für ein unangenehmes Gefühl mich dann erschauern ließ. Und ich konnte nicht ohne Unbehagen in ihrer Nähe sein.

Sie wunderte sich über so viel Gleichgültigkeit meinerseits und war gekränkt. Meine romantische Erscheinung, von der ich weiter oben gesprochen habe, hatte sicherlich am meisten Ähnlichkeit mit ihren Idealen. Oft blickte sie mich mit fragender, lachender Miene an, fast als wolle sie mich auffordern. Meine Gefährten stießen mich in den Rücken und ermunterten mich: „Los, Poet! Nur Mut! Tu nicht so schüchtern, enthülle der Signorina deine Gefühle!"

Candida glaubte selbstverständlich, daß derartige Gefühle wirklich vorhanden wären und daß nur meine Schüchternheit mich davon abhielte, ihnen Ausdruck zu verleihen. Von diesem Tage an schaute sie, wenn sie mit uns zusammentraf, vor allen anderen mich an mit einem Blick, der von heimlichem Einverständnis und weiblicher Wohlgefälligkeit erfüllt war und mir kalte Schauer durch die Adern trieb. Vor lauter Gereiztheit, vor Scham und lästigem Mitleid wurde ich flammend rot im Gesicht, und das forderte den Spott meiner Freunde doppelt heraus.

Da reifte in mir der Entschluß, von dem ich gleich berichten werde. Was nur gab ihn mir ein? Es waren, wenn ich mein Gewissen befrage, die Ehrenhaftigkeit, die Wahrheitsliebe, die Barmherzigkeit und andere edle Eigenschaften. Zuweilen aber belügt uns sogar unser eigenes Gewissen.

Eines schönen Tages, als ich allein spazierenging, begegnete ich Candida. Sie warf mir einen funkelnden Blick zu und setzte mit wippendem Röckchen ihren Weg fort; aber ich folgte ihr nach, zitternd und rot im Gesicht, und rief ihr zu: „Signorina! Signorina!“

Mit der Miene einer Königin wandte sie sich um; stotternd sagte ich ihr, daß ich mit ihr reden müsse. „Warum auch nicht?“ erwiderte sie kokett. Meine Verwirrung und mein bebender Mund verhießen ihr wer weiß welche süßen Worte. Ihre einfältige Überschwenglichkeit, die ich scharf und deutlich spürte, brachte mich in eine gewisse Verlegenheit, und fast war ich versucht zu fliehen. Aber nun war ich einmal in die Sache verwickelt, und ich nahm meinen Mut zusammen. Jetzt war ich, wie es schüchternen Leuten bisweilen geschieht, mit einemmal im Besitz einer klarsichtigen Kühnheit, deren ich mich nur selten erfreute.

Wir gingen durch ein enges Gäßchen zum Dorfplatz, an dem sich der sogenannte „Circolo“ befand, ein Saal, in dem die Einheimischen zusammenkamen, um Radio zu hören oder Karten zu spielen. Ich wußte, daß meine Gefährten sich um diese Zeit im Circolo aufhielten; ich selbst hatte sie erst vor kurzem dort verlassen. Ich blieb also auf dem Gäßchen stehen und legte mit Beschützermiene, wenn auch nicht ohne einen leichten Widerwillen, meine Hand auf Candidas nackten, roten Arm.

Sie lachte und entzog ihn mir. „Nein, ich bitte Sie, Signorina“, sagte ich zu ihr, „geben Sie meiner Geste nicht die Bedeutung, die Ihre Ahnungslosigkeit Ihnen vortäuscht. Ja, Sie täuschen sich, aber ich bin Ihnen ein wahrer Freund und will Ihnen den Schleier von den Augen reißen. Signorina, ich weiß, daß meine Gefährten in ihrem Übermut von Liebe und ähnlichen Dingen zu Ihnen gesprochen haben. Und obwohl Sie kein kleines Kind mehr sind, haben Sie ihnen geglaubt. Nun, damit Sie es wissen, in Wirklichkeit liebt Sie keiner von ihnen. Signorina, es ist Zeit, daß Sie sich selbst und das Leben kennenlernen. Einer Frau in Ihrem Alter und von Ihrem Stand bietet das Leben andere Dinge. Sie könnten schöne Bücher lesen, Handarbeiten machen oder sich wohltätigen Werken widmen. Sie müssen nämlich wissen, daß meine Gefährten Sie zum besten haben und sich hinter Ihrem Rücken über Sie lustig machen; mit einem Wort, Sie sind ihr Spottvogel und die größte Belustigung in diesem dreckigen Dorf. Soll ich Ihnen den Beweis dafür liefern?“ Sie sah mich bestürzt an und lächelte mit ungläubigen Augen. „Bleiben Sie hinter dem Vorhang stehen“, riet ich ihr, „und schauen Sie und hören Sie gut zu. Ich werde meine Gefährten dazu bringen, von Ihnen zu sprechen, und Sie werden selbst erfahren, was sie von Ihnen halten.“

So ließ ich Candida hinter dem Vorhang des Circolo stehen und trat in den düsteren Saal ein. Ich war bleich, meine Augen brannten, und ich spürte eine überschwengliche Kühnheit, die unnatürlich an mir war. Aber ich brauchte meine Freunde gar nicht erst dazu herauszufordern, von Candida zu reden; sie empfingen mich mit johlendem Gelächter, nicht ahnend, daß das Mädchen noch in der Nähe war und sie hörte: „Wo hast du deine Schöne gelassen?“ fragten sie, „wir haben euch eben vom Fenster aus gesehen; du warst rot wie ein Hahnenkamm, und sie plusterte sich auf wie ein Pfau!“ – „Ich habe mich ihr erklärt!“ rief ich mit gespieltem Zynismus. Meine Worte riefen bei meinen Gefährten die tollste Heiterkeit hervor. „Was hast du zu ihr gesagt, Poet? Was hat sie geantwortet?“ fragte der eine. „Hast du sie tüchtig hochgenommen?“ erkundigte sich ein anderer. Ein dritter äffte Candida nach mit Lauten und Bewegungen, die eher die einer Ente als die eines Mädchens waren. Und alle taten es ihm gleich und schmückten ihre Komödie mit ausgelassenem Gelächter und derben, unanständigen Worten aus, die ich hier nicht wiederholen möchte.

Als ich glaubte, der Beweis sei nun selbst für Candidas einfache Seele zur Genüge erbracht, schlüpfte ich auf den Korridor hinaus und fand das Mädchen hinter dem Vorhang. Nie werde ich den veränderten Anblick vergessen, den sie mir bot. Sie weinte, und sogleich verurteilte ich dieses Weinen als dumm und unwürdig. Aber das Zucken ihres Körpers glich eher einem Fieberschauer als dem Schluchzen des Schmerzes. Sie blickte mich an, als sehe sie mich nicht; und ihre Augen waren von einem tiefen Entsetzen erfüllt, den Augen eines Kindes gleich, das einem Gespenst begegnet. Warum dieser Anblick Abscheu und Groll in mir erweckte, weiß ich nicht. Als ich das Mädchen auf dem Heimweg begleitete, vermied ich es, sein fettes, von schwarzer Schminke und Tränen verschmiertes Gesicht anzusehen, auf dem mit einemmal Runzeln des Alters sichtbar waren. Aber obwohl ich mit gesenkten Augen ging und mein Gesicht von ihr abwandte, steigerte ich mich auf dem ganzen Weg in Haß und Wut auf Candida. Ich setzte ihr auseinander, wie unwürdig ihr Benehmen, wie lächerlich ihre Kleider, wie schamlos ihre Schminke und wie eitel und leer ihr ganzes Leben sei. Mit heuchlerischer Ehrsamkeit ermahnte ich sie von neuem, sich mit bescheidenen Dingen zu beschäftigen, wie sie den reiferen Mädchen geziemen. Sie gab keine Antwort, schüttelte nur den Kopf und biß sich auf die Lippen mit einer Schnute, wie weinende Kinder sie ziehen. Schließlich stammelte sie mühsam: „Ach, hören Sie doch auf, hören Sie auf!“ Und mit einem letzten Seufzer lief sie von mir fort, auf ihr Haus zu. Ich ging ebenfalls nach Hause; ich spürte einen bitteren Geschmack im Munde, hatte zerschlagene Glieder wie nach einer körperlichen Anstrengung.

Es wurde Herbst, und der Tag meiner Rückkehr in die Stadt kam herbei, ohne daß ich Candida wiedergesehen hätte. Vielleicht wagte sie vor lauter Scham nicht mehr, aus dem Hause zu gehen. Ich aber dachte in dem häßlichen möblierten Zimmer, das in der Stadt mein ganzes Reich war, und in der Einsamkeit, zu der mein scheues Wesen mich zwang, oft an jenen letzten Auftritt zwischen mir und Candida zurück; bis dieses Gesicht, das anzublicken ich vermieden hatte, mir schließlich wie die Maske des schlechten Gewissens und des Mitleids erschien. „Sie war glücklich“, sagte ich mir immer wieder, „warum mußte ich ihr diese Illusion zerstören?“ Und ich erinnerte mich an meinen Schmerz, als in meiner Kindheit ein schlauerer Knabe mir beigebracht hatte, daß es den Weihnachtsmann gar nicht gibt. Andere quälende Erinnerungen an meine Jugendzeit, an meine Träume und meinen enttäuschten Ehrgeiz vermischten sich mit meinem schlechten Gewissen, so sehr, daß ich oft darüber weinte. In der trüben Überspanntheit jener einsamen Stunden fing ich an, mir auszumalen, ich würde, um den Schaden, den ich angerichtet hatte, wiedergutzumachen, zu Candida gehen, sie um Vergebung bitten und sie heiraten. Und in der regnerischen Dunkelheit des Herbstes warf ich mich in Ungewißheit und beklemmender Angst auf dem Bett hin und her. Aber der Aufruhr in meinem Herzen erreichte seinen Höhepunkt, als ich die Nachricht erhielt, daß Candida bald nach meiner Abreise an Typhus erkrankt und gestorben war und daß man sie auf dem kleinen Friedhof meines Heimatortes begraben habe. Meine Mutter war es, die mir in einem ihrer Briefe unter den Neuigkeiten und dem Dorfklatsch diesen Tod mitteilte, nicht ahnend, welchen verworrenen und seltsamen Schmerz sie damit in mir verursachte. In Wirklichkeit war ich krankhaft romantisch; und bald war ich überzeugt, daß ich es gewesen sei, der Candida getötet hatte. Nur die Täuschung war ihr Leben, sagte ich mir immer wieder, und als ich diese Täuschung in ihr tötete, habe ich sie selbst getötet. Unter solcherlei Selbstvorwürfen und Gewissensbissen wurde es Weihnachten.

Da ich Weihnachten zu Hause bei meinen Verwandten zu verbringen pflegte, reiste ich am Tag vor dem heiligen Fest in mein Dorf. Es war ein kalter, stürmischer Dezember. Heftige Regenschauer, vermischt mit einem fast lauen Wind, machten die Trübsal jener Nachmittage noch düsterer. Ich stand auf dem Platz des Circolo, dort, wo ich zu Candida gesagt hatte: „Sie werden es selbst erfahren, Signorina . . .“, und dort überfiel mich brennender als je zuvor das Bedauern über nicht begangene großmütige Taten, über nicht vollbrachte Barmherzigkeit und zugleich der heftige Wunsch, das Böse, das ich angerichtet hatte, auf irgendeine Weise wiedergutzumachen.

In meiner Seele – wahrhaft einer feigen und wankelmütigen Seele – war mir ein letzter Rest von abergläubischer Religiosität geblieben, eine letzte Frucht der mütterlichen Belehrungen, der heiligen Geschichten, die mir von der Amme erzählt worden waren, eine letzte Erinnerung an kindliche Gebete. Ich erlebte einen Augenblick mystischer Inbrunst, der mir riet, eine letzte Huldigung an Candida zu richten, um ihren rührenden Schatten zu besänftigen und mir ihre Vergebung zu verdienen. Und nachdem ich im Garten hinter unserem Haus ein paar armselige Chrysanthemen und Gräser gepflückt hatte, die spärliche Blüte der Jahreszeit, band ich sie zu einem Strauß und machte mich auf den Weg zum Friedhof, um ihn auf Candidas Grab zu legen.

Ich ging mit klopfendem Herzen in einer Art von galanter Inbrunst durch den regnerischen Nebel, wie ein verliebter Page, der heimlich seiner Dame ein Geschenk darbringt. Als ich zwischen zwei Steinmäuerchen den Feldweg entlanggegangen war, konnte ich durch die Fäden des Regens schon undeutlich das Friedhofstor erkennen, an dem auf einem Stein die Mahnung steht: „Pulvis et umbra sumus – Siste, viator.* Doch plötzlich begegnete ich einem eleganten jungen Mann, einem der fröhlichen Gefährten von damals. Mit dem Ausdruck eines verächtlichen Lachens um seinen roten Mund rief er mir zu: „He, Poet, was hast du denn mit diesem ‚Bouquet' vor?"

„Wie?" stammelte ich, „meinst du etwa dieses Sträußchen?" Und mehr denn je kam ich mir lächerlich und kindisch vor und errötete vor Scham. Ich glaubte, dem Gefährten irgendeine Erklärung schuldig zu sein, und erfand in aller Eile, daß ich die Chrysanthemen von einem Bauernmädchen bekommen hätte, von einer kleinen Bettlerin, der ich ein Almosen gegeben hätte. „Sie wollte mir dieses Zeug da um jeden Preis aufdrängen", schloß ich ganz ungezwungen mit einem falschen Lachen, „aber ich weiß wahrhaftig nicht, was ich damit anfangen soll." Und als ich das gesagt hatte, warf ich den Blumenstrauß wütend an den Wegrand, wo ihn später die Ziegen fraßen.

Dann, unterwürfig über irgendeine Albernheit lachend, die mir der Gefährte erzählte, machte ich mich gemeinsam mit ihm unter meinem großen Regenschirm auf den Heimweg.

* (lat.) – Staub und Schatten sind wir – Verharre, Wanderer.

Der sizilianische Soldat

Zu der Zeit, als sich die alliierten Armeen, weil Winter war, auf der anderen Seite des Garigliano-Flusses aufhielten, lebte ich als Flüchtling oben auf einem Berg diesseits des Flusses. Da ich Menschen, die ich liebte, retten wollte, war ich eines Tages gezwungen, eine kurze Reise nach Rom zu machen. Es war eine bittere Reise, denn Rom, die Stadt, in der ich geboren bin und wo ich bisher immer gelebt hatte, war in jener Zeit für mich eine feindliche Stadt.

Der Zug fuhr früh am Morgen ab. So stieg ich am Nachmittag des Vortages vom Berg herunter, um vor Einbruch der Dunkelheit in der Ebene zu sein; ich mußte die Nacht dort verbringen, damit ich mich im Morgengrauen zur nächsten Bahnstation auf den Weg machen konnte.

Bei der Familie eines Fuhrmannes namens Giuseppe fand ich Unterkunft. Giuseppes Heimwesen bestand aus drei Hütten: die eine diente dem Esel und dem Wagen als Schutz, in der anderen schlief Giuseppe mit seiner Frau Marietta und den drei kleinen Mädchen, in der dritten wurde über einem Holzfeuer, das man auf dem Boden anzündete, gekocht.

Es wurde beschlossen, daß die beiden größeren Mädchen mir ihr Bett abtreten und mit der Mutter und dem Säugling im Ehebett schlafen sollten. Was Giuseppe anbetraf, so fand er sich gern bereit, auf einem Strohhaufen in der Küche zu schlafen. Die Nächte waren damals voller Schrecken und Gefahren. Über tausend Deutsche, die zur Front unterwegs waren, hatten in der Umgebung ihre Lager aufgeschlagen. Man sah die Lichter der Zelte in der Tiefebene flimmern, der lärmende Troß fuhr unaufhörlich durch die nahen Straßen, und man hörte Schreie und Rufe von fremdländischen Stimmen. Nachdem wir die Tür der Hütte geschlossen hatten, machten Marietta, die Töchter und ich uns zum Schlafen bereit. „Warum ziehst du dich nicht aus?“ fragte mich die Mutter und knüpfte die Zipfel ihres Kopftuches auf, „wir sind hier doch unter Frauen; ich habe dir auch ein frisches Leintuch gegeben.“ Aber ich war es nicht gewohnt, unter Fremden zu schlafen, und legte mich angekleidet auf die Decke. Die älteren Mädchen, die sich freuten, im großen Bett schlafen zu dürfen, lachten immerfort und spielten mit dem Wickelkind, auch nachdem die Lampe schon gelöscht war. Doch die Mutter ermahnte sie, still zu sein, und bald darauf merkte ich an ihren Atemzügen, daß sie schliefen.

Ich machte mich auf eine schlaflose Nacht gefaßt. Ich stellte mir das Gedränge im Zug vor und die Aufenthalte auf freiem Feld in dem verwüsteten Land; ich dachte mir aus, was ich antworten wollte, wenn mir plötzlich eine Stimme befehlen würde, meine Papiere und mein Gepäck vorzuweisen. Überdies zweifelte ich daran, ob ich überhaupt jemals in Rom ankommen würde, da die Eisenbahnen täglich bombardiert wurden.

Aber im selben Augenblick hörte ich auf dem Laubwerk des Daches ein schnelles trommelndes Klopfen: es hatte zu regnen begonnen, und bei dem schlechten Wetter, das die Bombardierungen erschwerte, versprach die Reise weniger unruhig zu werden.

Mitten in der Nacht fing der Säugling an zu weinen. Im großen Bett bewegte sich etwas, und man hörte ein Flüstern: es war Marietta, die das Kind stillte und ganz leise mit ihm sprach. Dann trat wieder tiefe Stille ein; auch der Lärm der großen Fuhrwerke sowie die Rufe und Schreie der Patrouillen waren seit einer Weile verstummt. Ich dachte daran, wie gerne ich den Garigliano-Fluß überqueren und bis nach Sizilien gehen würde, das in dieser Jahreszeit so schön und lockend war. Niemals bin ich dort unten gewesen, wo das Heimatdorf meines Vaters liegt und wo ich jetzt in Freiheit hätte leben können.

In diesem Augenblick wurde die Brettertür von außen aufgestoßen, und ein Bündel von weißem Licht drang in den Raum. Ich richtete mich im Bett auf, weil ich einen Besuch der Deutschen fürchtete; doch da erschien die große, abgerissene Gestalt eines Soldaten unserer Armee. Obschon von der Witterung ausgeblichen und mit Schlamm bedeckt, war die Uniform dennoch zu erkennen. „Ein Soldat!" rief ich aus, „bitte nicht hereinkommen! Hier sind nur Frauen!" Aber er entgegnete, er wolle sich nur ein wenig unterstellen, und trat in die Hütte ein. Er war ein älterer Mann mit dichten Brauen und einem krausen, schwarzen Bart; lockige und wilde Haare, die zum Teil schon weiß waren, kamen unter seiner Mütze hervor, und durch die Löcher in der Uniform sah man seine kräftigen Knie. Er hielt eine Laterne in der Hand, wie sie die Bergleute benutzen, wenn sie in die Grube einfahren.

Ich machte ihn darauf aufmerksam, daß er mit seinem blendenden Licht alle aufwecken würde; doch er erwiderte, meine Gastgeber lägen zu tief im Schlaf, als daß sie den Lichtschein wahrnehmen könnten. Und nachdem er die Lampe auf den Boden gestellt hatte, setzte er sich auf eine Kiste neben der Tür. Er schien Fieber zu haben. „Wenn du dich ausruhen willst", sagte ich zu ihm, „dann kannst du Giuseppe bitten, daß er dich in der anderen Hütte schlafen läßt." Aber der Soldat sagte nein, denn er habe aus ganz bestimmten Gründen beschlossen, umherzustreifen und sich weder auszuruhen noch zu schlafen. „Aber warum legst du dich nicht ins Bett?" fragte er mich. Ich sagte ihm, ich hätte Angst, das Bett könnte nicht sauber sein. „Ach, was macht das schon!" entgegnete er, „sieh dir meinen Mantel an, er ist voller Läuse."

Dann erklärte er mir, er habe in der Armee den Krieg mitgemacht und kämpfe jetzt in der Widerstandsbewegung heimlich gegen die Deutschen, und später werde er sich zu den Engländern schlagen, falls der Krieg weitergehe. Er hoffe nämlich, so fuhr er fort, ein gewisses Ziel zu erreichen, wenn er unablässig an den Kämpfen teilnehme.

An seiner eindringlichen, ein wenig singenden Stimme hatte ich sogleich den sizilianischen Tonfall erkannt. „Bist du Sizilianer?" fragte ich ihn. „Ja", erwiderte er, „ich bin aus Santa Margherita."

„Gerade in dem Augenblick, als du hereinkamst, habe ich gedacht, wie gerne ich nach Sizilien gehen würde", bemerkte ich. „Ich dagegen werde nicht mehr als Lebender nach Sizilien zurückkehren", sagte der Soldat.

Ich fragte ihn, warum; und in seinem sizilianischen Dialekt erzählte er mir die folgende Geschichte:

„Ich heiße Gabriele. In Santa Margherita war ich Bergmann und hatte eine Frau und eine Tochter. Zwei Jahre nach der Heirat geriet meine Frau auf Abwege und lief mir davon, um einen schlechten Lebenswandel zu führen; sie ließ mich allein mit dem Kind, das noch nicht laufen konnte. Das kleine Mädchen hieß Assunta. Wenn ich zur Arbeit in die Grube ging, ließ ich sie im Bett liegen, aber sie weinte nicht, denn sie war ein sehr stilles Kind. An den Eisenstäben des Bettes hatte ich einen Messingring an einem Schnürchen aufgehängt, ein Überbleibsel von einer alten Laterne, der mit seinem Schaukeln das Kind zum Lachen brachte; ein anderes Spielzeug besaß es nicht. Wir wohnten in einem einsam gelegenen Haus inmitten einer dürren Ebene, nicht weit vom Bergwerk entfernt. Zu einer bestimmten Stunde kam ein fahrender Händler, ein Freund von mir, dort vorbei, trat kurz ins Haus ein, nahm das Kind auf, kleidete es an und setzte es auf den Fußboden. Abends, wenn ich heimkehrte, kochte ich die Minestra, und Assunta saß auf meinen Knien und aß gemeinsam mit mir. Manchmal aber schlief ich ein, noch bevor ich den Teller leer gegessen hatte. Dann wachte ich vielleicht nach einer Stunde wieder auf und sah, daß auch Assunta auf meinem Schoß schlief oder ganz still dastand und mich mit weit geöffneten und neugierigen Augen betrachtete. Eines Tages jedoch, als sie allein zu Hause war, fiel sie aus dem Bett und brach sich das Handgelenk. Mein Freund, der später am Morgen kam, fand sie dort, wo sie hingefallen war, auf dem Boden liegend, fast ohne Besinnung vor Schmerzen. Seit diesem Tage blieb ihre eine Hand ein wenig verkrüppelt; deshalb konnte sie auch nie schwere Arbeit verrichten. Sie wurde ein schönes Mädchen, eine echte Sizilianerin: ein bißchen mager war sie allerdings, aber ihre Haut war weiß, ihre Augen waren kohlschwarz, und sie hatte eine lange

Haarmähne, dunkel und lockig, die sie mit einem roten Band im Nacken zusammenhielt. Später siedelte der fahrende Händler in eine andere Gegend über, aber wir blieben in jenem öden Dorf und hatten nun keinen Freund mehr.

Dann geschah es, daß die Grube, in der ich arbeitete, geschlossen wurde; und ich war arbeitslos. Ich verbrachte die Tage an der Sonne sitzend, ohne irgend etwas zu tun, und der Müßiggang machte mich reizbar. Da ich keine anderen Gefährten hatte als Assunta, ließ ich meine Wut an ihr aus, schimpfte mit ihr, schüttelte sie, und obwohl es kein unschuldigeres Mädchen gab als sie, schrie ich sie oft an: ‚Was willst du hier? Geh doch auf die Straße wie deine Mutter!' So fing Assunta ganz allmählich an, mich zu hassen; sie sprach nicht, sie war ja an Einsamkeit gewöhnt und sehr schweigsam aufgewachsen, aber sie sah mich mit so schwarzen, glühenden Augen an, als sei sie die Tochter des Teufels. Ich fand so bald keine Arbeit; und als der Carabinieri-Wachtmeister von Santa Margherita sich erbot, Assunta als Hausmädchen anzustellen, nahmen wir den Vorschlag an. Assunta war damals fünfzehn Jahre alt, und die Arbeit war nicht schwer, denn der Wachtmeister lebte allein mit seinem jungen Sohn. Assunta erhielt ein kleines Kämmerchen neben der Küche zum Schlafen, sie bekam zu essen und außerdem einen Lohn, den ihr Dienstherr mir aushändigte. Er war von barscher Wesensart, aber dennoch gutmütig; übrigens verbrachte er fast den ganzen Tag in der Kaserne. Assunta arbeitete meistens in der Küche, die unter der Treppe lag. Bald jedoch fing der Sohn des Wachtmeisters an, sie zu belästigen; er war ein wilder, schwarzhaariger Knabe und nur um ein weniges größer als sie. Assunta jagte ihn fort; aber um ihr Angst zu machen, sprang er wie ein Geist aus dem Fensterchen unter der Treppe hervor, funkelte sie mit seinen Augen an, riß sie an den Haaren, umarmte sie und wollte sie mit Küssen in Versuchung führen. Auch er war fast noch ein Kind und hatte nie eine Frau berührt; deshalb reizte es ihn, als sie sich zur Wehr setzte, und mit Gewalt versuchte er sie zu besiegen. Assunta schlug um sich und machte sich los; sie weinte und schrie, doch sie wagte nicht, dem Wachtmeister etwas zu sagen, und mir noch viel weniger. Andererseits aber konnte sie die Stelle auch nicht aufgeben, da es wegen ihrer verkrüppelten Hand sehr schwierig für sie war, anderswo Arbeit zu finden. Und wie sollte sie nach Hause zurückkehren zu einem Vater, den sie haßte und der ihr nicht einmal ein Stück Brot geben konnte? Auf keinen Fall aber wollte sie in Schande geraten wie ihre Mutter. So verging ungefähr ein Monat. Eines Abends, als der Wachtmeister später als gewöhnlich heimkehrte, war es ganz still im Hause, und das Abendessen stand für ihn hübsch zubereitet auf dem Tisch. Der Sohn lag schon zu Bett und schlief fest. Und nachdem der Wachtmeister gegessen hatte, schickte er sich an, sich neben seinen Sohn zu legen.

Als er sich in die helle Nacht hinauslehnte, um das Fenster zu schließen, sah er Assunta unten im Hof auf dem Rand des Brunnens sitzen; sie flocht mit hastigen Fingern ihr Haar und sprach zu sich selbst. Er wollte sie eigentlich rufen, aber dann meinte er, sie sitze vielleicht dort, um ein wenig die Nachtluft zu genießen, denn das Wetter war schwül, und in ihrem Kämmerchen unter der Treppe mußte es sehr heiß sein. Deshalb sagte er nichts zu ihr, sondern beugte sich nur hinaus, um die Fensterläden heranzuziehen. In diesem Augenblick glaubte er zu sehen, wie das Mädchen sich den geflochtenen Zopf um die Stirn legte und ihn mit Haarnadeln über dem Ohr so feststeckte, daß er wie eine Binde ihre Augen bedeckte. Aber erst später kam ihm diese Bewegung wieder in den Sinn, welcher er damals, müde und schläfrig, wie er war, keine Bedeutung beimaß. Tatsächlich hatte Assunta sich auf diese Art die Augen verbunden, um nichts sehen zu müssen und mehr Mut zu haben. Am folgenden Morgen erschien sie nicht, und nachdem man sie im Haus und im ganzen Dorf vergeblich gesucht hatte, fand man sie auf dem Grunde des Brunnens.

Weil sie durch ihren eigenen Willen in den Tod gegangen war, wurde Assunta nicht in der Kirche eingesegnet und auch nicht innerhalb der Friedhofsmauern begraben, sondern außerhalb, in der Nähe des Eingangs, wo ihr der Wachtmeister aus Mitleid einen Stein setzen ließ. Nun ist es aber so, daß jemand, der durch Selbstmord gestorben ist, keine Ruhe zu finden vermag wie die anderen Toten, weder unter der Erde noch sonst irgendwo; sondern er irrt ruhelos immerfort um den Friedhof und um das Haus, von dem er sich durch seine Gewalttat getrennt hat. Er möchte zu seiner Familie zurückkehren, sich ihr zu erkennen geben, aber er kann es nicht. Und das ist der Grund, weshalb ich nicht mehr schlafen will: wie könnte ich in Frieden einschlafen, wenn ich weiß, daß meine Tochter keinen Schlaf findet? Nachdem man sie begraben hatte, hielt ich es in unserem Hause in Santa Margherita nicht mehr länger aus bei dem Gedanken, daß sie umherirre, sich quäle und versuche, sich mir verständlich zu machen, während ich mein eigenes Blut nicht verstanden hatte. Deshalb bin ich auf das Festland gegangen und als Soldat in die Armee eingetreten. Und ich werde immer weiter kämpfen, so lange, bis ich mein Ziel erreicht habe."

Ich fragte den Sizilianer, welches denn das Ziel sei, von dem er spreche. „Was ich will, ist nur, eines Tages von einer Kugel getroffen zu werden", erklärte er. „Ich habe nicht den Mut, auf dieselbe Weise zu sterben wie Assunta; aber wenn ich getroffen werde und tot bin wie sie, dann kann ich nach Sizilien, nach Santa Margherita zurückkehren. Ich werde meine Tochter dort bei unserem Haus suchen, und wir können zueinander sprechen. Ich werde sie begleiten, und wer weiß, ob es ihr dann nicht gelingt, in meinem Arm einzuschlafen wie damals, als sie ein Kind war."

Dies war Gabrieles Erzählung. Die Morgendämmerung war angebrochen, er löschte seine Laterne und verabschiedete sich. Ich raffte mich auf, da ich abreisen mußte; das Geräusch des Regens war zu vernehmen, der die ganze Nacht nicht aufgehört hatte.

Als ich bald darauf die schlammige Straße entlangging, zweifelte ich schon daran, ob dieser Besuch Wirklichkeit gewesen war oder nur etwas, das ich mir in meiner Schlaflosigkeit vorgestellt habe. Noch heute bin ich im Zweifel; und aus vielen Anzeichen scheint mir sogar deutlich hervorzugehen, daß dieser Soldat keine irdische

Gestalt gewesen ist. Dennoch geschieht es mir, daß ich an ihn denke und mich frage, was aus ihm geworden sein mag. Ob er wohl nach Sizilien zurückkehren konnte? Und ob Assunta in den Armen ihres Vaters endlich ein wenig Ruhe gefunden hat?

Donna Amalia

Donna Amalia Cardona (die damals etwa fünfzig Jahre alt sein mochte, aber wie fünfunddreißig aussah) war nicht nur größer als der Durchschnitt der Damen, sondern auch größer als die mittelgroßen Männer, so daß man sie in den Salons und im Theater, in welcher Gesellschaft sie sich auch immer befand, wie einen Turm emporragen sah. Hinzu kommt noch, daß sie stets Schuhchen mit dünnen und sehr hohen Absätzen trug, um ihre Füßchen besser zur Geltung zu bringen, die im Gegensatz zu ihrer Statur klein waren wie Puppenfüße. Ihre Schuhchen sahen aus, als stammten sie eher aus der Werkstatt eines Goldschmieds als aus der eines Schuhmachers; und sie kamen weder mit Staub noch mit Schlamm in Berührung, weil Donna Amalia, ähnlich wie die altchinesischen Damen, nirgends sonst als im Innern ihres Palastes zu Fuß ging; am liebsten wäre sie eine Päpstin gewesen, um das Recht zu haben, sich in einer Sänfte tragen zu lassen, selbst durch ihre Gärten und Zimmer. Es erschien ihr wie ein Verstoß gegen die Natur, ihre Füßchen oder ihre Händchen, die ebenfalls winzig waren, einer Anstrengung zu unterziehen; sie waren nur dazu da, schön zu wirken wie die Geranien auf einer Loggia.

Obschon Donna Amalia so träge war, wurde sie nicht übermäßig dick wie viele andere Damen ihres Alters. Ihre nicht zu rundlichen Glieder hatten eine sehr edle Form, und ihr Knochenbau war so kräftig unter dem zarten Fleisch, daß sie wie eine heilige Riesin aussah, eine bemalte Statue in der Prozession. Die Farbe ihrer Haut war olivbraun, und der ziemlich kleine Kopf mutete, wegen der ausgeprägten Adlernase, im Profil ein wenig raubvogelhaft an. Wenn man sie aber von vorne sah, rührte sie einem das Herz: ihre Augen nämlich, die unter den tiefschwarzen und beinahe allzu dichten Brauen von zartem Oval und glänzender, samtschwarzer Farbe waren, spiegelten Gedanken von einer solch tröstenden Fröhlichkeit wider, daß es einem, wenn man in sie hineinsah, vorkam, als höre man zwei Vögel miteinander sprechen.

Wenn Donna Amalia nicht allzu dick wurde, so darum, weil in ihrem Innern noch immer, ohne sich zu verbrauchen, jener Feuereifer brannte, den ein weibliches Wesen gewöhnlich nur kennt, solange es ein kleines Mädchen ist, und der dann in der Jugend gezügelt wird und im erwachsenen Alter schließlich vergeht. Donna Amalias Gefühle und Gedanken waren stets in Bewegung, stets hellwach, und selbst im Schlummer beruhigten sie sich nicht; ja, ihr Schlaf war ein solches Schauspiel von Träumen, daß sie sich, wollte man sie erzählen, anhören würden wie die Geschichten aus Tausendundeiner Nacht.

Das Geheimnis von Donna Amalias Wesen bestand darin, daß sie, im Unterschied zu den gewöhnlichen Leuten, den Ereignissen des Lebens, auch den alltäglichsten, gegenüber niemals jene Gewöhnung annahm, aus der Gleichgültigkeit und Langeweile entstehen. Zeigt man einem Kind einen Leuchter mit brennenden Kerzen, so wird es die Augen aufreißen, die Hände danach ausstrecken und sich freuen, als sähe es ein Wunder der Natur. Mit der Zeit aber wird es sich an die Gaben des Lebens gewöhnen, und später wird ihm nur noch etwas ganz Besonderes Bewunderung und Freude entlocken können. Nicht so für Donna Amalia; für sie blieb die Welt immer neu: ein Operntheater, das stets geöffnet war und in dem sämtliche Lichter brannten. Gibt es zum Beispiel etwas Gewöhnlicheres und sieht man irgend etwas häufiger als die Sonne und den Mond? Donna Amalia aber geriet bei jeder Sonne und bei jedem Mond in Begeisterung, wurde neugierig und quälte sich vor Verlangen, als sehe sie das Gefolge der Königin von Saba vorüberziehen. Am Morgen, wenn ihre Fenster geöffnet wurden, begann sie von ihrem Bett aus (sie schlief auf drei hohen Federkissen, so daß es aussah, als sitze sie mit ihren hübschen „Rabenflügel-Löckchen“ und ihrem

Spitzennachthemd auf einem Thron) sehnsüchtig und wie bezaubert zu rufen: „Ach, was für eine Sonne! Santa Rosaliuzza mia, was für eine Sonne! Mach alle Fensterläden auf, mach sie auf, Antoniuccia, zieh die Vorhänge zurück! Ach, selige Jungfrau vom Karmel, schaut euch das an! Hat man je eine solche Sonne gesehen! Ich muß die Augen schließen, mir wird fast schwindlig. Das ist keine Sonne, das ist ein Schatz, eine Goldgrube! Wenn man die Hände hineinhält, sieht es aus, als müßten sie sich mit Goldmünzen füllen. Was sagt man denn nur? Die Entfernung von hier bis zur Sonne soll so groß sein, daß man sie nicht einmal in Kilometern messen kann, sondern nur in Jahren! Und es heißt, selbst wenn Methusalem sein ganzes Leben dazu verwendet hätte, zum Himmel hinaufzusteigen, ohne sich je auszuruhen, wäre er doch nicht angekommen, obwohl er so ein Dickkopf war!“

In der ersten Zeit des abnehmenden Mondes konnte es vorkommen, daß Donna Amalia mitten in tiefer Nacht mit lautem Geklingel ihre Lieblingsstubenmädchen aufweckte, die für ihre ganz persönliche Bedienung zuständig waren (es waren drei; sie hießen Medina, Cristina und Antoniuccia). Wenn sie dann, mit bloßen Füßen tappend, herbeiliefen, nur notdürftig bekleidet und ungekämmt, fanden sie ihre Herrin in heiterer Verzückung. „Ach, meine lieben Töchterchen“, sagte sie, „kommt alle her zu mir. Ich kann nicht mehr schlafen. Seht ihr nicht, was für ein Mond am Himmel aufgegangen ist? Als wir uns schlafen legten, war er noch nicht da, und draußen war Dunkelheit wie in einer Höhle; und mit einemmal wache ich auf, und was sehe ich? Der Mond ist aufgegangen! Ein Mond, wie man noch nie einen gesehen hat! Das ist gar kein Mond, das ist eine Sonne! Schaut euch die Luft an: das ist gar keine Luft, das ist ein Spiegel! Wenn man hinaussieht in diesen Abend, ist es, als spiegele man darin sein Gesicht. Ach, Maria Santissima, madruzza mia dolce, was ist das für ein wunderschöner Mond, der da durch den Himmel dahinzieht wie ein Schifflein durchs Meer! Seht nur, wie weiß er ist! Was für eine schneeweiße kleine Gestalt er hat! Wie wunderschön! Schau ihn dir genau an, Medina, du mußt ihn besonders gut sehen können, denn du hast grüne Augen wie die Katzen. Wenn man in den Mond hineinblickt, sieht man darin so etwas wie Zeichnungen und Flecke. Man sagt, sie seien das Bild der Dornenkrone und die Nägel vom Kreuz Unseres Herrn. Aber manche sehen darin zwei Verlobte, die sich küssen, und andere ein Gesicht, das lacht. Und was siehst du darin?"

Mit vor Schläfrigkeit halb geschlossenen Augen blinzelte Medina den Mond an und sagte: „Ja, Eccelenza . . ."

„Was soll das heißen, ‚ja, Eccellenza'! Ich frage dich, was du darin siehst!"

„Das sind wahrhaftig die Marterwerkzeuge Unseres Herrn, Eccellenza."

„Und du, Cristina, was siehst du? Was erkennst du darin?"

Cristina betrachtete aufmerksam den Mond und wußte nicht, was sie antworten sollte. Aber da fiel die Jüngste, Antoniuccia, obwohl sie nicht gefragt war, ins Gespräch ein:

„Ich muß Euch etwas sagen, Eccellenza. Ich schau mir den Mond immer an und hab ihn wohl schon mehr als tausendmal gesehen, sogar ganz aus der Nähe, oben von einem Berg aus. Und diese Figuren da, von denen Ihr sprecht, pah, die bedeuten überhaupt nichts für mich. Mir kommt das alles bloß vor wie ein Geklecksc."

„Salomon hat gesprochen! Weise, Astronomen, Geistliche zu Tausenden haben diese Zeichnungen auf dem Körper des Mondes studiert; sie haben dabei ihre Augen verdorben, ihre Instrumente abgenutzt, sie haben Tonnen von Büchern darüber in Druck gegeben! Und der eine erklärt sie auf diese, der andere auf jene Weise: es bleibt ein Geheimnis! Aber da kommt auf einmal die Signorina . . . Soundso daher . . . wie heißt du eigentlich mit Nachnamen?"

„Antoniuccia."

„Bravo! Ausgezeichnet! Soviel habe ich auch schon selbst gewußt! Nicht nach dem Taufnamen habe ich dich gefragt, sondern nach dem Nachnamen. Ich kann doch nicht alle eure Nachnamen im Gedächtnis behalten."

„Ah, Verzeihung, Eccellenza. Mit Nachnamen heiße ich Altomonte. Altomonte, Antoniuccia."

„... da kommt also die Signorina Altomonte und straft sie alle miteinander Lügen durch ein einziges Wort: *Diese Figuren sind Kleckse und bedeuten gar nichts!* Willst du wissen, was du bist, Antoniuccia? Ein Wurzelkopf!"

Bei diesen letzten Worten errötete Antoniuccia: „Verzeihung, Eccellenza", stammelte sie, „als ich Eure Glocke hörte, bin ich so schnell hierhergerannt, daß ich nicht einmal mehr Zeit hatte, mich zu kämmen", und mit einem verlegenen Lächeln versuchte sie, sich mit den Fingern die Haare glattzustreichen.

Aber Donna Amalia beschäftigte sich schon nicht mehr mit ihr; ihre Augen schauten wieder den Mond an und waren nachdenklich geworden: „Eigenartig!" sagte sie mit einem Seufzer. „Wenn man ihn von hier aus betrachtet, scheint er gar nicht so weit weg zu sein. Man sagt ja, daß dieser ... wie hieß er noch, der da unten in der Herberge gewohnt hat? Der Balsamo, der Graf Cagliostro! Er soll ja auf den Mond geflogen sein, wie man sagt. Medina! Du hast doch eine Verwandte des Grafen Cagliostro gekannt, nicht wahr? Hast du mit ihr gesprochen?"

„Ja, Eccellenza, ich habe sie gekannt. Sie heißt Vittorina. Ihre Großmutter war die Tochter von einer Frau, die bei der heiligen Taufe des Grafen Cagliostro Gevatter gestanden hat. Ja, Eccellenza, ich hab mit ihr gesprochen."

„Und hast du dir etwas erzählen lassen von dieser Reise auf den Mond? Wie er dahin gekommen ist, dieser Christenmensch? Und was er da alles gesehen hat?"

„Wirklich, Eccellenza, über diese Reise, von der Ihr sprecht, habe ich sie gar nichts gefragt."

„Schafskopf! Das wäre das erste gewesen, was du hättest fragen sollen!"

„Um die Wahrheit zu sagen, Eccellenza, ich habe überhaupt nichts gefragt. Es kam mir nicht sehr schicklich vor, zu fragen, denn manche Leute sagen, dieser altertümliche Herr sei der Teufel gewesen. Es schien mir nicht anständig, nach ihm zu fragen. Vittorina hat mir von selbst, ohne daß ich gefragt habe, von ihm erzählt. Sie sagte mir, er sei ein großer Zauberer gewesen und habe das Geheimnis gewußt, wie man Gold machen kann."

„Diesem Cagliostro hat es wahrhaftig Spaß gemacht, seine Zeit zu vergeuden! Als ob sich das lohnte, sich mit einer solchen Erfindung verrückt zu machen! Was mich betrifft, so überlasse ich das Geheimnis, Gold zu machen, lieber dem Herrgott, der in sieben Tagen den Himmel und die Erde fabriziert hat mit allen Sternbildern und Goldgruben, und um die Geschöpfe entstehen zu lassen, brauchte er nur einen Hauch seines Atems, wie um ein Feuer anzublasen. Wenn jemand Gold haben will, soll er doch zum Goldschmied gehen, da findet er es fix und fertig, und sogar noch aufs schönste verarbeitet. Aber die Geheimnisse des Mondes auszukundschaften! Wahrhaftig, das war eine Wundertat! Hör zu, Medina, ich kann es kaum erwarten, bis es Morgen ist. Ich hab eine Ungeduld, daß ich die Minuten verschlingen möchte. Ich habe nämlich beschlossen, daß du mich morgen zu dieser Vittorina führen sollst, und dann lassen wir uns alles erzählen."

„Ihr wollt zu ihr gehen? Verzeiht, wenn ich mir erlaube, das zu sagen, aber Ihr würdet schlecht dahin passen, Eccellenza. Sie kommt einem vor wie ein ganz bescheidenes, einfaches Frauchen; man würde überhaupt nicht meinen, daß sie die Verwandte eines Grafen ist. Sie wohnt in einem engen Gäßchen oben auf einem kleinen Berg voller Kaktusfeigen, auf den Euer Wagen gar nicht hinauffahren kann. Ihr werdet verzeihen, wenn ich unverschämt bin, aber das ist wirklich nichts für Euch, Eccellenza; und innen im Hause sieht es aus wie bei Zigeunern. Da ist nur ein einziger Stuhl, der hängt oben an der Decke, und die Leute sitzen auf dem Fußboden. Aber was am meisten auffällt, verzeiht, Eccellenza, das ist der schlechte Geruch!"

„Ah, was kann das schon für ein Geruch sein! Wohl immer noch ein christlicher Geruch! Hör jetzt gut zu, Medina, welches morgen der erste Befehl für dich ist: sobald du aufwachst, sollst du auf den kleinen Berg hinaufgehen und diese Vittorina zu mir bringen. Und dann soll sie uns erzählen! Aber jetzt zu Bett, meine Töchterchen. Antoniuccia, zieh mir die Kissen zurecht. Wir haben uns hier gut unterhalten, und bei diesem Mondschein kam es uns vor, als sei heller Tag. Aber jetzt ist der Schlaf wiedergekommen. Ach, wie ich gähnen muß, mir scheint, ich werde ein Tiger. Gute Nacht, geht nun ... gute Nacht. Ach, mir fallen die Augen zu, wie gut es tut, zu schlafen. Ich habe so ein Gefühl, als ob ich vom Grafen Cagliostro träumen werde!"

Donna Amalia, diese vornehme Dame, hatte Reisen gemacht, war in der Welt herumgekommen, und doch glich sie in manchen Augenblicken den armen Barbarinnen der Wüste, die nie das geringste gesehen haben. Und wenn ein Reisender ihnen ein Stückchen Glas zeigt, das in der Sonne glitzert, dann geraten sie in Verzückung und strecken die Hände aus, um es zu besehen. Natürlich liebte Donna Amalia Gold, Silber und Edelsteine und besaß viele Schreine und Kästchen, die so voll davon waren, daß sie eine Königin hätten beschämen können. Trotzdem, außer den echten Juwelen gefielen ihr ebenso gut auch die falschen, die meistens nur einem unwissenden Kinde, einer Bäuerin oder einem einfachen Dienstmädchen Freude machen können. Aber was Donna Amalia anzog, war nicht der Wert der Gegenstände, sondern weit eher ihre Wirkung, das Vergnügen, das sie ihr bereiteten, wenn sie sie betrachtete oder an sich trug. Und da sie, um die ganze Wahrheit zu sagen, immer halbwegs eine Analphabetin geblieben war und denselben ungebildeten Geschmack behalten hatte wie damals, als sie ein armes Mädchen war, konnte ihr der Krimskrams eines Hausierers genauso gefallen wie der Schatz des Großwesirs. Sie brachte es fertig, stehenzubleiben, um einen kleinen Handkarren auf dem Jahrmarkt so aufmerksam zu betrachten, als stünde sie vor einem Schaufenster in Paris. Zur Zeit der Jahrmärkte des Dreikönigsfestes oder irgendwelcher anderer Feste ließ sie in den Stunden, in denen am wenigsten Gedränge war, das Auto am Eingang des Platzes anhalten; und ganz langsam spazierte sie mit ihren kleinen Füßchen vor den Buden und Karren auf und ab; und immerzu leuchteten ihre Augen, und sie wollte dieses und jenes haben, so daß zwei Diener nicht ausreichten, um alle ihre Einkäufe zu tragen. Und wenn sie dann nach Hause kam, war sie ganz ungeduldig, bis sie die Geschenke, die sie sich gekauft hatte, wieder anschauen konnte. Kaum hatte sie das Vorzimmer betreten, kramte sie die Sachen auch schon auf die Marmorkonsole und lachte vor Vergnügen; erregt und neugierig probierte sie vor dem Spiegel die Ohrgehänge aus buntem Glas, die Perlenarmbänder und die Halsketten aus Haselnüssen oder bemaltem Holz. Wenn sie sich dann zu irgendeiner Einladung begab, war sie imstande, ihre Brillanten zu Hause zu lassen und sich mit einer Kette aus Haselnüssen oder getrockneten Kastanien zu schmücken, die ihr an diesem Abend am allerschönsten zu sein schien. Sie tat es aus Unwissenheit, aus Liebe zu Pracht und Herrlichkeit und aus Leichtsinn des Herzens. So hoch war ihr Ansehen unter den Damen der Stadt, daß, wenn Donna Amalia eines Abends mit einer Kette aus getrockneten Kastanien erschien, es ihr am nächsten Abend zehn Damen nachmachten, Brillanten und Smaragde zu Hause ließen und in den Theatern und Salons mit Geschmeide aus getrockneten Kastanien prunkten. Nun konnte es freilich geschehen, daß die getrockneten Kastanien, die an Donna Amalia so kostbar wirkten wie Diamanten, an den anderen Damen ganz und gar nur wie getrocknete Kastanien aussahen.

Das Leben Donna Amalias war nicht frei von Verdruß. Wir haben schon gesagt, daß sie sich ein kindliches Herz bewahrt hatte; und wie es Kindern eben geht, begnügte sie sich nicht immer damit, die Dinge nur zu bewundern, welche die Ehre hatten, ihr zu gefallen, sondern oft hätte sie diese, aller Vernunft zum Trotz, gern selbst besessen. Und wenn etwas, in das sie sich verliebt hatte, durchaus nicht zu haben war – wie zum Beispiel die Alhambra oder die Schätze des chinesischen Kaisers –, dann verging Donna Amalia vor Verlangen und Qual. Nicht daß sie so unvernünftig gewesen wäre, die Sinnlosigkeit einer solchen Qual nicht einzusehen; ja meistens lachte sie bei solchen Gelegenheiten sogar selbst ganz toll über ihre eigenen Launen. Aber wenn sie auch lachte, vermochte sie doch ein bitteres Gefühl der Auflehnung und fast des Widerwillens nicht zu vertreiben. Verhaßt war ihr der Gedanke, daß, sofern nicht irgendein unvorhergesehenes, von ihr unabhängiges, umwälzendes Ereignis eintreten sollte, sie, solange sie lebte, niemals als Herrin in jenen schönen Höfen der Alhambra spazierengehen könne oder daß sie sich nie mit den phantastischen Armreifen der altehrwürdigen chinesischen Herrscherin werde schmükken können. Die Unmöglichkeit erregte und beunruhigte sie. Und es blieb ihr kein anderer Trost, als sich auszumalen oder vielleicht auch nachts zu träumen, sie würde ihren Gatten Don Vincente mit ihrem Lächeln dazu bewegen, sich an die Spitze einer Schar von wagemutigen Streitern zu stellen, um die Alhambra zu erstürmen; oder aber sie träumte, sie würde sich selber in den Schatzsaal in Peking einschleichen und nach Überwältigung der Wächter jenes Geschmeide rauben, das dort wie ein Heiligtum unter Glas aufbewahrt wird. Dann würde sie es am Busen verstecken und atemlos wieder in ihren Tragsessel steigen, in dem man sie, über die Große Mauer flüchtend, in Sicherheit bringen würde.

Solcherlei vorübergehende Melancholien Donna Amalias waren für Don Vincente, ihren Gatten, das einzige Kreuz gewesen. Die höchste Liebe dieses Hidalgo und sein immerwährendes Entzücken bestanden nämlich darin, in Donna Amalia kindliche Glückseligkeit zu erwecken, immer wieder zu betrachten und zu erhalten. Und wir können ihn gewiß begreifen. Gibt es ein anmutigeres, tröstlicheres Schauspiel als kindliche Seligkeit? Und welch größeres Glück gibt es, als eine solche Art von Seligkeit in dem geliebtesten Menschen, der eigenen Frau, zu entfachen? Mit der hingebenden Höflichkeit der spanischen Kavaliere pflegte jener edle Katalonier seine Donna Amalia wie einen Rosenstrauch; er liebkoste sie wie eine müßige, leidenschaftliche Katze aus Persien; er bot ihr die würdigsten Schauspiele der Erde, wie es ein König tut, der einen anderen König zu Gast hat; und er brachte ihr seine Huldigungen und Geschenke dar wie einer Heiligen. Bei jeder neuen Gabe errötete die liebe Donna Amalia, lachte und bebte wie bei seinem ersten Geschenk, an dem Tage, als sie von ihm den Verlobungsring empfangen hatte. Es war der erste goldene Ring, den sie besaß, denn bis dahin war sie so arm gewesen, daß sie sich mit knapper Not nur ein

Messingringlein hatte kaufen können beim Fest der heiligen Rosalia.

Es braucht nicht erst gesagt zu werden, daß Don Vincente das Aufkeimen der Wünsche im Herzen Amalias überwachte, gleich einem Knaben, der ein Paradiesvögelchen aufzieht: bei jedem Piepsen seines Lieblings fragt er sich mit besorgtem Gemüt: „Um was möchte er mich wohl bitten? Was könnte ihm fehlen?"

Doch es mochte auch vorkommen, daß Vincente trotz all seinem Bemühen, Amalia zufrieden zu sehen, nicht zu ihr sagen konnte: „Señora, è vuestro!"*

Dies war Don Vincentes Kummer; aber Donna Amalia versuchte, ihm ihre Betrübnis zu verbergen, um ihn nicht zu verbittern, wenn sie von einem hoffnungslosen Verlangen nach irgend etwas ergriffen war. Von diesem kleinen Schatten abgesehen, wird kein Ehemann sich so glücklich nennen können wie Vincente. Man weiß in der Tat, daß die Gewöhnung an die Wohltaten der Welt, die das Leben bald langweilig macht, eher die Reichen als die Armen heimsucht, denn sie sind an sehr viele Annehmlichkeiten gewöhnt, die für die anderen eine Seltenheit sind. Darum ist ein sehr reicher Ehegatte ein unglücklicher Mensch, weil mit jedem vorübergehenden Tag sich das für ihn verringert, was eine der allersüßesten Befriedigungen für einen Ehemann ist: nämlich mit schönen Geschenken die eigene Gattin zu erfreuen und zu feiern; denn für eine gewöhnliche Frau, auch wenn sie in Armut aufgewachsen ist, bedeutet der Reichtum bald nichts Besonderes mehr; und rasch kommt der Tag, an dem für sie ein Rubin etwas Alltägliches, Unbedeutendes ist, etwa wie eine Apfelsine für die Tochter eines Bauern.

Doch zu unserem Glück war Donna Amalia keine gewöhnliche Frau. Und es ist nicht möglich, Worte zu finden, die würdig wären, auszusprechen, welches Vergnügen, welche Erregung, welch ein immerwährendes Fest das Leben an ihrer Seite für ihren Gatten war. Durch einen Zufall war er vor ungefähr vierunddreißig Jahren in Palermo abgestiegen; dort hatte er Donna Amalia, die damals ein armes Mädchen von fünfzehn Jahren war,

* (span.) – Señora, es gehört Euch!

kennengelernt und, toll vor Seligkeit, in der Martoranakirche zum Altar geführt. Es war ein Hochzeitsfest gewesen, das später zu einem der Märchen von Palermo wurde.

Eigentlich waren es zwei gewesen, die Amalia zur Frau begehrt hatten: Don Vincente und ein Freund von ihm, Don Miguel, der mit ihm zusammen nach Palermo gekommen war und gemeinsam mit ihm Amalia kennengelernt hatte. Kaum hatten sie ihre Bekanntschaft gemacht, als beide beschlossen: „Amalia oder den Tod." Was Amalia betrifft, so hatte sie der beiden Männer wegen ein paar verzweifelte Tage verbracht, an denen sie nichts anderes tun konnte als weinen, denn sie wußte nicht, welchen sie wählen sollte; sie hatte sie alle beide gern und wollte weder den einen noch den anderen kränken. Beide waren sie jung, beide sympathisch, beide Katalonier. Don Miguel war Marchese und Don Vincente nur Cavaliere; dafür aber war Don Vincente größer als Don Miguel, und er hatte auch eine klangvollere Stimme; aber Don Miguel wiederum hatte eine schlankere Taille und ein süßeres Lächeln. Amalias Qual erreichte ein solches Maß, daß sie, um ihr ein Ende zu machen, sich beinahe entschloß, sich für immer in ein Kloster der „Lebend Begrabenen" einzusperren. Um jedoch einen solchen Ausgang zu verhindern, lösten ihre beiden Liebhaber die Frage durch ein Duell. Don Miguel ging mit einer leichten Verwundung an der Schulter daraus hervor; und nachdem er Don Vincente umarmt und geküßt hatte, reiste er allein ab. Es scheint, daß er in den folgenden Jahren überall in der Welt herumgereist ist, ohne Amalia vergessen zu können, und vergeblich eine andere gesucht hat, die Amalia ähnlich gewesen wäre. Schließlich hat er sich in eines seiner Schlösser in Katalonien zurückgezogen und ist an Schwermut gestorben. Wahrhaftig, nachdem er Amalia gekannt hatte, erschienen ihm alle seine Reichtümer, weil er sie nicht gemeinsam mit ihr genießen konnte, wie Sand in der Wüste.

Der andalusische Schal

Schon als junges Mädchen hatte es Giuditta wegen ihrer Liebe zu Theater und Tanz mit der ganzen Verwandtschaft verdorben: in dieser guten sizilianischen Kaufmannsfamilie hielt man den Beruf einer Tänzerin – selbst wenn es sich um den ernsten *klassischen* Tanz handelte – für etwas Unwürdiges, ein Verbrechen. Doch Giuditta führte sich in diesem Kampf wie eine Heldin auf: allen zum Trotz erlernte sie heimlich die Tanzkunst. Und kaum war sie erwachsen, verließ sie Palermo, die Familie und die Freundinnen und ging nach Rom, wo sie wenige Monate später schon zum Ballettkorps der Oper gehörte.

So hatte das Theater, das schon seit jeher ihr Paradies gewesen war, sie aufgenommen. In ihrer Begeisterung sagte sich Giuditta, daß dies nur der erste Schritt sei; stets hatte sie daran geglaubt, eine große, ruhmreiche Künstlerin zu werden, und einer ihrer jungen Verehrer, ein Musiker aus Norditalien, der an der Oper bekannt war, bestätigte sie in dieser Überzeugung. Giuditta heiratete ihn. Er war schön und wurde von allen als ein vielversprechender Künstler geschätzt. Leider aber starb er drei Jahre nach der Hochzeit und ließ sie als Witwe zurück mit zwei kleinen Kindern, Zwillingen: Laura und Andrea.

Obwohl die Eltern ihrem Beruf und ihrer Heirat abgeneigt gewesen waren, hatten sie ihr die Mitgift nicht verweigert. Und mit diesem Geld sowie dem spärlichen Verdienst einer Balletteuse konnte sie sich als Witwe mit den beiden Zwillingen schlecht und recht durchschlagen. In ihrer Karriere hatte sie noch keinen Fortschritt gemacht; doch im vertrauten Kreise betrug Giuditta Campese sich wie eine Primadonna. Ihr Heim spiegelte ihren Stolz, ihr Talent und ihren Hang zu Glanz und Pracht; und in den wenigen Räumen ihrer Wohnung herrschte die Gewißheit, daß sie ein *Star* sei.

Bald jedoch zeigte es sich, daß ihre Leidenschaft für das Theater, gegen die schon die Familie ihres Vaters so sehr angekämpft hatte, gerade dort einen Gegner fand, wo Giuditta es am wenigsten vermutet hätte. War doch dieser neue Gegner jemand, der unter Theaterleuten aufgewachsen war; und wer von Anfang an die Theaterluft wie etwas Selbstverständliches atmet, der sollte eigentlich nicht solche provinzlerischen Vorurteile hegen. Dieser Gegner, von dem wir sprechen, war Giudittas Sohn Andrea.

Er war als kleines Kind an Gestalt und Gliedern weniger entwickelt als seine Zwillingsschwester, doch war er ebenso anmutig wie sie. Er hatte dunkles Haar wie sie und seine Mutter; durch seine Augen aber, die von seltener, himmelblauer Farbe waren und die er anscheinend von seiner Großmutter väterlicherseits geerbt hatte, unterschied er sich von ihnen. Diese himmelblauen Augen, die gewöhnlich düster umwölkt waren, enthüllten nur dann voll und ganz ihr strahlendes Wesen, wenn sie Giuditta erblickten: Giuditta brauchte nur in der Ferne aufzutauchen, und sogleich leuchteten Andreas himmelblaue Augen auf in all ihrer festlichen Schönheit. Aber schon in den allerersten Lebensjahren, noch ehe er gelernt hatte, verständlich zu sprechen, bekundete Andrea deutlich einen unmäßigen Haß auf den Beruf seiner Mutter.

Außerhalb ihrer Arbeit führte die Witwe ein zurückgezogenes Leben. Und wenn sie sich nicht gerade ins Theater begeben mußte, verbrachte sie die Abende still und allein zu Hause. An solchen Abenden pflegte Andrea (der mit seiner Zwillingsschwester jeden Tag vor Sonnenuntergang zu Bett ging) sogleich friedlich neben Laura einzuschlummern und, ohne zu erwachen, bis zum nächsten Morgen durchzuschlafen. Doch an den Abenden, an denen Probe oder Vorstellung war, verlor der argwöhnische Andrea seine Ruhe, während Laura wie gewohnt fest schlief wie ein kleiner Engel. Obwohl es ihm niemand sagte, teilte ihm sein Herz auf geheimnisvolle Weise mit, daß seine Mutter aus dem Haus gehen müsse. Dann fand Andrea nur mit Mühe einen leichten und flüchtigen Schlaf, aus dem er, wie beim Läuten einer Glocke, im selben Augenblick plötzlich auffuhr, wenn Giuditta in ihr Zimmer ging, um sich anzukleiden. Er sprang aus dem Bett und lief auf bloßen Füßen zum Zimmer seiner Mutter; und einem armen Pilger ähnlich blieb er dann vor der verschlossenen Türe stehen und weinte leise vor sich hin.

Aber das Drama, das so begonnen hatte, konnte auf verschiedene Weise weitergehen. Manchmal blieb Andrea die ganze Zeit, während seine Mutter sich ankleidete, dort stehen, und heimlich weinte er, doch in dem Augenblick, in dem sie, zum Ausgehen bereit, die Türe öffnete, rannte er Hals über Kopf ins Bett zurück, um seine Tränen unter dem Leintuch zu verbergen. Giuditta wollte ihm kein Mitleid zeigen; meistens ging sie aufrecht und unbarmherzig fort und tat, als habe sie das Weinen und auch das Tappen der bloßen Füße nicht gehört. Bisweilen kam es auch vor, daß sie zu ihrem eigenen Verdruß allzu großes Mitleid mit ihm hatte und hinter ihm herlief und ihn mit vielen Freundlichkeiten zu trösten suchte. Doch er preßte die Fäuste auf die Augen, unterdrückte sein Schluchzen und lehnte jeden falschen Trost ab. Der einzige wirkliche Trost für ihn wäre gewesen, wenn Giuditta zu Hause geblieben und nicht ins Theater gegangen wäre; aber man hätte wohl närrisch sein müssen, um dergleichen von einer Tänzerin zu verlangen!

An manchen Abenden aber trieb Andrea es doch so weit, eine solche Narretei wirklich zu begehen! Nachdem er wie gewöhnlich eine Weile hinter der Tür seiner im Ankleiden begriffenen Mutter geweint hatte, brach er plötzlich in Zorn aus und begann, mit den Fäusten gegen die Tür zu schlagen. Oder er hielt die Tränen zurück und wartete geduldig, bis die Mutter fertig war; und wenn sie dann endlich erschien mit dem geschmeidigen Gang einer Löwin, mit ihrem kleinen, kecken Hütchen und dem schwarzen Schleier über dem weißen ungeschminkten und ungepuderten Gesicht, klammerte er sich an ihre Kleider, umschlang ihre Knie und flehte sie mit verzweifelten Worten an, sie solle doch nicht ins

Theater gehen, wenigstens an diesem Abend nicht, sondern dableiben und ihm Gesellschaft leisten. Sie streichelte ihn, machte ihm Versprechungen und versuchte vergeblich, ihn zu überreden, sich mit dem Unvermeidlichen abzufinden. Schließlich verlor sie die Geduld und machte sich mit Gewalt von ihm los, schlug die Tür zu und verschwand. Andrea warf sich auf den Fußboden und blieb dort wimmernd liegen wie ein unglückliches kleines Kätzchen, das die Katze im Korb zurückgelassen hat, während sie leichtsinnig umherstreicht.

Giuditta hatte gehofft, dies alles sei nur kindliche Launenhaftigkeit, die sich mit der Zeit noch geben werde. Aber die Jahre vergingen, und so wie er selbst wuchs auch Andreas Launenhaftigkeit. Seine Abneigung gegen das Theater, das die immerwährende Leidenschaft seiner Mutter war, zeigte sich bei jeder Gelegenheit und entwickelte sich in seinem Gemüt zu einer unüberwindlichen Feindschaft. Selbstverständlich erniedrigte er sich jetzt nicht mehr so weit, daß er flehte und weinte wie zu der Zeit, als er drei oder vier Jahre alt war; davor hütete er sich wohl, aber sein Haß, der sich nicht mehr auf jene kindliche Art austobte, wurde immer wilder.

Ohne diese seine hartnäckige Launenhaftigkeit wäre Andrea gar kein böses Kind gewesen. Er log niemals, lernte gut und war überaus zärtlich zu seiner Mutter; er folgte ihr durch alle Zimmer und versuchte immerzu, durch stürmische und zärtliche Überschwenglichkeit ihre Aufmerksamkeit auf sich zu lenken, so daß sie nicht selten, wenn sie von anderen Beschäftigungen und anderen Gedanken in Anspruch genommen war, ihn fortstoßen mußte, als sei er ihr lästig. Kam es aber vor, was freilich nicht allzuoft der Fall war, daß Giuditta mit ihm spazierenging, so hätte nicht einmal der König bei der Kutschenfahrt mit der Königin sich großartiger und zuvorkommender zeigen können als er; dann strahlten seine Augen in vollem Licht vom Anfang bis zum Ende des Spaziergangs.

An den wenigen Abenden, an denen Giuditta nicht aus dem Haus ging und bei der Familie blieb, nahm sein Gesicht, das sonst so bleich war, Farbe an wie eine Blume. Dann überkam ihn eine ausgelassene und selige

Stimmung; er trieb tollkühne Spiele und prahlte damit. Bei jedem kleinen häuslichen Ereignis, wenn zum Beispiel die Katze nach einer Motte jagte oder wenn Giuditta es nicht fertigbrachte, eine Nuß zu knacken, lachte er aus vollem Herzen. Mit dramatischen Gebärden erzählte er die Handlung von Geschichten wie „Der Schwarze Korsar", „Sandokan im Aufstand", „Piraten in Malaya" und anderer ähnlicher Seefahrer- und Freibeuterromane, die seine Leidenschaft waren. Dann und wann schlang er seine Arme um die Mutter, als wolle er sie fesseln. Laura gegenüber zeigte er sich voll Gefälligkeit; und wenn sie sich mit ihrer Mutter unterhielt, hörte er ernst und bescheiden ihren Frauengesprächen zu. Doch sobald von Theater, Oper oder Ballett dic Rede war, wurden seine Augen düster, seine Stirn legte sich in Falten, und seine Familie mußte eine sonderbare Verwandlung mit ansehen: es war, als ob ein Täuberich oder ein junger Hahn urplötzlich zu einer Eule würde.

An manchen besonderen Festtagen ging seine Schwester Laura frohlockend aus dem Haus, um einer Nachmittagsvorstellung in der Oper beizuwohnen; oft durfte sie ihrer Mutter sogar hinter die Bühne und in die Umkleideräume folgen. Wenn sie dann wieder nach Hause kam (wo Andrea freiwillig den ganzen Nachmittag allein verbracht hatte), war sie wie von Sinnen vor Begeisterung; aber die schrecklichen Blicke des Bruders bewirkten, daß sie jeden Versuch, etwas zu erzählen, beim ersten Wort aufgab. Und dieses Schweigen kostete sie eine so unnatürliche Anstrengung, daß sie dann nachts im Traume sprach.

Andrea weigerte sich stets, ein Theater zu betreten. Beim bloßen Vorschlag, jenen Ort zu besuchen, der ihm an so vielen Abenden Kummer und Schmerz bereitete und an seinen Tränen schuld war, wurde er bleich vor innerer Auflehnung.

Dann und wann kam es vor, daß Giuditta einige ihrer Ballettkostüme von der Oper mitbrachte, um sich zu Hause darin zu zeigen. Einmal kleidete sie sich als Zigeunerin mit scharlachrotem Rock, die Brust halb entblößt, und behängte sich mit Armspangen und Ketten aus Goldmünzen. Ein anderes Mal verkleidete sie sich als Schwan mit brillantenbesetztem Mieder, Strümpfen aus schneeweißer Seide und einem Federntutu; dann wieder als Meerjungfrau in einem kurzen, enganliegenden Kostüm aus schillernden Schuppen; dazu trug sie ein Fischernetz als Umhang. Und wieder ein anderes Mal erschien sie als „Geist der Nacht" und einmal als „Orientalisches Hirtenmädchen".

Ihr Körper war ein wenig schwerer geworden seit der Zeit, da sie ein junges Mädchen gewesen war; dennoch war sie eine schöne Frau, mit ihrem schmollenden Ausdruck, ihren schwarzen Augen und der weißen Haut, wie Spanierinnen sie haben. Außer ihrer Tochter Laura kamen noch das Halbtagsmädchen und die Pförtnerin des Häuserblocks ins Zimmer, um sie zu bestaunen. Dies waren sozusagen die einzigen Bewunderer, die Giuditta bis jetzt hatte, denn tatsächlich war sie in ihrer Theaterlaufbahn auch nicht einen Schritt vorwärtsgekommen. Giuditta Campese war auch heute noch nichts weiter, als was sie am ersten Tag ihrer Aufnahme in die Oper gewesen war: eine namenlose Balletteuse in den Reihen des Ballettkorps. Doch in den verzückten Augen ihres häuslichen Publikums war sie zweifellos ein großer Star.

Nachdem alle ihr Kostüm bewundert hatten, führte sie ihre Tanzkünste vor und erntete begeisterten Applaus. In diesem Augenblick durchquerten kindliche Füße in schnellem Lauf den Korridor, und ein wenig verlegen erschien auf der Türschwelle Andrea. Beim Anblick Giudittas füllten sich seine weit aufgerissenen Augen mit strahlender, unschuldiger Hingabe. Doch gleich darauf wandte er sein Gesicht von ihr ab. Und nachdem er feindselige Blicke wie Blitze auf das Publikum gerichtet hatte, zog er sich in den Winkel zwischen dem Korridor und der Tür zurück, wie jemand, der mit ansehen muß, wie ihm sein Eigentum gestohlen wird, und es nicht hindern kann.

Choristen, Tänzer und dergleichen Leute, die manchmal im Hause verkehrten, waren für ihn schlimmer als wilde Tiere. Während ihrer Besuche verkroch er sich gewöhnlich am äußersten Ende der Wohnung in einem staubigen Kämmerchen, in das durch ein winziges Fenster kaum etwas Licht einfiel. Aber wenn Giuditta mit ihren Kollegen drüben im Salon irgendeine Szene oder Tanzfigur probte, gelang es Andrea nicht einmal in diesem Kerker, sich gegen die Ungeheuer in seinem Innern zu wehren. Obwohl er sich zwang, nicht hinzuhören, wurde sein Gehör sehr viel schärfer als sonst, drang durch alle Türen und fing die Töne des Grammophons auf, die fremden Stimmen, das Händeklatschen im Takt der Musik, das dumpfe Geräusch der Sprünge, das Wirbeln der Pirouetten. Der Eingekerkerte schwankte zwischen Zorn, Neid und der Versuchung, die eigene Qual bis zur Neige auszukosten, indem er dem verhaßten Schauspiel zuschaute. Man hätte meinen können, diese seine Versuchung sei durch einen Spion dort im Salon verraten worden; denn plötzlich erschien ein Herold, seine Schwester Laura, ganz außer Atem an der verrammelten Tür und forderte ihn im Namen der Mutter auf, in den Salon zu kommen, und in den höchsten Tönen pries sie die kühne Kunst der Tänzer. Mit Beschimpfungen und Drohungen schlug Andrea den Herold in die Flucht; doch so schwer auf die Probe gestellt zu werden war allzu bitter für ihn, und einen Augenblick später hörte man ihn laut und in äußerst gebieterischem Ton nach seiner Mutter rufen.

Erregt und von ihren geliebten Tänzen sanftmütig gestimmt, lief Giuditta herbei. Sie rief ihren Sohn beim Namen, erhielt aber keine Antwort. Sie rief ihn noch zwei- oder dreimal, bis sich endlich die Türe öffnete. Sie trat ungestüm ein, und lachend über die abscheuliche Klausur, umarmte sie den traurigen Gefangenen und küßte ihn aufs Haar und auf die Stirn: „Du bist ja ganz kalt, mein Herzenskind! Bist du denn von Sinnen! Du hast doch nichts Schlimmes angestellt, daß du dich hier einsperren willst, wo du doch so viele schöne Zimmer hast! Deine Mutter hat dich nicht in die Welt gesetzt, damit du unter Kisten und Spinnen haust! Du hast ein so hübsches Zimmerchen und sogar einen kleinen Balkon davor! Und Grammophonmusik und die tüchtigen Künstler, die mich alle nach dir fragen! Die müssen ja denken, mein lieber kleiner Andrea sei bucklig oder verkrüppelt, daß er sich nie blicken läßt. Los, wir wollen allen Leuten zeigen, was für einen hübschen Sohn die Campese hat! Warum machst du denn so ein bitteres Gesicht? Als ob da drüben Kaiser Nero zu Besuch wäre! Es sind aber alles Freunde, Arbeitskollegen, Damen und Herren von so strahlender Schönheit, daß die Leute Eintrittsgeld bezahlen, um sie anzuschauen! Und heute sind sie hierhergekommen, um für Lauretta und Andrea zu tanzen! Und wir haben auch Kuchen und Marsala und möchten alle auf dich, den Hausherrn, anstoßen! Auf, mein schöner Ritter, tut uns den Gefallen und kommt mit uns tanzen!" Und mit einem richtigen Tanzschritt nahm Giuditta Andrea bei der Hand und zog ihn mit sich in den Gang hinaus. Doch kaum waren sie draußen im Korridor, konnte Andrea durch eine halbgeöffnete Tür die Bewegung im Salon, der von Stimmengewirr widerhallte, erkennen, und als habe er den Schlund der Hölle erblickt, riß er sich von seiner Mutter los, um sich von neuem in seinem Gefängnis einzusperren. Von dort schrie er der Mutter zu: „Geh weg! Fort mit dir! Mach, daß du zu diesem Gesindel kommst!" Aber als er allein war, weinte er.

So bezahlte Andrea seinen Haß mit Qualen, die er sich selbst zufügte. Es kam aber auch vor, daß seine Heftigkeit sich auf andere Weise austobte. Eines Tages zum Beispiel kehrte er die eingerahmten Fotos, welche die Konsolen im Salon schmückten, mit der Vorderseite zur Wand, als seien sie alle Seelen in der Verdammnis. Es waren Bilder von Dirigenten, Choreographen, Ballettmeistern und anderen Berühmtheiten, alles Bilder, die seiner Mutter sehr am Herzen lagen, vor allem wegen der mit Vor- und Nachnamen gezeichneten Widmungen, die an sie, Giuditta Campese, gerichtet waren.

Und eines Tages, als ein Liebhaber des Balletts Giuditta einen Rosenstrauß verehrt hatte, wartete Andrea, bis sie das Haus verließ, um wie gewohnt zu den Theaterproben zu gehen; und plötzlich machte er sich vor den erschrockenen Augen seiner Schwester Laura in wildem Zorn daran, die Rosen zu knicken und zu zerreißen. Dann warf er sie zu Boden und trampelte darauf. Bei dieser Gelegenheit kam es so weit, daß Giuditta ihn einen Verbrecher und Mörder nannte.

Unter solchen Leiden verstrich die Kindheit des Andrea Campese.

Als Laura und Andrea beinahe zehn Jahre alt waren und sich darauf vorbereiten mußten, die Firmung und die erste Kommunion zu empfangen, verbrachten sie zwei Wochen lang in völliger Abgeschlossenheit: sie in einem Nonneninstitut, er in einem Kloster von Salesianerpatres. Vor dieser Zeit war ihre religiöse Erziehung stark vernachlässigt worden; und das fromme Klosterleben wurde für die Zwillinge zu einer ganz neuen Erfahrung. Im Leben Lauras ließen diese Erfahrung und die Belehrungen im Glauben später nur eine schwache Spur zurück; in Andreas Leben aber änderte sich alles. Als Giuditta ihn nach Beendigung der Klausur am Tag der Firmung wiedersah, bemerkte sie sogleich, daß ihr Sohn nicht mehr derselbe war. Anstatt sich ihr voll Ungestüm in die Arme zu werfen, wie es nach einer so langen Trennung eigentlich zu erwarten gewesen wäre, empfing Andrea ihren Kuß mit zurückhaltender, fast strenger Miene. Die erste Falte, die Falte des Nachdenkens, zeichnete seine Stirn und verlieh ihm einen ernsten Ausdruck, der zu seinen kindlichen Zügen und zu der für sein Alter zu klein gebliebenen Gestalt im Gegensatz stand. Widerspenstig und fast ein wenig ungeduldig gab er Antwort auf die vielen Fragen seiner Mutter.

Die Priester, die ihn unterwiesen hatten und ihm großes Wohlwollen entgegenbrachten, sagten zu Giuditta, er sei während dieses kurzen Religionsunterrichts der aufmerksamste und eifrigste Schüler von allen gewesen und habe für die Dinge des Himmels ein seltenes Interesse gezeigt, womit er seinen Jahren weit voraus sei. Allem Anschein nach verlange es ihn nach dem Brot der Engel, fast als habe es ihm bis zu dem jetzigen Erlebnis an seiner natürlichen Speise gemangelt.

Ein flüchtiges Anzeichen weltlicher Leichtfertigkeit war an ihm zu bemerken, als es Zeit war, seinen neuen Anzug anzuziehen, den seine Mutter ihm für die feierliche Handlung gebracht hatte: er war aus feinem dunkelblauen Wollstoff und hatte einen Sammetkragen. Andrea war immer ziemlich eitel gewesen, was seine Kleidung anbetraf, und er verbarg seine Freude nicht; als er aber dann im Jackentäschchen eine kleine silberne Pfeife fand, die an einem Seidenbändchen hing – und die nach Auffassung gewisser französischer Modeschöpfer für Kinderkleidung als das Zeichen höchster Eleganz galt –, erklärte er mit einem Lächeln der Genugtuung, daß es ein Brauch der Befehlshaber und Seeräuber sei, genau so ein Pfeifchen zu tragen. War er auch wohl versucht, den Klang des kriegerischen Instruments auszuprobieren, so überwand er doch die Anfechtung und beherrschte sich. Und als diese einzige Anwandlung von Leichtsinn vorüber war, erschien er während der ganzen Feier so hingegeben und verzückt, daß sogar der Bischof unter all den anderen auf ihn aufmerksam wurde; indem er ihn mit einer liebevollen Gebärde streichelte, sagte er zu ihm: „Ah, was für ein tüchtiger kleiner Streiter für unsere Kirche!" Als der Augenblick gekommen war, da er das Abendmahl empfangen sollte, leuchteten seine zum Kelch emporblickenden Augen so voller Unschuld und Verehrung, daß seine Mutter, als sie ihn sah, in Tränen ausbrach; doch Andrea schien ihr Schluchzen nicht zu hören. Nachdem er die Hostie empfangen hatte, schloß er die Augen, und es war, als sei in der Kapelle ein Licht erloschen. Danach verharrte er einige Minuten lang in Andacht versunken auf den Knien, das Gesicht in den Händen verborgen; und Giuditta, die sein geneigtes Haupt mit dem für das Fest schön gekämmten und geglätteten Haar betrachtete, dachte bei sich: Wer weiß, was für große Gedanken in diesem selben Augenblick durch den Geist dieses kleinen Engels gehen! Endlich kamen die schönen Augen wieder zum Vorschein, aber während der ganzen Dauer der Messe starrten sie hingerissen auf die Leuchter des Altars. *Auch nicht einen einzigen Blick für seine Mutter,* dachte Giuditta.

Als die Zeremonie beendet war, nahm Giuditta ihre beiden Kinder wieder mit nach Hause. Kaum hatte die Klosterpforte sich hinter ihnen geschlossen, als Laura bereits voll Übermut sich danach sehnte, heimzukehren zu ihren Spielen. In ihrem langen bräutlichen Kleid der ersten Kommunion, den Schleier und den Kranz im

Haar, begann sie fröhlich die Allee entlangzulaufen, die nach Hause führte; dabei bekam sie die Vorwürfe einiger Passanten zu hören, die sie ermahnten, sich so zu betragen, wie es sich in ihrem Kleid gezieme.

Andrea dagegen schritt in Gedanken versunken dahin wie ein Fremder, ohne sich um seine Mutter und seine Schwester zu kümmern.

Von diesem Tage an benahm er sich zu Hause, als gingen das Familienleben und die häuslichen Ereignisse ihn nichts mehr an. Seine Auflehnung, sein Haß, seine Launen waren vergangen, doch mit ihnen schien zugleich auch seine zärtliche Liebe zur Mutter erloschen zu sein. Wenn in seiner Gegenwart von Theater und Tanz die Rede war und wenn man irgendwie auf Giudittas verhaßten Beruf anspielte, so zog jetzt nur ein Schatten der Verachtung über sein Gesicht. Nicht weniger als früher floh er die Gesellschaft von Tänzern, Schauspielern, Sängern, jener ganzen Welt, mit der Giuditta befreundet war; aber sein Wille, sich abzusondern, hatte nicht mehr dieselbe Bedeutung wie früher. Auch wenn kein Besuch da war, liebte er es jetzt, für sich zu sein; er suchte auch seine Gefährten nicht mehr auf und spielte nicht mehr mit der Schwester; immer schien er in Gedanken versunken zu sein, die zu schwierig waren für sein Alter, so daß Giuditta fürchtete, er könnte krank werden. Es war Sommer, die Schulen waren geschlossen, aber er las stundenlang in den Büchern, die ihm die Patres seines Klosters, das er oft besuchte, geliehen hatten. Die Patres erklärten ihm die schwierigsten Stellen in den gelesenen Büchern; sie unterhielten sich mit ihm darüber und waren entzückt von seinen Bemerkungen. Die Falte des Nachdenkens hatte sich noch tiefer in seine Stirn gegraben.

Gerade damals sprach jeden Sonntag in der Kirche seines Stadtviertels ein berühmter Prediger. In der Menge, die zu seinen Predigten strömte, fehlte nie ein Andächtiger, der kaum mehr als einen Meter groß war und den man wegen seiner ärmlichen und vernachlässigten Kleidung beinahe für einen Straßenjungen hätte halten können; seine leuchtenden blauen Augen starrten unentwegt zur Kanzel hinauf, fragend und voller Dankbarkeit.

Als der Prediger eines Tages von den Leiden Christi sprach, war jener aufmerksame Zuhörer so tief ergriffen, daß er in verzweifeltes Schluchzen ausbrach.

Doch noch an andere, bedeutsamere Begebenheiten erinnert man sich, die sich in diesem für Andrea so frommen Sommer zutrugen.

In einem abgelegenen Stadtviertel befand sich neben einer großen Basilika eine sehr hohe und breite Treppe, die „Heilige Treppe" genannt. Pilger und Gläubige kamen aus allen Teilen der Welt und stiegen auf den Knien und manchmal auch barfuß hinauf, um sich die göttliche Vergebung zu verdienen. Die Seitenwände der Treppe waren mit Fresken von den verschiedenen Stationen des Leidensweges Christi bemalt, und hinten in der Säulenhalle, die zuoberst den Abschluß der Treppe bildete, glänzte triumphierend ein Mosaik von goldgeschmückten Heiligen und Märtyrern. Sie schienen dort oben den Pilger zu erwarten, um ihm nach Beendigung seiner Buße ein Fest zu bereiten.

An einem frühen Nachmittag gingen zwei junge Ballettänzerinnen der Oper, die in dieser Gegend wohnten, in der Nähe der Basilika spazieren. Es waren die großen, verlassenen Stunden der sommerlichen Hundstagshitze; und als die beiden Tänzerinnen an der „Heiligen Treppe" vorübergingen, bemerkten sie unten an den Stufen, dort, wo die Gläubigen, welche den Aufstieg barfuß unternehmen, ihre Schuhe und Strümpfe hinzulegen pflegen, zwei winzig kleine, ganz abgetragene und staubige Sandalen. Als sie dann hinaufschauten, gewahrten sie hoch oben einen winzigen Pilger, einsam und allein, der barfuß und auf den Knien hinaufkroch und beinahe schon am oberen Ende der Treppe angelangt war. Die Tänzerinnen wunderten sich über die Kleinheit der Sandalen und jenes Büßers, dem sie gehörten; denn meistens vollbrachten nur Erwachsene solche mühevollen Sühnegänge. Das ungewöhnliche Schauspiel erheiterte die beiden Tänzerinnen, und übermütig, wie sie waren, verfielen sie auf einen Streich. Sie hoben die kleinen Sandalen auf, versteckten sich damit hinter der Treppenmauer und warteten auf den Abstieg des einsamen Gläubigen. Es dauerte eine ziemlich lange Zeit, bis er schließlich herunterkam. Zu ihrer Überraschung erkannten die beiden jetzt den Sohn Giudittas, der Tänzerin, die sie als Berufskolleginnen oft in ihrem Heim besuchten.

Als er am Fuß der Treppe angelangt war, wandte er sein schweißüberströmtes Gesicht zur Säulenhalle hinauf, von der er nun wieder weit entfernt war; er bekreuzigte sich und steckte seinen kleinen versilberten Rosenkranz wieder in die Tasche. Darauf drehte er sich um und suchte seine Schuhe; als er sie nicht fand, ließ er einen wilden, funkelnden Blick über den weiten Platz schweifen, mit der Miene eines noch blutjungen Wolfes, der sich in einen verdächtigen Wald hineinwagt. Der weite, von der Sonne glühende Platz lag verlassen da; er wandte den Kopf zurück und warf einen raschen Blick auf die untersten Treppenstufen. Dann drehte er sich mit einem Satz um, und ohne noch weiter nach den Schuhen zu suchen, rannte er barfuß davon.

Die beiden Tänzerinnen, die sich vor Lachen kaum halten konnten, stürzten jetzt aus ihrem Versteck hervor und riefen mit lauter Stimme: „Campese! Campese!" Andrea blieb stehen, und als er die beiden Mädchen, die ihm seine Sandalen reichten, wiedererkannte, wurde er brennend rot im Gesicht. „Wir haben diese Schuhe da gefunden", sagte die ältere der beiden Tänzerinnen mit gespielter Unschuld, „gehören sie vielleicht dir?" Er riß die Sandalen an sich, warf sie auf den Boden, und ohne sich die Mühe zu nehmen, sie zuzuschnallen, schlüpfte er hinein, als seien es Holzpantoffeln. „Oho!" beklagte sich die Tänzerin, „was ist denn das für ein Benehmen? Ich gebe dir deine Schuhe wieder, und du bedankst dich nicht einmal." – „Hast du wenigstens daran gedacht", mischte sich die andere ein, „auch für uns ein Ave-Maria zu beten?" Doch bei diesen Worten gab Andrea nichts weiter zur Antwort als einen so zornerfüllten Blick, daß es den beiden törichten Mädchen, ob sie wollten oder nicht, ganz ängstlich zumute wurde. Hierauf kehrte er ihnen den Rücken und schlurfte in seinen ungeschnürten Sandalen eilig davon.

Diese Begebenheit und andere ähnliche Vorfälle ließen Giudittas Freunde und Nachbarn bald erkennen, welches Andreas Berufung war. Man wußte auch, daß der Sohn der Campese auf Vergnügungen und Zerstreuungen verzichtete und daß er sein silbernes Pfeifchen, seinen Feuerstein, seinen Kompaß und all die anderen Dinge, die ihm lieb waren, verschenkt hatte, um sich durch diese Opfer das Vertrauen Gottes zu verdienen. Gegen den Willen seiner Mutter legte er sich Fasten auf, verzichtete auf die Speisen, die ihm am liebsten waren; und manchmal stieg er mitten in der Nacht aus dem Bett, in dem er seit frühester Kindheit neben seiner Schwester schlief, und legte sich auf den nackten Fußboden: das pflegten nämlich auch die großen Heiligen zu tun, deren Geschichten er gelesen hatte. Jenes finstere Loch, wo er früher seine Auflehnung zu verbergen gesucht hatte, war sein liebster Zufluchtsort geworden. Eines Tages, als er nicht daran gedacht hatte, die Tür abzuschließen, überraschte ihn Giuditta, wie er mit gefalteten Händen auf dem Boden kniete; seine Augen, die voll Tränen waren, schauten verzaubert zum Fenster hinauf, als erblickten sie in dem staubbedeckten Glas göttliche Erscheinungen. Über eine Stunde hatte er in dieser Stellung ausgeharrt; seine Knie waren rot und schmerzten.

Die einzige christliche Tugend, deren Andrea sich nicht befleißigte, war die Demut. Im Gegenteil, er nahm allen Leuten gegenüber, die nicht Diener des Himmels waren, eine stolze Haltung an, als sei er selber erlöst und bevorzugt. Aber der Hochmut auf diesem kindlichen Antlitz machte die Leute nur lächeln, und sie zürnten ihm nicht. Er wurde von allen fast als ein Heiliger angesehen, und von vielen Müttern wurde Giuditta seinetwegen beneidet. Sie aber, die früher Andreas übertriebene Zärtlichkeit oft als lästig abgetan hatte, empfand jetzt zuweilen eine bittere Enttäuschung, wenn sie sah, daß ihm nichts anderes mehr am Herzen lag als das Paradies und er ganz und gar vergessen hatte, daß er der Sohn einer Mutter war. Wenn sie abends zu Hause blieb, brachte er es jetzt fertig – er, der ehemals diese Abende wie ein großes Fest gefeiert hatte –, sie mit Laura in der Küche allein zu lassen und sich in sein Zimmer oder in das elende Kämmerchen zurückzuziehen. Eines Nachmittags, als Laura eine Freundin besuchte, geschah etwas ganz Unerhörtes: er ließ seine Mutter allein zu Hause und ging zu seinen geliebten Patres! Als Giuditta ihn einmal zu einem Spaziergang aufforderte, nahm er sehr kühl und ohne die geringste Dankbarkeit an, während er früher auf diese Einladungen gewartet hatte wie auf die höchste Gnade. Auf dem ganzen Spaziergang benahm er sich mürrisch und zerstreut, als sei es ein großes Entgegenkommen, daß er mit ihr seine Zeit vergeude.

Giuditta war in ihrem Stolz verletzt und forderte ihn nicht mehr auf. Wenn ihm etwas daran liegt, dachte sie, wird er mich schon selbst darum bitten, einen gemeinsamen Spaziergang zu machen. Aber Andrea bat sie niemals darum. Manchmal, wenn er von zu Hause fortging, kam es Giuditta so vor, als sei in seinen Augen ein fragender und ängstlicher Blick zu erkennen; wahrscheinlich aber täuschte sie sich; und schließlich, wie die Zeit verstrich, schien er nicht einmal mehr zu bemerken, ob seine Mutter anwesend war oder nicht. Wenn sie, zum Ausgehen bereit, sich von ihm verabschiedete, erwiderte er ihren Gruß nur mit Gleichgültigkeit, ohne vom Buch aufzublicken.

Wo war seine Zärtlichkeit geblieben? Wo seine Ausbrüche leidenschaftlicher Liebe? Auf die Liebkosungen seiner Mutter ging er nicht ein, ja, er versuchte ihnen sogar auszuweichen. Und wenn Giuditta ihn dann auf die Ungerechtigkeit seines Verhaltens hinwies, sah er sie mit seinem neuen Ausdruck verächtlicher Fremdheit an, fast als wolle er sagen: „Bildest du dir vielleicht ein, daß ich mich noch immer zu solchen Kindereien und Albernheiten herablasse? Die Zeiten sind vorüber, meine Liebe. Ganz woanders sind jetzt meine Zärtlichkeit und meine Ergebenheit; und dort ist kein Platz für eine ordinäre Tänzerin wie dich. Kümmere dich um deine eigenen großartigen Angelegenheiten und störe mich nicht." Er hatte ein Heft, und zuweilen sah man ihn lange Zeit etwas hineinschreiben, mit aufmerksamen Augen und gerunzelter Stirn. Giuditta blätterte heimlich in diesem Heft und entdeckte, daß es Gedichte waren, die darin standen, wie zum Beispiel dieses:

DER HERR SPRICHT ZU KAIN:

Was tatest du, nichtswürdiger Kain?
Welch grausam Werk hast du getan!
Getötet hast du deinen Bruder Abel!!!
Im Paradies ist Abel nun, und der gehaßte Neider
wird in schwarzer Wüste zerkratzt von Tigerklauen,
schrecklicher anzusehn als ein aussätziger Mensch.
Doch der große Gott spricht zu ihm: Weine nicht, mein armer Sohn.
Schau den Ozean! Dort kommt ein Segler her! An seinem höchsten Mast weht eine Flagge!
An die Segel, alle Mann! Sieh die Matrosen!
Erzengel sind's und Seraphim! Jetzt wirst du den Kapitän gewahr, schau!
Des ewigen Paradieses herrlicher Held!
Vorwärts, ihr kühnen Männer, verliert keine Zeit! Geschwind ans Steuer!
Nur Mut, Kain, steig aufs Deck! Mein kühner Segler macht zweitausend Meilen in der Sekunde.
In weniger als drei Monden ist das heitere Paradies in Sicht. Da wirst du sehn, von welcher Herrlichkeit das Reich des großen Heilands ist!
Da wirst du sehn den Übermenschlichen, der über Satan triumphiert!
Vor jenem einzigen König sollst du jetzt niederknien.
Und er gewährt dir Vergebung und spricht zu dir: Willst du bei mir bleiben?
Trockne die Tränen, elender Kain, denn er hat dir verziehn.
In Gottes Nähe leuchtet Maria, Israels Stern,
in ihrem prächtigen Mantel von allen erhabenen Frauen die Schönste.

Giuditta war zuwenig bewandert in Dingen der Literatur, um an den metrischen und grammatikalischen Freiheiten eines dichterischen Werkes herumrätseln zu können. Und das Lesen dieser Verse rührte sie so sehr, daß sie in Tränen ausbrach. Sie war gewiß, hier die Beweise des Talentes und der außerordentlichen Begabung ihres Sohnes vor sich zu haben; und diese Beweise ließen sie heftiger noch als früher bedauern, daß sie nicht mehr die Auserwählte seines Herzens war. Doch andererseits hätte sie sich geschämt, ihren Sohn den glücklichen Rivalen streitig zu machen, die immerhin die Herrscher des Himmels waren! Außerdem waren alle ihre Gefühle von einem verheerenden Ereignis in Anspruch genommen, das in jenen Tagen in ihre Karriere eingebrochen war und das ihr nicht die Zeit noch den Willen ließ, an ihre Enttäuschungen als Mutter zu denken. All die Jahre hindurch hatte sie gehofft, sich endlich einmal unter den Tänzerinnen der Oper auszuzeichnen und zum mindesten zur Solotänzerin und schließlich sogar zur Primaballerina befördert zu werden. Statt dessen aber wurde sie unerwartet aus dem Ballettkorps entlassen. Sie behauptete, daß daran eine Intrige ihrer neidischen Kolleginnen schuld sei; in Theaterkreisen aber sagte man, es sei einzig und allein ihrem geringen Können zuzuschreiben, das, anstatt sich zu entfalten, nur immer mangelhafter geworden sei. Auch ihre Gestalt sei verdorben, ihre Beine seien allzu mager und ihre Hüften breit geworden, sie sei plump und mache im Ballettkorps eine schlechte Figur.

Der Sommer war vorüber, die Schule fing wieder an. Und als Andrea der Mutter seine Absicht mitteilte, in ein religiöses Institut einzutreten, das zum Priesteramt bestimmte Knaben aufnahm und in dem die Patres, seine Beschützer, ihn beinahe unentgeltlich unterbringen könnten, glaubte Giuditta darin eine Hilfe der Vorsehung zu erblicken. Sie machte sich also daran, den Haushalt aufzulösen. Nun begann die Zeit ihres Umherziehens von einer Stadt zur anderen, in der vagen Hoffnung auf ein Engagement oder im Gefolge von Wandertruppen. Laura wurde zu einer alten Lehrerin in Pension gegeben, die es auch übernahm, ihr bei den Schularbeiten zu helfen. Andrea trat als kleiner Priester-Anwärter ins Institut von O. ein, einem mittelitalienischen Provinzstädtchen, das beinahe schon an der Grenze nach Süditalien lag.

Wann immer ihr unstetes Leben es Giuditta erlaubte, besuchte sie ihn. Stets würdevoll und mit fast strenger Vornehmheit gekleidet, wie es seit jeher außerhalb des

Theaters ihre Gewohnheit gewesen war, sah sie wirklich wie eine echte Dame aus. Wie es bei Frauen, die sizilianisches Blut in den Adern haben, häufig der Fall ist, neigte ihr Körper schon früh zu einer reifen Fülle. Doch ihre eigenen Augen und auch die Augen ihrer Kinder blieben blind für diesen Verfall ihrer Schönheit.

Ihr kleiner Priester kam ihr stets im Besucherzimmer entgegen, mit seinem weiten Gewand aus schwarzem Tuch, in welchem er allzu rasch gewachsen war, so daß die Ärmel nicht mehr bis über seine zarten Handgelenke reichten. Jedesmal fand Giuditta ihn größer und magerer. Sein einst rundliches Gesicht war so schmal geworden, daß es schien, als würde es von den großen Augen verzehrt. Und quer über der Falte des Nachdenkens war eine neue Falte erschienen, die sich zwischen den Brauen in die Stirne grub: die Falte der Strenge. Bei den Begegnungen mit seiner Mutter setzte er immer eine Miene auf, die strenge Distanz forderte; und wenn Giuditta ihrer weiblichen Schwachheit nachgab und irgendein Zeichen der früheren Zuneigung von ihm erbat, schaute er sie hart an mit gerunzelter Stirn oder wandte das Gesicht mit spöttischem Ausdruck zur anderen Seite. Das Leben seiner Mutter interessierte ihn ganz und gar nicht mehr. Einmal, als sie eine neue Hoffnung andeutete – später stellte sich dann allerdings heraus, daß es eine Illusion war –, sie werde vielleicht ins Ballettkorps der Mailänder Scala aufgenommen, zog er mit anmaßender Miene die Brauen hoch und verzerrte die Lippen zu einer Grimasse der Gleichgültigkeit und Verachtung. Auf die tausend Fragen Giudittas antwortete er mit verärgerter Zurückhaltung; und damit waren ihre Gespräche meistens zu Ende, denn er seinerseits stellte ihr niemals Fragen, höchstens dann, wenn er etwas über seine Zwillingsschwester Laura erfahren wollte. Kurz, Andrea behandelte seine Mutter wie das Trugbild eines Gegenstandes, der einst in unschuldiger Zeit in unserem Herzen lebte und den man fortstieß, weil er einem nichts mehr bedeutet.

Giuditta jedoch hatte früher ihren Sohn allzu gut gekannt, als daß sie nicht doch noch während ihrer Unterhaltungen manchen diplomatischen Erfolg erzielte.

Instinkt und Schlauheit gaben ihr bisweilen ein geeignetes Gesprächsthema oder einen glücklichen Satz ein, so daß auf Andreas Antlitz sein verzaubertes Lächeln wieder erschien, kindlich und ohne Arg. In diesen seltenen Augenblicken tat sich ihr Herz auf vor Fröhlichkeit.

Einmal erschien sie freudestrahlend im Institut und teilte Andrea mit, sie habe sich einen ganzen Tag freigenommen, um ihn gemeinsam mit ihm zu verbringen. Vom Pater Vorsteher hatte sie schon die Erlaubnis erhalten, mit ihrem Sohn in der Stadt spazierenzugehen, und sie hatten einen ganzen Nachmittag vor sich, um ihn zusammen zu genießen, denn, so hatte der Vorsteher gesagt, es genüge, wenn sie Andrea vor Sonnenuntergang ins Kollegium zurückbringe. Als Andrea diese Aufforderung vernahm, verfinsterte sich seine Miene, und er lehnte den Vorschlag ab.

„Was? Du weigerst dich, mit mir spazierenzugehen?"

„Ja, mit dir mag ich nicht ausgehen!"

„Ach was, Söhnchen, geliebtes, los geht's! Du antwortest mir nur so, um mich zu ärgern. Ich habe diese ganze Reise ja nur gemacht, um die Ehre zu haben, mit meinem kleinen Hochwürden spazierenzugehen. Und er sagt einfach nein zu mir? Auf, mein schöner Ritter, laß deine Mutter nicht vergeblich flehen und seufzen! Oder findest du vielleicht, ich sei häßlich geworden und deiner Schönheit nicht mehr würdig? Rasch, mein liebster kleiner Andrea, laß uns keine Zeit verlieren! Wir wollen auf dem Stadtwall spazierengehen und von der Festung aus das Panorama betrachten! Und wir wollen in ein Café gehen und Eis essen. Dann machen wir uns den Spaß und schauen uns die Kinoreklame an; heute abend wird ein Film gegeben, wie heißt er noch ... warte mal, es handelt sich um so etwas wie ‚Auf einem Dampfer und auf einem Seeräuberschiff'."

Andrea schluckte ein paarmal und stieß ein wütendes „Nein" hervor, kränkend und bestimmt.

„Nein? Hast du wahrhaftig nein gesagt?"

„Ich will nicht mit dir ausgehn, und damit Schluß!" schrie Andrea heftig und gereizt.

„Habe ich also doch richtig gehört! Du weigerst dich,

mit mir auszugehen? Ja, meinst du etwa, du würdest dadurch noch heiliger werden? Aber das ist keine Heiligkeit, das ist Undankbarkeit und Ungezogenheit! Das wirst du noch bereuen! Gott wird dich strafen, weil du so böse bist!“

Andrea zuckte die Achseln und schaute seine Mutter nicht an, sondern blickte zur Seite mit einem Ausdruck düsteren Spottes, als ob er sagen wollte, daß die Signora Campese besser daran täte, über das Thema Gott zu schweigen.

„Jawohl, Gott wird dich bestrafen, bestraft wirst du werden, bestraft! Warum willst du denn nicht mit mir ausgehen? Mit diesen Priesterröcken vom Kollegium gehst du aus, aber mit mir nicht! Schöne Spaziergänge müssen das sein, alle in einer Reihe, wie grasfressende Schafe! Willst du hören, was die Wahrheit ist? Ich habe sie dir nie gesagt, die Wahrheit, aber jetzt sollst du sie wissen. Sie haben dich gegen mich aufgehetzt, diese Scheinheiligen! Das ist die wirkliche Wahrheit. Sie haben dir gesagt, deine Mutter wäre ein übles Frauenzimmer, und wenn du mit ihr gingest, so kämest du in die Hölle! Aber du kannst deinen Herren Lehrern von mir bestellen, daß ich den Weg ins Paradies besser kenne als sie! Und daß ich an dem Tag, an dem ich deinen armen Vater wiederfinde, ihn mit erhobenem Haupt umarmen und zu ihm sagen werde: *Da ist deine Ehefrau. So wie du sie verlassen hast, findest du sie wieder.* Man kann am Theater arbeiten und trotzdem eine ehrbare Frau bleiben, sag das deinen hochwürdigen Patres! Wisse, daß Giuditta Campese eine Dame ist, es immer war und immer sein wird! Und sie hat den Beruf einer Künstlerin gewählt, weil ihr die Kunst am Herzen liegt – aber was ihre Ehrbarkeit anbetrifft, so war nicht einmal die heilige Elisabeth ehrbarer als sie!“

Andrea war bleich und überreizt, und in aggressivem Ton erklärte er: „Um dich kümmert man sich hier überhaupt nicht! Über dich habe ich niemals mit irgend jemandem gesprochen!“

„Dann laß mal hören, warum du dich weigerst, mit mir auszugehen? Welch neuer Gedanke ist dir in den Kopf gestiegen? Du hast das gleiche fanatische Blut wie deine

Vorfahren, diese sizilianischen Dickköpfe! Ach, als du geboren wurdest und ich so froh war, einen Sohn zu haben, wer hätte da gedacht, daß ich mir mit meinem eigenen Blut den schlimmsten Feind geschaffen habe? Sag doch, mache ich dir etwa Schande? Ist das der wahre Grund? Schämst du dich, mit mir auszugehen?"

Giuditta weinte bitterlich. Andrea zitterte am ganzen Körper, und seine weiß gewordenen Lippen bebten, aber es schien, daß es eher vor Zorn als aus Mitleid war. Er ballte die Fäuste und stieß mit gebrochener Stimme hervor: „Ach, warum kommst du überhaupt zu mir? Warum hörst du nicht endlich auf, mich zu besuchen?"

Und er stürzte aus dem Zimmer in rascher Flucht.

Betroffen, mit tränenerfüllten Augen, dic vom Schrekken geweitet waren, bewegte sie die Lippen, um ihn zu rufen; aber Andrea war schon verschwunden. In diesem Augenblick schritt ein Priester durch den Korridor, und Giuditta senkte den Blick, um ihre Tränen zu verbergen, und gab ihrem Gesicht einen würdevollen Ausdruck. Sie ließ das Schleierchen wieder über ihr Gesicht fallen, zog die Handschuhe an und wandte sich dem Ausgang zu mit ruhigen Schritten wie eine Dame, die sich nach einem befriedigenden und wie üblich verlaufenen Besuch verabschiedet hat. Ein Päckchen mit Abziehbildern, das sie während der stürmischen Unterredung ihrem Sohn zu geben vergessen hatte, hing noch an ihrem Handgelenk.

Als sie ein paar Monate danach Andrea wieder besuchte, wie auch bei allen folgenden Besuchen, sagte sie nie ein Wort über das, was zwischen ihnen beiden an jenem Tage vorgefallen war. Und nie mehr wagte sie ihn zu bitten, mit ihr auszugehen. Sie verhielt sich scheu und demütig ihm gegenüber und vermied jedes Wort, das ihn hätte betrüben können. Andrea seinerseits beharrte in seiner gewohnten Zurückhaltung, in die sich jetzt jedoch eine kindliche Schüchternheit mischte. Oft errötete er und rang ohne jeden Grund seine zarten weißen Hände, und fortwährend strich er sich mit den Fingern die Haare glatt, wie um sich Haltung zu geben. Wenn er einmal lächeln oder sogar lachen mußte, schlug er die Augen nieder und wandte das Gesicht ab mit einem unsicheren Ausdruck, der zwischen Wildheit und Zutrauen schwankte.

Ihre Begegnungen waren sehr kurz geworden. Manchmal, wenn ihnen jeglicher Gesprächsstoff oder Anlaß zur Unterhaltung fehlte, dauerten die Besuche, derentwegen Giuditta eine lange Eisenbahnreise gemacht hatte, nur wenige Minuten. Es schien wirklich, als ob Giuditta und Andrea sich nichts mehr zu sagen hätten; und es konnte geschehen, daß beide sich einige Minuten lang auf den hohen schwarzen Stühlen des Besuchszimmers schweigend gegenübersaßen. Während sie vergeblich in ihrem Geist nach irgendeinem Einfall suchte, der Andrea hätte interessieren oder belustigen können, schaute sie ihn immer wieder an. Sie betrachtete seine Wangen, die von vorn gesehen abgezehrt erschienen, aber von der Seite noch die Rundlichkeit der Kindheit zeigten; und sie betrachtete seine Stirn – mit den Falten des Nachdenkens und der Strenge –, halb verborgen unter einem Haarschopf, den seine unruhige Hand keinen Augenblick in Frieden ließ; und sie betrachtete auch seine schönen Augen, die den ihren immer wieder auswichen. Es überkam sie die betrübte Sehnsucht, den kleinen Priester in den Arm zu nehmen, doch sie wagte eine solche Gebärde nicht einmal anzudeuten, soviel Furcht flößte er ihr ein. Bis sie dann verwirrt und gequält wie jemand, der sich langweilt oder aber, im Gegenteil, fürchtet, lästig zu fallen, in Eile von ihm Abschied nahm.

Giudittas Besuche bei Andrea wiederholten sich für gewöhnlich drei- oder viermal im Jahr. Während der Zwischenzeiten empfing Andrea von seiner Mutter Ansichtskarten und, allerdings ziemlich selten, auch einmal einen Brief aus immer anderen Städten, die er nie gesehen hatte und manchmal nicht einmal dem Namen nach kannte. Giudittas Briefe enthielten nie irgendeine genaue Nachricht über ihr gegenwärtiges Leben oder über ihre Zukunftspläne. Zudem war sie schon in der Schule nie eine glänzende Aufsatzschreiberin gewesen. Ihr Stil war verworren und flüchtig zugleich und außerdem so fehlerhaft, daß selbst der Schlechteste in Andreas Klasse im Vergleich zu ihr als Professor der Literatur gelten konnte. Aber ihre Schrift war majestätisch: groß, eckig und dabei reich an Schnörkeln, und ihre großen Buchstaben waren geradezu maßlos.

Andrea schickte seine Antworten, ihrer Verabredung gemäß, immer postlagernd nach Rom: Antworten, die frei von jeglicher Herzlichkeit, doch sorgfältig geschrieben waren und pünktlich eintrafen.

Gegen das vierte Jahr ihrer Trennung geschah es, daß mehr als acht Monate vergingen, ohne daß Giuditta sich sehen ließ. Es kamen keine anderen Lebenszeichen von ihr als in jedem Trimester die Postanweisungen an die Verwaltung des Kollegiums und einige Postkarten an den Sohn, darunter ein paar aus Österreich und eine aus Französisch-Afrika. Es standen nur wenige Zeilen mit Grüßen darauf, aus denen Andrea jedoch glaubte entnehmen zu müssen, daß die umherirrende Künstlerin seine postlagernden Briefe nicht mehr abgeholt habe. Und in den letzten zwei Monaten kamen nicht einmal mehr die Ansichtskarten.

Eines Tages, als Andrea auf einem Spaziergang in Reih und Glied mit seinen Schulgefährten durch eine Straße des Städtchens ging, erblickte er auf einem Theaterplakat, das an der Mauer klebte, das Bild seiner Mutter. Seine Erregung war so stark, daß ihm das Blut ins Gesicht stieg. Selbstverständlich hatte niemand sonst, weder der begleitende Pater noch seine Gefährten, diese Person wiedererkannt, und auch er hatte kein Interesse an jenem Plakat verraten: denn es ist gottgeweihten Augen nicht erlaubt, auf Bildern dieser Art zu verweilen. Andrea blieb stehen und tat, als schnüre er sich einen Schuh, und ohne es merken zu lassen, blickte er von unten her zum Plakat hinauf und las:

GLORIA-THEATER
Heute abend 21 Uhr 30
Die internationale Berühmtheit
PHÖBE
zurück von ihren Triumphen in Wien,
zeigt klassische Tänze
im arabischen, persischen und spanischen Stil.

Unterhalb dieser Worte war in der Mitte zwischen anderen Figuren das Gesicht Giudittas abgebildet, gekrönt von einer Art Stern mit zuckenden Strahlen, die Augen von einem großen schwarzen Schatten umgeben, und auf der Stirn hing ein Edelstein, gleich einem Siegel. Dann las man noch:

Das bekannte Vorprogramm mit großen Attraktionen:
Pierrot der Erste, Fürst der Pariser Nachtlokale,
Joe Rumba mit seinen 15 Girls
usw. usw.

Ein schreckliches Herzklopfen überfiel Andrea, als er im Laufschritt seine Gefährten wieder einholte. PHÖBE! Es gab keinen Zweifel: hinter diesem Namen verbarg sich die Tänzerin Giuditta Campese.

Abends um acht pflegten die Schüler des Kollegiums sich in ihre Schlafsäle zurückzuziehen; und um neun schliefen schon alle. Um halb elf herrschte gewöhnlich in der kleinen Provinzstadt eine Stille und Verlassenheit wie in tiefster Nacht.

Der lange und schmale Schlafraum war vom bläulichen Schimmer eines Nachtlämpchens, das über der Tür neben dem Vorhang des aufsichtführenden Paters brannte, nur schwach erhellt. Man konnte die weißen Umrisse der kleinen Bettstellen erkennen und die schwarzen Kruzifixe an den getünchten Wänden und in einem Ebenholzrahmen das Bildnis des Heiligen, der den Orden gegründet hatte. Zwei Stunden lang blieb Andrea vollkommen ruhig liegen und tat, als schlafe er, und dabei war er doch hellwach und verging beinah vor Ungeduld. Als er es zehn schlagen hörte, schlüpfte er aus dem Bett, und ohne mehr Lärm zu machen als eine Mücke, kleidete er sich an – die Schuhe hängte er an den Schuhbändern über sein Handgelenk – und schlich aus dem Schlafsaal.

Jeder Versuch, aus dem Hauptportal oder der Dienstbotentür ins Freie zu gelangen, wäre vergeblich gewesen: sie waren stets verrammelt und zugeriegelt wie die Tore alter Burgen, und überdies wurden sie von einem Pförtner bewacht; doch auf der Seite des Refektoriums kannte Andrea ein kleines Fenster, das nur mit einem Holzladen verschlossen war und nicht höher als drei Meter über einem Erdwall lag. Tastend schlich er die Korridore entlang und über die dunklen Stufen der Steintreppe hinab. Ohne Zwischenfälle fand er jenes Fensterchen wieder, und von hier war es für ihn nicht schwierig, sich nach draußen hinunterzulassen. Unten angelangt, zog er sich die Kutte bis über die Knie hoch, und ohne Zeit damit zu verlieren, in die Schuhe zu schlüpfen, lief er in seinen kurzen Baumwollstrümpfen zur Umzäunung.

Das alte Klostergebäude lag gleich außerhalb der Stadtmauern, wo die Straßenbeleuchtung aufhörte und so die Grenze zur offenen Landschaft kennzeichnete. Schon vor zwei Stunden war der Mond untergegangen, aber der sommerliche Sternenhimmel – es war in den ersten Junitagen – streute einen fast mondhellen Schimmer in die wunderbare Nacht. Einen Augenblick lang wandte Andrea sich um und betrachtete die Klosterfassade: nur wenige Fensterchen waren erleuchtet, jene der Zellen, in denen die Patres jede Nacht abwechselnd im Gebet wachten. In dem Flügel des Gebäudes, wo sich die Kirche befand, wurden die farbigen Glasfenster von den Öllämpchen schwach erhellt, die Tag und Nacht in den Seitenkapellen brannten. Und auf der Seite der Mauer sah man auf dem Bogen über dem Gittertor das marmorne Ordenswappen sich weiß gegen den hellen Himmel abheben.

Andrea wandte sich dem Rand des Hügels zu, wo ein Stück der aus dem achtzehnten Jahrhundert stammenden Klostermauer von einem Erdrutsch zum Einsturz gebracht und durch ein einfaches Drahtgitter ersetzt worden war. Nachdem er trotz der Behinderung durch seine Kutte flink und geschickt über diesen Zaun geklettert war, rannte er quer über die Felder hinunter.

Kaum einen Kilometer von hier entfernt wohnte in einem Bauernhaus ein Freund von ihm, der ein paar Jahre älter war als er. Er hieß Anacleto und war der älteste Sohn des Pachtbauern. Auf einem Klassenspaziergang, der durch die Landschaft führte, hatte Andrea ihn kennengelernt. Andrea wußte, daß Anacleto seit einiger

Zeit auf einer Schicht Maisstroh im Stall schlief; er hatte nämlich ein kleines Füllen in sein Herz geschlossen, das die Stute seines Vaters vor zwei Monaten zur Welt gebracht hatte. Der Stall hatte ein niedriges Fenster, das nur mit einem Gitter versehen war; Andrea konnte also den Freund wecken, ohne daß es jemand hörte.

Doch es war eine unangenehme Überraschung für den entwichenen Klosterzögling, als er entdeckte, daß das Stallfenster entgegen aller Voraussicht erleuchtet war und zwei singende Stimmen, von Gitarrenklängen begleitet, daraus hervordrangen. Die eine Stimme, die männlicher und gedämpfter klang, war ihm fremd; in der anderen, noch unreifen, die lauter sang, erkannte er die Stimme seines Freundes. Anacleto war also nicht allein; das machte das Unternehmen noch viel gewagter und stellte das Gelingen in Frage. Unschlüssig, was er tun solle, blieb Andrea ein paar Minuten lang hinter der Hausmauer versteckt stehen. Trotz der dramatischen Umstände lauschte er mit Vergnügen dem Liebeslied, das die beiden Stimmen zu den Klängen der Gitarre sangen. Endlich, fest entschlossen, alle erdenklichen Folgen seines gewagten Unterfangens auf sich zu nehmen, schaute er ins erleuchtete Fenster hinein.

Eine Petroleumlampe, die an einem Balken über der Krippe hing, verbreitete im Innern ein schönes helles Licht. Die Stute neigte den Kopf über die Futterkrippe und kaute ihren Hafer, und ihr zur Seite spielte kindlich das kleine Füllen: dieser Anblick häuslicher Glückseligkeit peinigte Andreas Herz und erfüllte es mit Neid. Neben den beiden Pferden saßen auf einer rotbraunen Wolldecke, die auf dem hartgeklopften Erdboden ausgebreitet war, Anacleto und ein junger Soldat mit rundem, kahlgeschorenem Kopf, der die Gitarre spielte. Sonst war niemand im Stall; das war eine Erleichterung für Andrea. „Anacleto!" rief er mit leiser, leidenschaftlicher Stimme, „komm einen Augenblick heraus, ich muß mit dir sprechen!"

Überrascht von dieser Erscheinung wie von einem Gespenst, sprang Anacleto sofort auf und lief hinaus; der Soldat, der überhaupt nicht neugierig geworden war, blieb ruhig sitzen, um auf seinem Instrument eine Melodie zu finden, als gäbe es im Augenblick nichts Wichtigeres auf Erden.

Andrea zog seinen Freund hinter die schützende Hauswand und erklärte ihm, er habe sich heimlich aus dem Kollegium fortgeschlichen, denn er müsse sich dringend in die Stadt begeben, um dort eine bestimmte Person zu treffen. Diese Begegnung sei ihm wichtiger als das Leben, doch könne er sich in der Stadt nicht als Seminarist gekleidet sehen lassen. Ob Anacleto ihm wohl seine Kleider leihen würde? Nicht später als um Mitternacht wollte Andrea sie ihm zurückbringen, seine Kutte wieder anziehen und ins Kollegium zurückkehren. „Aber wenn die Patres inzwischen merken, daß du verschwunden bist?" – „Dann verlasse ich das Kollegium für immer. Aber sei ganz sicher: nichts wird mir deinen Namen entreißen können, nicht einmal mittelalterliche Folterqualen!"

Anacleto, der glaubte, es handle sich um ein Liebesabenteuer, erklärte sich gern bereit, dem Freund behilflich zu sein. Aber er hatte nur die langen Hosen an, oberhalb des Gürtels war er nackt. Seine anderen Kleidungsstücke waren in seinem Zimmer; doch wäre es nicht klug gewesen, sie zu holen, weil die Gefahr bestand, daß die Familie aufwachen könnte, besonders seine neugierige Schwester. Es wurde beschlossen, den Gitarre spielenden Soldaten um Rat zu fragen, der ein zuverlässiger, treuer Freund Anacletos war; er war gekommen, um mit ihm die letzten Stunden seines am nächsten Morgen zu Ende gehenden Urlaubs zu verbringen. Dieser junge Mann, der ebenso freundlich wie verschwiegen war, hieß Arcangelo Giovina, doch wurde er „Gallo" genannt, seiner roten Locken wegen, die wie ein Hahnenkamm in einem kühnen Schopf auf seinem Haupt nach oben standen. Aber wie schon gesagt, hatte er sich jetzt die Mähne scheren lassen, damit ihm unter der Wirkung der Sommerwärme noch schönere Locken wüchsen.

In der Nähe sah man beim Licht der Petroleumlampe, daß sein runder Kopf mit den kindlichen Zügen schon wieder von einem leichten roten Flaum bedeckt war. Dieses Detail erfüllte Andreas Herz, wer weiß warum, mit Vertrauen und Zuversicht. Als Gallo von seinen Schwierigkeiten gehört hatte, bot er ihm, ohne zu zögern, sein Militärhemd an; es war ein nach amerikanischem Schnitt gearbeitetes Hemd aus Khakistoff, der damals in der italienischen Armee verwendet wurde. Obwohl Andrea in der letzten Zeit außerordentlich rasch gewachsen war und Gallo und Anacleto gewiß keine Riesen waren, so waren Anacletos Hosen und vor allem das Khakihemd dennoch viel zu groß für ihn. Die Hosen waren überdies aus einem so harten Bauernleinen, daß sie, wie man so sagt, von allein stehen konnten. Doch unter den augenblicklichen Umständen wäre es undankbar gewesen von Andrea, sich um solche Nichtigkeiten zu kümmern.

Es wurde verabredet, daß Andrea seine Kutte in einer bestimmten Strohhütte, etwa zweihundert Meter vom Haus entfernt, verstecken und bei seiner Rückkehr dort wieder gegen die geliehenen Kleidungsstücke wechseln sollte; diese solle er dann durch die Gitterstäbe in den Stall hineinwerfen, ohne Gallo und Anacleto, die schon um vier Uhr aufstehen mußten, im Schlaf zu stören.

Seit seiner Flucht war vielleicht noch nicht einmal eine dreiviertel Stunde vergangen, als Andrea in seiner Verkleidung durch die engen, spärlich beleuchteten Gassen der Stadt ging. Nur selten begegnete er einigen Passanten, und unter ihnen wählte er diejenigen, die am gutmütigsten aussahen, um sich den Weg zeigen zu lassen. Es schlug elf, als er vor dem Eingang des Theaters stand.

Hier also waren nun die schicksalhaften Tore, die ihm auf Grund seines eigenen Entschlusses sein ganzes Leben lang unzugänglich gewesen waren – bis zum heutigen Tag! Seinem Haß und seiner Verneinung zum Trotz hatten ihre Geheimnisse seine Kindheit beherrscht. Seine ungehorsame Phantasie hatte ihn jenseits dieser Tore erstaunliche Wunderwerke ahnen lassen, die, mochte er sie auch tausendmal verächtlich verscheuchen, doch immer wieder aufblühten, sobald das Wort *Theater* fiel. Sie waren wie ein orientalischer Dom, funkelnd und mit denkwürdigen Bildern geschmückt, wie eine italienische Piazza, wimmelnd von Menschen, beim Dreikönigsfest, herrschaftlich wie eine Adelsburg und dennoch niemandes Wohnstatt, wie der Ozean. Ach, armer Andrea Campese! So gewappnet, so unbesiegbar erschien dir das Theater, daß dein Herz, zum großen Kampf herausgefordert, sich vor einem solchen Gegner in die erhabene Festung des Paradieses flüchtete!

Über der Tür stand eine etwas beschädigte Lichtreklame: „GLO IA THE T R“ Zu beiden Seiten der Eingangstür waren die Fotografien der Künstler ausgestellt, unter denen der ausgebrochene Kollegiumszögling, während das Herzklopfen ihn von neuem überfiel, Phöbe erkannte. Zweimal war sie abgebildet: ein Foto zeigte sie in ihrer ganzen Gestalt, das eine Bein bis zur Hüfte entblößt und Juwelen am Fußgelenk. Das andere zeigte nur ihren Kopf, ihr lächelndes Antlitz, mit einer Blume hinter dem Ohr und einem schwarzen Spitzenschleier über ihrem Haar.

Das Vestibül des Theaters war von einer staubigen Kugellampe erleuchtet und besaß keinen anderen Schmuck als an den Wänden ein paar grelle Plakate; im Hintergrund führte ein Holzgeländer hindurch, hinter dem an einer winzigen zweiflügeligen Tür ein anmutiges Mädchen von ungefähr achtzehn Jahren stand; es trug eine Art Soldatenmütze, auf der in goldenen Buchstaben *Gloria-Theater* zu lesen war. Unter der Mütze fiel ihr das schöne braune Haar in lauter natürlichen Wellen und Locken bis fast auf die Schultern; und ihre nackten Beine, obwohl kräftig und voll entwickelt, waren von einer frischen und rosigen Farbe wie Kinderbeine. Eingezwängt in ihr kirschrotes Kleid aus kunstseidenem Atlas, in dem sie aussah, als sei sie allzu üppig gewachsen, wirkte sie in ihrer Haltung kriegerisch und verächtlich wie ein Türwächter in Königspalästen. Dann und wann spähte sie neugierig durch die Flügel des Türchens (von dort waren die Lieder, das Aufschlagen von Absätzen und die Klänge der verschiedenen Instrumente sogar bis auf die Straße zu hören), oder sie spazierte hinter dem Holzgeländer auf und ab und gähnte ungehemmt, wie Katzen es tun.

Außer ihr war niemand im Theatervestibül. Der Kassenschalter war geschlossen und der Stuhl dahinter leer. An der Scheibe des Schalters klebte das Verzeichnis der

Eintrittspreise; und erst in dem Augenblick, als Andrea diesen Zettel sah, fiel ihm ein, daß man, um in ein Theater hineinzukommen, eine Eintrittskarte kaufen muß und daß er auch nicht eine Lira bei sich hatte.

Mit entschlossenem Schritt ging er auf das Mädchen zu; doch trotz seines festen Willens, sich zu beherrschen, zitterte er, als stünde er dem Papst gegenüber.

„Kommt man hier ins Theater?" fragte er mit einer solchen Überheblichkeit, daß man ihn für den Theaterbesitzer persönlich hätte halten können oder für den Direktor der größten Theater des Kontinents.

„Um hineinzukommen, braucht man eine Eintrittskarte", entgegnete das Mädchen von der anderen Seite des Geländers her, „hast du eine?"

Andrea wurde feuerrot und runzelte die Stirn.

„Nein? Dann ist nichts zu machen. Die Kasse ist geschlossen!" erklärte das Mädchen. Doch dann, als sie Andreas verstörten, aber hartnäckig entschlossenen Ausdruck sah, fügte sie im Ton beschützender Herablassung hinzu: „Um diese Zeit lohnt sich die Ausgabe sowieso nicht mehr. In vierzig Minuten ist die Vorstellung zu Ende!"

Dieser Ton beleidigte Andrea. „Mir ist das gleichgültig, ob es in vierzig Minuten aus ist oder nicht", antwortete er aggressiv. „Ich gehöre nämlich nicht zum Publikum. Ich hätte mir die ganze Vorstellung, von Anfang an, auch ohne Eintrittskarte ansehen können, wenn ich gewollt hätte!"

„Wer bist du denn überhaupt? Der Nachtwächter? Daß du ohne Karte hineinkommst? Oder der Herr Oberaufseher?"

„Was geht Sie das an?"

„Mich? Das ist vielleicht ein Witz! Was mich das angeht? Immerhin so viel, daß ich Ihnen sage, ohne Karte kommen Sie hier nicht rein! Wenn Sie keine haben, dann zahlen Sie gefälligst den Preis: hundertfünfzig Lire. Jetzt wollen wir mal sehen. Ach, der Herr wird wohl die Brieftasche zu Hause vergessen haben, und auch das Scheckbuch?"

„Ich kenne eine Künstlerin dieses Theaters, die Signora Phöbe!"

„Die kennen Sie! Und die Künstlerin kennt Sie auch?"

„Sie kennt mich ganz genau, schon seit Ewigkeit! Versuchen Sie es doch, sagen Sie ihr, daß ich hier bin! Sie werden schon sehen, ob sie nicht sagt, man soll mich sofort hereinlassen, und zwar auf den besten Platz!"

„Oh, ich glaube Ihnen ohne weiteres. Man sieht ja auf den ersten Blick, daß Sie ein *Viveur* sind! Wahrscheinlich denkt Ihre Sängerin in diesem Augenblick gerade an Sie! Ich gebe Ihnen einen Rat: Gehen Sie in die Künstlergarderobe. Sollte Ihre Dame Sie aber abweisen, dann kommen Sie wieder her und trösten sich bei mir; dann sehen wir uns ‚Die lustigen Abenteuer von Mickymaus' an."

„Ich bin mit ihr verabredet!"

„Ah, in dem Fall dürfen Sie sie aber nicht so lange schmachten lassen. Nicht hierdurch geht's, sondern durch den Künstlereingang; die erste Tür links, vom Gäßchen aus. Ein Pförtner sitzt dort, der früher Gefängniswärter war. Er erkennt sie sofort, die gewissen Typen von Herren, die Glück haben bei Künstlerinnen. Er wird sie hinaufgehen lassen, ohne irgend etwas zu fragen."

„Ich bin verabredet!" log er noch einmal im Ton stolzer Auflehnung, er, der doch ein Feind der Lüge war.

„Und das behauptet er weiter! *Er* hat ein Rendezvous mit der *Signora Phöbe*! Deshalb hast du dich heute abend so elegant angezogen! Vor dir läuft ja das Publikum davon! Du hast wohl deinem Vater die Hosen gestohlen und einem Amerikaner das Hemd!"

Das Mädchen, boshaft, wie es war, hatte vielleicht schon begriffen, daß es einen Ausbrecher vor sich hatte, und dachte womöglich daran, ihn der Polizei zu melden. Es blieb also nichts anderes übrig, als wegzulaufen, sofort wegzulaufen!

Andreas Augen warfen einen letzten verächtlichen und unerschrockenen Blick auf das Mädchen; aber es bemerkte, daß sein Kinn zitterte; da wurde es fast von Reue ergriffen, doch jetzt war es zu spät, um seine Bosheit wiedergutzumachen. Dieser nachtwandelnde Prahlhans hatte ihr einfach den Rücken gekehrt, ohne ihr noch zu antworten, und war im Augenblick verschwunden.

Trotz allem entschlossen, Phöbe zu finden, wandte

Andrea sich, als er aus dem Haupteingang des Theaters herauskam, nach links und bog in eine schlechtgepflasterte Gasse ohne Straßenlaternen ein; dort sah er sogleich das Türchen, von dem das Mädchen gesprochen hatte. Es war die einzige Tür, die zu dieser nächtlichen Stunde noch offenstand; er ging hinein und konnte im Halbdunkel am Ende eines Ganges eine alte Treppe sehen. Rechts im Gang entdeckte er hinter einer kleinen Tür mit zerbrochenen Glasscheiben, überklebt mit Zeitungspapier, den Pförtner, der auch Flickschuster war und in einem Kämmerchen beim Licht einer Lampe, die von der Decke bis fast auf seine Werkbank herabhing, Schuhe besohlte. Der Gesichtsausdruck dieses Menschen kam Andrea entsetzlich vor.

Er drückte sich dicht gegen die Mauer des Gebäudes neben der kleinen Tür, so daß er den Blicken des Mannes verborgen blieb. Es war ihm nicht danach zumute, sich diesem ehemaligen Zuchthausaufseher zu zeigen; aber was sollte er jetzt tun? Warten in seinem Versteck hier auf der Gasse, bis die Künstler herauskamen? Doch Andrea mißtraute dem Mädchen mit der Mütze: war es nicht vielleicht möglich, daß sie ihn angelogen hatte? Daß sie ihn zu diesem Türchen geschickt hatte, um sich über ihn lustig zu machen oder um ihn loszuwerden oder sogar, um ihn in eine Falle zu locken?

Von der Gasse aus sah man die Pflastersteine des kleinen Platzes, auf welche die leuchtende Inschrift des Theaters einen bläulichen Schimmer warf. Aus dem Innern des Theatergebäudes drang der gedämpfte Widerhall von Instrumentenklängen und Liedern, und Andrea, dem sich vor Eifersucht das Herz zusammenzog, verglich das festfreudige Treiben, das hinter jenen Mauern herrschte, mit der bedrohlichen Finsternis in der Gasse. Niemand ging hier vorüber, nur eine große Schäferhündin; vielleicht war sie von ihrer Herde weggelaufen, die draußen vor der Stadt in der Nacht umherwanderte. Die Hündin verstand sofort, ohne daß man es ihr gesagt hätte, daß Andrea sich verborgen halten wollte. Sie hütete sich, zu bellen und irgendein Geräusch zu machen, und strich voller Geschäftigkeit um ihn herum, fast als wolle sie ihm ihren Schutz anbieten. Dann setzte sie sich auf ihre Hinterbeine vor ihn hin, betrachtete ihn schweigend mit einer Miene, als sei sie mit ihm verschworen, und wedelte freudig mit dem Schwanz. Andrea dachte: Dieser Hund wäre vielleicht zufrieden, wenn ich sein Herr wäre, so wie ich zufrieden wäre, wenn er mir gehörte. Zusammen könnten wir glücklich sein! Und doch ist es nicht möglich. Wir wissen nichts voneinander; und bald werden wir wieder getrennt sein und uns nie mehr begegnen! Andrea schnalzte lautlos mit den Fingern, und die Hündin, die sogleich verstand, was er wollte, kam näher heran und neigte ihren großen weißen Kopf, um sich streicheln zu lassen. Dann leckte sie rasch und liebevoll Andreas Hand, und dies schien ihr Abschied zu sein, denn gleich darauf, von ihren unbekannten Pflichten gerufen, verschwand sie in der Nacht.

Ihr Fortgehen ließ in Andrea quälende Sehnsucht zurück. Er dachte an die Patres dort oben im Kollegium, die im Gebet wachten in ihren Zellen. Er dachte an die Gefährten, von denen ihm zwei oder drei besonders lieb waren – aber sogar vor ihnen hatte er seinen Fluchtplan geheimgehalten; und er verglich diese oberflächlichen Gefühle mit jener ewigen, unüberwindbaren Bitternis, die sich ihm heute unter dem vorgetäuschten Namen Phöbe verbarg. Die stürmische Empfindung, verdammt zu sein, wie ein Bandit sie verspüren mag, der keine Hoffnung auf Befreiung hat, verfinsterte sein Gemüt. In diesem Augenblick hörte man vom Glockenturm her einen einzigen Schlag: es fehlten fünf Minuten bis halb zwölf! In einer Viertelstunde würde die Vorstellung zu Ende sein; und plötzlich fürchtete Andrea, die Künstlerinnen könnten auf einer anderen Seite aus dem Theater herauskommen, ohne daß er sie sehen würde. Er warf einen verstohlenen Blick zur erleuchteten Wächterkammer hinüber: der Pförtner-Schuhflicker saß über seine Werkbank gebeugt, ein paar Schuhnägel zwischen den zusammengepreßten Lippen, und war damit beschäftigt, auf eine Sohle zu hämmern. Ohne noch länger zu zögern, schlich Andrea sich in den Gang hinein, erreichte die Treppe und blieb dort mit angehaltenem Atem einen Augenblick stehen. Keine verdächtigen Geräusche in der Wächterkammer: der Pförtner hatte ihn nicht gesehen!

Darauf vertrauend, daß er irgendeinen Weg zur Künstlergarderobe entdecken werde, lief Andrea die Treppe hinauf. Kaum war er auf dem ersten Treppenabsatz angelangt, sah er durch den Spalt einer angelehnten Tür einen Lichtschein fallen. Er stieß den Türflügel auf und stand in einem sehr hohen, großen Raum, der einen Bretterfußboden hatte und nur schlecht beleuchtet war. Ein Motorrad war gegen die Wand gelehnt; auf einem Haufen von Holzplanken lag umgedreht ein ausgelöschter Scheinwerfer; eine Art riesengroßer Wandschirm aus Pappe, auf dem ein Drachenpaar gemalt war, stand daneben sowie ein viereckiger Turm aus Holz: er war vielleicht drei Meter hoch, und die eine Seite fehlte, aber zuoberst war eine kleine rote Standarte mit orientalischen Schriftzeichen gehißt.

Der große Raum sah verlassen aus, doch hinter einer Trennwand hörte man einen Arbeiter mit einem Hammer klopfen. Diese von der Vorsehung gesandten Hammerschläge übertönten das Geräusch von Andreas Schritten, so daß er unbemerkt ans Ende des Raumes gelangen konnte. Hier fand er sich einer Tür mit heruntergelassenem Schiebefenster gegenüber, hinter der man Stimmen hörte. Zu seiner Linken bot sich ihm ein kleiner Steg aus schrägstehenden Brettern, der auf einen Hängeboden hinaufführte. Andrea umging die große Tür und stieg rasch auf den Hängeboden; von dort gelangte er durch ein mit Kork beschlagenes Türchen, das sich geräuschlos öffnen ließ, auf einen schmalen Treppenabsatz und befand sich plötzlich in der Mitte zwischen zwei kleinen Holztreppen: die eine führte hinauf, die andere hinunter. Er vertraute sich dem Zufall an und wählte die Treppe abwärts. In diesem Augenblick vernahm er deutlich eine abgerissene Frauenstimme, den Klang von Instrumenten und ein verworrenes Brausen und Rauschen.

Jetzt wurde er von einer so überwältigenden Rührung ergriffen, daß ihn fast schwindelte. Als er unten war, fand er zwei grün lackierte Türen. Die eine davon, welche anscheinend von innen her verschlossen war, trug keine Aufschrift. An der anderen, die sich gerade unten an der Treppe befand und deren zwei Flügel angelehnt waren, hing ein Plakat, auf dem das Wort „Ruhe“ gedruckt stand.

Er schlich sich zwischen den beiden Türflügeln hindurch; und dort unter ihm, nur durch wenige mit Plüsch bedeckte Stufen von ihm getrennt, lag der Theatersaal offen vor ihm.

Sein erster Impuls war, sich wieder zurückzuziehen. Doch da ihn niemand beachtete, stieg er rasch, mit gesenkten Augen die Stufen hinab; er fand sogleich einen leeren Sitz am Rande der Stuhlreihen und kauerte sich hinein. Sein Nachbar, ein kräftiger Mann in Hemdsärmeln, warf ihm nur einen gleichgültigen Blick zu.

Die Luft über der Menschenmenge im Parkett war schwül und voll Zigarettenrauch. Die Lichter waren alle gelöscht, aber der beleuchtete Bühnenausschnitt erhellte mit seinem Glanz den ganzen Saal bis zu den hintersten Sitzreihen. Mehrere Minuten lang wagte Andrea es nicht, zur Bühne emporzublicken. Im Licht der Scheinwerfer machte eine Frau abwechselnd ein paar Tanzbewegungen und sang einzelne Takte eines Liedes. Und diese Stimme hatte sich ihm sogleich zu erkennen gegeben, nicht durch den Tonfall, der ihm entging, sondern durch eine Art Alarmruf, den sein Herz ihm beim ersten Hinhören sandte. Es war das zwiespältige Gefühl einer Möglichkeit des Glücks und einer grausamen Verneinung: allzu gut kannte er es seit seinen ersten Lebensjahren, als daß er sich hätte täuschen können. Verwirrt fragte sich Andrea, was dies wohl zu bedeuten habe, denn seine Mutter war doch Tänzerin, nicht Sängerin! Sie hatte ihn nie wissen lassen, daß sie im Theater sang!

Endlich wagte er es, zur Bühne hinaufzuschauen; und nun gab es keine Zweifel mehr! Da spürte er, wie jene alte, entsetzliche Bitternis wiederkehrte, die er doch wohl ein wenig gezügelt zu haben glaubte. Auf der Bühne stand ganz allein seine Mutter, Phöbe: nie zuvor so sehr geliebt und nie so unerreichbar wie gerade jetzt! In einem Kleid von nie gesehener Eleganz, wie es keiner Frau, der man auf dieser Erde begegnet, ja nicht einmal der allerreichsten, zu tragen beschieden ist, sondern allein den phantastischen Gestalten auf Gemälden oder in Dichtungen. Jede ihrer Bewegungen wurde von großen Lichtkreisen begleitet, die erstrahlten, um sie allein zu verherrlichen und ihre tiefliegenden Augen, die riesengroß erschienen, sprühen und funkeln zu lassen. Sie ist der höchste Glanz der nächtlichen Feste; ihr geheimnisvoller Name ist der Ruhm der Straßen und Plätze. Welcher andere Künstler vermöchte neben ihr zu bestehen? Keiner der Sänger und Tänzer, deren Bilder das Theater ausstellt, kümmert den kleinen Andrea. Viel ist es schon, wenn er ihre Fotografien mit einem flüchtigen Blick gestreift hat: sie sind nur die armseligen Nebengestirne Phöbes; ihr Bildnis allein strahlt wie die Sonne im Zentrum der Theaterplakate. Nur ihretwegen sind die Männer und Frauen gekommen, die schon glücklich sind, sie aus der Tiefe des Zuschauerraums betrachten zu dürfen, ohne daß Phöbe sie kennt und begrüßt. Und wer ist unter all diesen Leuten Andrea? Ein Eindringling, den man hätte verstoßen können aus diesem Saal, weil er keine Eintrittskarte gekauft hat. Gewiß würde niemand ihm glauben, und alle würden ihn verspotten, wie vor kurzem das Mädchen mit der Mütze, wenn er sagte, daß er noch vor wenigen Jahren unter demselben Dach mit Phöbe gelebt hat; daß er bis vor wenigen Monaten von ihr im Kollegium besucht wurde und Postkarten und Briefe von ihr empfing! Eine solche Vergangenheit kommt ihm jetzt selber wie ein Märchen vor. Diese wundervolle Künstlerin – er erkühnt sich nicht mehr zu denken, daß sie seine Mutter ist – hat ihn nun schon seit Monaten vergessen, antwortet nicht mehr auf seine Briefe und hat ihn auch nicht aufgesucht, als sie hier ankam in dieser Stadt, wo er wohnt. Übrigens ist es tausendmal besser so; er will ja, daß es so ist. Er selbst hat diese Frau zurückgestoßen, er selbst hat sich geweigert, mit ihr spazierenzugehen, denn er wollte Schluß machen mit einer solchen Mutter! Ihr allzu heller Glanz war sein Feind, ihr Glanz, der aus dem Haus herausdrang und über allen Leuten strahlte, während er ihn für sich allein gewollt hatte. Jetzt ist es aus. Andrea Campese ist niemandes Sohn, es ist aus.

Aber wie konnte er nur lügen so ohne Scham und zu

dem Mädchen mit der Mütze sagen, er habe ein Rendezvous mit Phöbe? Er wußte sehr wohl, daß er log, und zwar nicht nur in bezug auf das Wirkliche, sondern auch in bezug auf das Mögliche! Jetzt ist es klar wie der Tag, daß Phöbe – so groß ist ihre Gleichgültigkeit gegen Andrea Campese –, selbst wenn man sie bäte, es ablehnen würde, ihm ein Rendezvous zu gewähren; und wenn sie jetzt von dem Mädchen mit der Mütze als Zeugin aufgerufen würde, sie wäre bereit, seine eitlen Behauptungen als Lügen zu entlarven; und sie wäre heftig erbost, wenn sie wüßte, daß hier im Theater dieser Unverschämte, dieser verkleidete kleine Pfaffe sitzt; und wenn jemand in ihre Garderobe käme und ihr mitteilte: „Draußen ist ein gewisser Andrea, der Sie sprechen möchte", dann würde sie sagen: „Wer? Andrea? Habe ich nie gekannt. Sagt ihm, *daß ich niemanden empfange,* und sorgt dafür, daß er sich fortschert!"

Als Andrea mit seinen Überlegungen an diesen Punkt gelangt war, faßte er den Entschluß, sobald der Vorhang gefallen sei, das Theater zu verlassen, ohne seine Mutter aufzusuchen oder sie wissen zu lassen, daß er hier gewesen war. Allein wollte er in der Nacht in aller Eile durch die Straßen und Felder zurücklaufen zum Kollegium. Sollte aber seine Flucht entdeckt werden und sollten die Patres beschließen, ihn aus der Schule auszustoßen, ja, dann würde er nach Sizilien gehen, sich einem Bandenführer vorstellen und Mitglied einer Räuberbande werden.

Es tut einem leid, das zu sagen, aber der da im Gloria-Theater saß, auf einem Platz, den er sich widerrechtlich angeeignet hatte, war wirklich imstande, sich solcherlei Schändlichkeiten auszudenken, genauso wie er sich vor nicht langer Zeit angemaßt hatte, auf dem Wege der Heiligkeit zu wandeln!

Die Vorstellungen, die sich seines Geistes bemächtigt hatten, nahmen eine so grausame Deutlichkeit an, daß er in Schluchzen ausbrach. In den ersten Augenblicken kam es ihm gar nicht zum Bewußtsein, daß er sich einer solchen Schwachheit überlassen hatte; aber auf einmal merkte er es und schämte sich heftig. Fast gleichzeitig schreckte ihn ein beleidigendes, grobes Gelächter seines

Nachbarn auf, und er meinte natürlich, er habe es mit seinem jämmerlichen Schluchzen hervorgerufen. Aber plötzlich hallte aus allen Ecken des Saales tausendfach dieses selbe häßliche Gelächter wider. War es möglich, daß das gesamte Publikum sein unehrenhaftes Benehmen bemerkt hatte? In Wahrheit jedoch achtete niemand auf Andrea Campese. Ein immer lauter werdendes Gemurre ging durch den Saal, von hinten wurden gemeine Worte auf die Bühne gerufen, und bald war in dem tosenden Gelärme die Stimme der Sängerin kaum noch zu hören. Sie aber tat immer noch, als sei nichts geschehen, drehte sich und sang einzelne Takte im Rhythmus des immer weiter spielenden kleinen Orchesters. Andrea verstand sehr lange nicht, was da vor sich ging. Jemand rief: „Basta!" und ein anderer: „Schluß damit! Geh schlafen! Zieh deine Kleider an! Geh nach Hause und wasch dir das Gesicht! Basta! Genug!" Das verängstigte Stimmchen der Künstlerin ging unter in all dem Pfeifen und Zischen; und erst jetzt wurde es Andrea bewußt, daß der Gegenstand dieses ungeheuren Sturmes Phöbe war! Er sprang von seinem Sitz auf und sah im selben Augenblick, wie unten im Orchester der Pianist mit resignierter Gebärde die Hände von den Tasten nahm und zu beiden Seiten herabfallen ließ. Der Geiger hatte sich erhoben und legte mit fast wütender Handbewegung Violine und Bogen auf den Stuhl, während der Saxophonspieler zu blasen aufhörte und mit einem fragenden Ausdruck über sein Instrument gebeugt sitzen blieb. Nur der Schlagzeuger fuhr noch eine Weile fort, auf sein Becken zu schlagen und auf das Pedal seiner großen Trommel zu treten, wie berauscht von seinem eigenen dröhnenden Lärm.

Phöbe war verstummt und blieb noch einen Augenblick regungslos in der Mitte der Bühne stehen; dann drehte sie sich plötzlich um und verschwand eilig hinter den Kulissen. Sogleich schloß sich der Vorhang, und während im Saal die Lichter aufflammten, brach das Publikum im Chor in einen Ausruf deutlicher Erleichterung aus, der kränkender war als alle Beleidigungen zuvor. Bebend vor Verachtung und mit finsterem Gesicht ballte Andrea die Fäuste im wirren Verlangen, sich auf irgend jemanden aus dem Publikum zu stürzen und ihn umzubringen. Aber er wurde eingezwängt und gestoßen von der Menschenmenge, die sich in den Durchgängen zu den Türen drängte.

Mit heftigem Zorn wehrte er sich gegen diese Tritte und Stöße, bis er schließlich unter den letzten fast allein im halbleeren Parkett zurückblieb. Unter der niedrigen Saaldecke zeigte das Licht der elektrischen Glühbirnen den häßlichen Lackanstrich der Wände, der gelblichen Marmor vortäuschte, den schmutzigen, staubigen Holzfußboden, auf dem Zigarettenstummel und Papierfetzen verstreut lagen. Man sah den verlassenen Orchesterraum, in dem die Stühle unordentlich um das zugeklappte Klavier und das Schlagzeug herumstanden.

Seitlich vom Orchesterraum führte eine kleine Holztreppe zur Bühne empor. Andrea stürzte sich über jenes Treppchen hinauf, schob den Vorhang zur Seite und lief quer über die Bühne. Zwei Theaterdiener, welche die Kulissen wegräumten, riefen ihm zu: „He, du da, wen suchst du?“ Er zuckte nur mit den Achseln, rannte weiter und stieß dabei gegen eine Gruppe Mädchen, die wie Matrosen angezogen waren und im blendenden Licht eines Scheinwerfers bereitstanden, um fotografiert zu werden. „Du hast es aber eilig! Paß doch auf, wo du hinläufst!“ beschwerten sich die Mädchen, und der Fotograf rief ärgerlich, Andrea habe ihm die Aufnahme verdorben, und schimpfte hinter ihm her. Andrea lief aufs Geratewohl durch ein Wirrwarr von leeren Kisten, Bretterhaufen und Holzgerüsten und gelangte schließlich wieder zu demselben schmalen Treppenabsatz, von dem aus er ins Theater hinuntergestiegen war. Ein Mädchen mit einem großen schwarzen Hut und nackten Beinen kam die Treppe herab.

„Bitte, wo finde ich die Signora Campese?“ fragte er. „Wen?“ – „Die Signora . . . Phöbe?“

„Ach so, die Phöbe. Geh diese Treppe hinauf, sie ist in der Garderobe.“

Oben an der Treppe, auf dem Korridor, auf den die Garderobenräume hinausführten, stand eine Gruppe von Leuten beieinander; Andrea nahm sie nur undeutlich wahr, denn er war allzu erregt, als daß er sie hätte ansehen oder dem zuhören können, was sie sagten. Doch es drangen einige Sätze an sein Ohr, die, wie es bisweilen geschieht, ihm erst ein paar Tage später wieder in den Sinn kamen und ihm ihre Bedeutung enthüllten.

„Sie weint." – „Ach ja, sie tut einem leid, aber sie hätte es doch einsehen sollen! Hat sich denn niemand gefunden, der es ihr sagte? Schaut sie nie in den Spiegel? Mit diesen aus der Fasson geratenen Hüften sieht sie aus wie eine dicke Kuh! Und diese dürren Beinchen, wie bei einem Gerippe! Im engen Seidentrikot aufzutreten, ausgerechnet für das klassische Ballett, als ob sie die Tumanowa wäre! Sie hat überhaupt kein musikalisches Gehör, und ihre Stimme kratzt und zirpt wie eine Grille; und dabei bildet sie sich ein, sie könne singen!" – *„Zurück von ihren Triumphen in Wien!* Die müssen ja viel davon verstehen, die Wiener!" – „Die Ärmste, sie will sogar die ‚Libelle' tanzen bei ihrem Gewicht und in ihrem Alter!" – „Wie alt mag sie überhaupt sein?" – „Sie sagt, siebenunddreißig . . ." – „Vielleicht würde sie sich besser eignen für irgendeinen Sketch, eine komische Rolle . . ."

Andrea redete einen von ihnen barsch an: „Bitte, wo ist die Signora Phöbe?" Man zeigte ihm eine kleine beleuchtete Tür am Ende des Korridors; als er näher kam, hörte er dahinter ein Geräusch, als schluchze jemand. Eine kleine Schar von Frauen drängte sich in dem engen Raum. Andrea bahnte sich mit den Ellenbogen einen Weg, als müsse er einen Platz überqueren am Tag, da eine Revolution ausgebrochen ist.

Umringt von vielen Frauen – einige waren Künstlerinnen, andere Theaterangestellte –, saß seine Mutter da, in einem Haufen zerlumpter Kostüme, vor einem Frisiertischchen voller Unordnung und Schmutz. Seine Mutter, die sonst so voller Würde war, schluchzte ohne Scham, mit einer entfesselten Leidenschaft, genau wie die Dorfweiber in Süditalien. Dabei riß sie sich die auffallenden Kämmchen aus dem Haar und vom Leib die Juwelen und schrie immer wieder: „Schluß! Schluß! Es ist alles aus!"

„Mama!" rief Andrea.

Unter ihren zerzausten Haaren hervor, die ihr wirr ins Gesicht fielen, starrte sie ihn mit ihren schönen, stürmischen, von der rußschwarzen Schminke dunklen Augen an, als erkenne sie ihn nicht sogleich. Doch dann sah er, wie ihr Gesicht sich verwandelte, trotz der Maske der Schminke; und mit einer schrillen Stimme – einer Stimme, in der die zärtliche Liebe zum eigenen Blut mitschwang (einer Stimme, wie sie den sizilianischen Müttern eigen ist), rief sie: „Mein Andreuccio!"

Er warf sich in ihre Arme und begann so ungestüm zu weinen, daß er meinte, er könne nie wieder aufhören. Endlich erinnerte er sich, daß er ein Mann war, drängte die Tränen zurück und machte sich von ihr los. Jetzt empfand er es als tiefe Schande, daß er sich so hatte gehenlassen vor all den fremden Frauen. Er warf drohende Blicke auf sie, als ob er sie allesamt vernichten wolle.

Seine Mutter sah ihn mit freudetrunkenem Lachen an: „Aber wie hast du das fertiggebracht! Wie bist du nur hierhergekommen?"

Er zog eine Schulter hoch und sagte: „Ich bin weggelaufen."

„Aus dem Kollegium weggelaufen! Und ... deine Kutte?"

Von neuem hob er die Schulter, und sein Haarschopf fiel ihm über die Augen. Und mit einem kleinen, unbekümmerten Lächeln steckte er die Hände in die Hosentaschen.

Gegen die Neugier all der Frauen wehrte er sich dadurch, daß er ihnen einfach nicht ins Gesicht sah; er blinzelte nur mit einem trotzigen, abweisenden Blick unter den Lidern hervor. Seine Mutter schaute ihn immerfort an, als sei er ein Held, ein Partisan, der die feindlichen Linien durchbrochen hat.

„Du bist aus dem Kollegium davongelaufen, um ... zu mir zu kommen?"

„Versteht sich."

Die Frauen ringsum gaben unter großem Gelärme ihre Kommentare dazu ab. Er runzelte die Brauen, und über der Falte des Nachdenkens zeichnete sich die der Strenge tief in seine Stirn.

„Du mein heiliger Engel! Mein Herz!" rief seine Mutter und küßte ihm die Hände.

In fiebriger Eile reinigte sie ihr Gesicht mit einem Läppchen voll Krem. Dann versteckte sie sich hinter einem Vorhang, um sich das doppelt gefältelte Tüllröckchen, das Mieder mit den Edelsteinen und das Seidentrikot, das, ähnlich einem sehr langen Strumpf, ihren ganzen Körper bedeckte, auszuziehen. In ihrem würdigen schwarzen Kleid und dem Hut mit dem Schleier kam sie wieder hervor und begann, von einem Kleiderständer hinter dem Vorhang und aus einem großen Korb unter dem Frisiertisch verschiedene Röckchen, Federbüsche, Tutus und Diademe zusammenzuraffen und alles wirr durcheinander in einen Koffer zu werfen, während sie sagte: „Schluß damit. Morgen trete ich nicht auf. Ihr könnt es der Truppe bestellen. Auf Wiedersehen." Als sie dies sagte, hatte sie das hoheitsvolle und launische Gebaren einer Primadonna an sich, und als sie das Wort *Truppe* aussprach, zog sie eine verächtliche Grimasse wie jemand, der auf gewöhnliches Volk anspielt, das nicht imstande ist, die wahre Kunst zu würdigen. Wir übergehen hier zwei oder drei ziemlich boshafte und gemeine Bemerkungen, die einige ihrer im Umkleideraum anwesenden Kolleginnen zur Antwort gaben und die Andrea – wie auch die zuvor im Korridor gehörten Äußerungen – erst später zum Bewußtsein kommen sollten.

Nachdem sie sich von den Frauen verabschiedet hatte, nahm sie Andrea bei der Hand und führte ihn über das kleine Treppchen auf die Straße hinaus.

Selbst in diesem Augenblick der tiefen Rührung fühlte Andrea sich gekränkt, wie ein Kind behandelt zu werden, und zog seine Hand aus der ihren. Dann nahm er ihr stirnrunzelnd den Koffer ab, den sie in der Rechten hielt, und trug ihn selbst. Nicht nur überließ sie ihm sogleich den Koffer, sondern lehnte sich sogar, einer wunderbaren Eingebung folgend, an seinen Arm!

Der Pförtner und einstige Gefängnisaufseher blickte diesmal von seiner Arbeit auf, als sie vorübergingen; aber Andrea schritt mit dem Ausdruck einer solchen Geringschätzung an der Kammer des Wächters vorüber, daß dieser, hatte er auch nur einen Rest menschlicher Würde bewahrt, das Gefühl haben mußte, zu Asche zu werden und sich seiner ganzen Vergangenheit zu schämen, insbesondere der unzähligen Male, da er unter unheilvollem Schlüsselgerassel die Tür einer Kerkerzelle verschlossen hatte!

„Droschke!" rief Giuditta, sobald sie auf dem Platz waren. Und sofort trabte, auf den beflissenen Peitschenknall des Droschkenkutschers, ein hübsches scheckiges Pferdchen mit einem Schellenband um den Hals auf die beiden Fahrgäste zu. Giuditta schien von ihrem eben erlittenen großen Schmerz völlig geheilt zu sein. Heiterer und leidenschaftlicher, als Andrea sie je zuvor gesehen hatte, saß sie neben ihm in der Droschke, schmiegte sich an seinen Arm und sagte: „Ach, du mein lieber kleiner Ritter, du mein Herzensengel, welch köstliches Geschenk ist mir heute abend zuteil geworden!" Sie gab dem Kutscher die Adresse ihres Hotels an, da sie beschlossen hatte, Andreuccio müsse heute nacht dort bei ihr schlafen. Am nächsten Morgen würde sie dann selber zu den Patres gehen und Verzeihung für ihn erwirken. Doch nun erinnerte sich Andrea an seine Verpflichtung, an das Anacleto und Arcangelo Giovina gegebene Versprechen, ihre Kleider nicht später als um Mitternacht zum Stall zurückzubringen. „Na schön, ich begleite dich", sagte Giuditta, „die Kutsche wird uns fahren, so weit es möglich ist; dort wird sie mitsamt dem Koffer auf uns warten, bis wir vom Stall zurückkommen. Dann bringt sie uns zum Hotel."

Die Kutsche, die sich durch ihr fröhliches Geklingel schon von weitem ankündigte, fuhr auf denselben Wegen zurück, die Andrea eine Stunde zuvor gegangen war, umsichtig wie ein Dieb und allein mit dem bösen Zweifel, ja fast der Gewißheit, nicht mehr geliebt zu werden!

Wie widersinnig erschien ein solcher Zweifel jetzt; wie tief beschämt entfernte sich sein schwarzer Schatten, begleitet von seinen Gespenstern, am sternenübersäten Horizont dieser wundervollen Nacht!

Am Ende eines schmalen Feldweges kam die Kutsche nicht mehr weiter, und Andrea und seine Mutter stiegen aus, um zu Fuß zu der Hütte zu gehen, in welcher er die Kutte versteckt hatte. Sie schritten rasch durch das hohe, noch ungemähte Gras und scheuchten einen jungen Frosch auf, dessen winzigen, hüpfenden Schatten sie auf einem nahen Pfad wieder auftauchen sahen. Und Andrea dachte sogleich: Sicher kehrt er jetzt zu seinem Tümpel zurück, wo seine Froschmutter auf ihn wartet. Die stillen Felder, die Berge und die schlafende Erde, ja selbst der Himmel kamen ihm vor wie Räume voller Zärtlichkeit, in denen glückliche Familien beisammen sind, so glücklich, wie er selbst in diesem Augenblick war. Am Himmel der Große Bär mit seinen tausend Töchtern und am Fluß eine Pappelfamilie und hier ein großer Stein neben einem kleinen Stein, ähnlich wie ein Schaf mit seinem Lämmchen. Bald waren sie bei der Hütte, wo Andrea, nachdem er Hemd und Hose ausgezogen hatte, sich anschickte, seine Priesterkutte wieder anzulegen. Doch Giudittas Gesicht war beim bloßen Anblick dieses schwarzen Gewandes tieftraurig geworden, und mit sehr richtigen Argumenten riet sie ihm davon ab, sich in dieser Nacht als kleiner Priesteranwärter sehen zu lassen. Da er nun aber die geliehenen Kleider abgelegt und nichts anzuziehen hatte, hüllte sie ihn in einen großen andalusischen Schal, der zu einem ihrer Theaterkostüme gehörte und der im Koffer keinen Platz mehr gehabt hatte, so daß sie ihn zusammengefaltet über dem Arm trug. Auf dem kurzen Weg von der Hütte bis zum Stall würde man sowieso niemandem begegnen, erklärte sie, um den Sohn zu überreden, und dem Kutscher würde man weismachen, seine Kleider seien durchnäßt, weil er dummerweise in den Teich gefallen sei. Im Hotel würden sie dann um diese Zeit nur den Nachtportier antreffen, halb schlafend hinter seinem Pult im dunklen Eingang; aber der sei ans Kommen und Gehen der Theaterleute gewöhnt und kümmere sich gewiß nicht darum, ob ein andalusischer Schal vorüberhusche; und vielleicht werde er Andrea sogar für ein Mädchen halten.

Giuditta blieb bei der Hütte zurück und wartete, während Andrea, eingehüllt in den riesigen andalusischen Schal, zu Anacletos Stall lief. Wie er versprochen hatte, ließ er die geliehenen Kleidungsstücke durch das Gitterfenster ins Innere fallen, ohne die Schläfer zu wecken. Um die Wahrheit zu sagen: sein Schal erheiterte ihn so sehr, daß er in großer Versuchung war, Anacleto und seinen Freund zu rufen: der bloße Gedanke, sich ihnen in dieser Vermummung zu zeigen, brachte ihn zum Lachen. Doch er verzichtete, wenn auch ungern, auf die Verwirklichung dieses Gedankens. Im Stall war das Licht gelöscht worden, und aus dem stillen Dunkel und dem vertrauten Duft nach Heu und dem Stroh der Pferde stieg ein männliches, sympathisches Schnarchen. Das ist sicher der Soldat, dachte Andrea. Dann hörte er ein leises Gemurmel und meinte: Das wird wohl Anacleto sein, der träume. Und auch ein Seufzer war zu vernehmen, ein feiner Lufthauch nur, und Andrea stellte sich vor, er komme vom Füllen.

„Danke, Anacleto", flüsterte er, „danke, Giovina. Schlaft alle schön, auch ihr Pferde. Gute Nacht." Nach diesem Abschied lief er von neuem durch die Felder, im großen andalusischen Schal, zu seiner Mutter, die ihn erwartete.

Es waren gar keine Erklärungen notwendig, denn weder der Kutscher noch der Nachtportier im Hotel kümmerten sich auch nur im geringsten um Andrea und seinen Schal. Sie waren ja beide daran gewöhnt, Theaterleuten mit ihren Diensten zur Verfügung zu stehen, und absonderliche Gestalten und Aufzüge mußten ihnen wohl längst etwas Alltägliches sein. Das Hotel, eher eine Gastwirtschaft, hieß „Albergo Caruso" und wurde von einem Neapolitaner geführt, der alle Zimmer mit bunten Bildchen vom Vesuv oder von einer fröhlichen Tarantella-Figur geschmückt hatte. Giudittas Zimmer war mit wenigen Möbeln ausgestattet, Dutzendware und in einem Stil, der vor dreißig oder vierzig Jahren aufsehenerregend und modern gewesen war. Wie in allen andern Zimmern des Hotels standen auch in dem ihren zwei Betten, aber sie wohnte allein darin, da sie es für unter ihrer Würde hielt, es mit einer Gefährtin zu teilen. Zwischen den beiden schmalen Betten lag auf dem rissigen Fußboden – das Gebäude war sehr alt – ein kleiner Bettvorleger mit einem fast verblichenen Rautenmuster. Die einzige Lampe, die von der Deckenmitte herabhing, verbreitete ein schwaches Licht; alle Augenblicke verlöschte es und ging wieder an, weil der Schalter kaputt und aus der Wand herausgebrochen war; er hing an seinem Draht herunter. In einer Ecke des Zimmers befand sich ein Waschbecken mit fließendem kaltem Wasser, und daneben hing ein einziges, ganz nasses Handtuch aus sehr dünnem Stoff; die beiden Wörter „Albergo Caruso" waren mit schwarzen Buchstaben darauf gestempelt. Die eine Wand zierte ein buntes Bild, auf dem im Hintergrund der rauchende Vesuv zu sehen war und im Vordergrund ein stattlicher Alter mit einem Bart wie Moses und einer roten Schärpe als Gürtel; der Alte schaute sich den rauchenden Vulkan an und rauchte seinerseits Pfeife, mit offensichtlichem Behagen.

Das Fenster hatte keine Vorhänge und ging auf einen stillen Hof hinaus; ein leichtes Geräusch von Wasser war dort zu hören und dann und wann die Stimmen der Katzen auf den Dachtraufen.

Giuditta schüttelte eines der beiden Betten auf und machte es sorgsam für Andrea zurecht. Kaum sah sie ihn darin liegen, kauerte sie sich zu seinen Füßen auf den Bettvorleger hin wie eine Hündin und betrachtete ihn mit unsäglicher Zärtlichkeit und Treue: „Oh, ihr meine allerschönsten, liebsten Augen, ihr Sterne eurer Mutter!" rief sie, „es kommt mir vor wie ein Traum, euch hier zu sehen in diesem Zimmer, in diesem Bett! Madonna mia, ist es auch wirklich nicht bloß ein Traum?" Sie rieb sich die Augen, wie um sich zu vergewissern, daß sie wach war; bei dieser Gebärde brach sie in Tränen aus und lächelte zugleich.

„Andreuccio", sagte sie schwärmerisch, „wollen wir heute nacht einen Pakt schließen, wir beide? Willst du hören, was für einen Plan ich habe für die Zukunft? Ich ziehe mich für immer vom Theater zurück, und du verläßt das Kollegium. Wir kehren nach Rom zurück, nehmen unsere Lauretta wieder zu uns und gründen ein neues Heim. Ich bekomme noch eine kleine Rente aus Palermo und werde ein paar Tanzstunden geben, damit wir durchkommen, bis ihr beide mit der Schule fertig seid. Du und Lauretta, ihr werdet in Rom das Gymnasium besuchen; wir drei leben wieder zusammen, und du wirst das Oberhaupt der Familie!“

Bei dieser Rede empfand Andrea eine so tiefe Rührung der Freude, daß er am ganzen Körper bebte.

„Du gibst wirklich das Theater auf?“ fragte er.

„Nie mehr mache ich da mit!“ erklärte sie und runzelte verächtlich die Stirn. Sie betrachtete ihn unter Schluchzen und rang die Hände wie aus Furcht, er könnte den Pakt ablehnen. „Nie mehr, wenn du willst. Und du? Du wirst mich doch nicht allein lassen? Verzichtest du aufs Kollegium? Verzichtest du darauf, Priester zu werden? Ja? Du sagst ja? Wirklich ja?“

Er sah ihr mit strengem und ernsthaftem Blick ins Gesicht und sagte zustimmend: „Gewiß, wenn wir ein Heim gründen, brauchen wir auch einen Familienvorstand.“

Giuditta ergriff seine Hand und bedeckte sie mit Küssen. In diesem Augenblick sah er, wie sie ihm später sagte, genau wie ein echter Sizilianer aus, wie einer von diesen strengen sizilianischen Ehrenmännern, die immer auf ihre Schwestern aufpassen, daß sie am Abend nicht allein ausgehen, den Verehrern keine Hoffnungen machen und daß sie keinen Lippenstift benutzen; und für die das Wort *Mutter* zwei Dinge bedeutet: *alt* und *heilig.* Die Farbe, die sich für die Kleider der Mutter geziemt, ist Schwarz oder höchstens Grau oder Braun. Ihre Kleider sind formlos, denn niemand, nicht einmal die Schneiderin, kommt auf den Gedanken, daß auch eine Mutter den Körper einer Frau besitzt. Die Zahl ihrer Lebensjahre ist ein Geheimnis ohne Bedeutung, denn ohnehin gibt es für sie nur eines: das Altsein. Dieses Alter ohne Form und Gestalt hat heilige Augen; es weint für die Kinder, nicht wegen eigenen Kummers; es hat heilige Lippen, und es betet für die Kinder, nicht für sich selbst. Und wehe dem, der vor diesen Kindern den heiligen Namen der Mutter leichtfertig ausspricht! Wehe! Es ist eine tödliche Beleidigung.

Nachdem der große Pakt geschlossen war, verbrachten Giuditta und Andrea noch lange Zeit damit, Pläne für die Zukunft zu schmieden. Als erstes wurde beschlossen, daß Giuditta früh am nächsten Morgen ins Kollegium gehen und den Patres den Entschluß ihres Sohnes, nicht mehr dorthin zurückzukehren, mitteilen werde. Darauf werde sie in aller Eile einen Anzug kaufen, fix und fertig, denn Andrea besaß ja außer seiner Kutte und ein wenig Wäsche kein anderes Kleidungsstück auf der Welt als den alten, jetzt viel zu klein gewordenen Anzug, den er getragen hatte, als er, ein Kind noch, ins Kollegium eingetreten war.

So werde Andrea in Ermangelung von Kleidern im Bett bleiben müssen, bis seine Mutter von den Einkäufen zurückkomme. Doch sie war überzeugt, sie werde alles so rasch erledigen können, daß sie ihn bei ihrer Rückkehr gewiß noch schlafend vorfinden werde. Plötzlich wurde Giuditta in ihren Gesprächen von der frechen Stimme einer Frau unterbrochen, die aus dem Nebenzimmer energisch gegen die Verbindungstür klopfte und schimpfte: „He, ihr da drüben! Es ist drei Uhr! Wann laßt ihr uns endlich schlafen?“

Giuditta sprang auf die Tür zu und brach in flammender Verachtung los: „Ihr beschwert euch! Ausgerechnet ihr! Den ganzen Nachmittag habt ihr mir keinen Augenblick Ruhe gelassen und euer ewiges Getriller geübt! Und gestern nacht! Darüber redet man lieber gar nicht! Die Ohren mußte ich mir zuhalten, so schändlich war das! Ausgerechnet ihr beide beschwert euch!“

Im Nebenzimmer hörte man ein Flüstern, dann ein verhaltenes Lachen; und eine weibliche Stimme, anders als die erste, rief in spöttischem Ton: *„Triumph in Wien!“*

Einen Augenblick lang zauderte Giudetta, als wolle sie sich auf die Tür stürzen; doch sie beherrschte sich und schleuderte statt dessen der unsichtbaren Gegnerin ein einziges Wort entgegen, das, dem Ton nach zu urteilen, zweifellos eine beleidigende Bedeutung besaß, die allerdings vollkommen rätselhaft blieb: *„Tenor!“*

Dann löschte sie das Licht, und nachdem sie sich im Dunkeln ausgekleidet hatte, legte sie sich in ihr schmales Bett.

Als Andrea eine Minute später kurze Klagelaute und unterdrückte Seufzer hörte, bewegte er die Lippen und stellte sich vor, er sagte: „Mama, weine nicht.“

Aber in Wirklichkeit sagte er kein Wort, denn in diesem selben Augenblick fiel er in tiefen Schlaf. Nach knapp einer Stunde vielleicht – die Morgendämmerung war noch nicht angebrochen – wachte er plötzlich auf. Was ihn geweckt hatte, war der Gedanke an Gott gewesen. Er erinnerte sich, daß er vor dem Einschlafen die Gebete nicht gesprochen und nie in dieser ganzen Nacht, auch nicht einen einzigen Augenblick und nicht einmal nur in Gedanken, Gott um Vergebung gebeten hatte wegen der abscheulichen Übertretung der Gesetze. Jetzt wagte er weder zu bereuen noch zu beten: jetzt war er ein Fahnenflüchtiger und hatte auf die Eroberung des Paradieses verzichtet! Es war ihm, als sehe er die himmlischen Heerscharen – eine ungeheure, wehrhafte Flotte, glänzend von Stahl, mit heiligen Flügeln und Fahnen –, wie sie sich entfernten, sich wie Wolken zerstreuten und den Verräter Campese auf der Erde zurückließen. Bei dieser Vorstellung weinte Andrea schmerzlich vor Sehnsucht und Reue. Der Tag begann zu dämmern, und im ersten Licht sah er durch die Tränen eine weite schwarze Gestalt, die vom Fenstergriff herunterhing: es war der andalusische Schal, und er kam ihm vor wie das Inbild seiner Schande. Er hatte wohl wirklich in dieser Nacht das Gefühl für Ehre verloren, daß er sich in einen solchen erniedrigenden Fetzen gehüllt und keine Scham, sondern sogar ein gewisses Vergnügen empfunden hatte. Doch von Müdigkeit und Herzensangst übermannt, schlief er wieder ein.

Giuditta, froh, alle ihre Besorgungen erledigt zu haben, weckte ihn, als sie zurückkam. Es war spät am Morgen. Der Alp der Dämmerung war verflogen. Sie hatte ihm im elegantesten Geschäft der Stadt einen Anzug gekauft, einen *Herrenanzug*, das heißt in der Ausführung und im Schnitt von vollendet männlicher Form, mit langen Hosen und Sommerjackett mit nur einem Knopf und gut gepolsterten Schultern. Glück und Eingebung hatten Giuditta beigestanden, denn das Maß des Anzuges entsprach genau Andreas Gestalt; keine Falte und keine Naht brauchte geändert zu werden. Und eine geradezu wunderbare Vorsehung hatte sie auch noch ein kleines Hemd finden lassen aus weißer Seide, mit Kragen und Manschetten, das genau für Andrea zugeschnitten zu sein schien. Selbstverständlich hatte sie die Krawatte nicht vergessen, rot und dunkelblau gestreift, mit einem Markenzeichen aus gelbem Atlas auf der Rückseite. Um all diese Eleganz zu erwerben, hatte Giuditta ihr goldenes Toilettenkästchen verkauft.

Als Andrea den Anzug angezogen hatte, steckte er als erstes die Hände in die Taschen und entdeckte, daß beide Jackentaschen eine Überraschung enthielten. In der einen steckte eine Brieftasche aus Wildschweinleder und in der anderen ein Päckchen amerikanischer Zigaretten!

Andrea errötete vor Freude und wandte Giuditta ein Lächeln zu voll Stolz und unendlicher Dankbarkeit!

In der folgenden Zeit, im Verlauf weniger Monate, sollte die Erinnerung daran zerfallen, verderben. Zwar wurde der Pakt, den Giuditta und Andrea miteinander geschlossen hatten, gehalten, und ihre Pläne wurden ausgeführt; aber nur kurze Zeit verging, bis Andrea zu begreifen begann, daß sowohl sein Pakt mit Giuditta als auch sein ganzes bisheriges Leben ihm einen Betrug verborgen hatten. In Wirklichkeit hatte seine Mutter nicht ihm, Andrea, zuliebe das Theater verlassen, sondern weil ihr kein anderer Ausweg mehr blieb; und gewiß war sie schon seit geraumer Zeit auf einen solchen Entschluß vorbereitet. Der offenkundige Mißerfolg an jenem denkwürdigen Abend war vielleicht bitterer gewesen als alle anderen, aber es war gewiß nicht der erste. In jeder Stadt und in jedem Theater hatten die Vorstellungen für Giuditta mit Niederlagen und Demütigung geendet: das war die Wahrheit. Und selbst die anspruchslosesten Agenten in der Provinz hatten sich oft geweigert, mit ihr einen Kontrakt abzuschließen. Als klassische Tänzerin war sie gescheitert, und für Varieté und Revue war sie nicht geeignet. So hatte schließlich Giuditta in jener Nacht Andrea nichts geopfert und nur, weil das Theater sie verstoßen hatte, bei ihm Zuflucht gesucht.

Diese erste bittere Enttäuschung war für Andrea gleichsam eine Zauberin, die ihm einen Spiegel reichte, in dem sich ihm nach und nach die wahren Gestalten all seiner Wahngebilde enthüllten. Er gelangte zu der Einsicht, daß seine Mutter nicht nur niemals die berühmte Künstlerin gewesen war, für die er sie als Kind gehalten hatte, ja, daß sie auch nicht einmal eine verkannte Künstlerin war, sondern überhaupt keine Künstlerin. Der skandalöse Mißerfolg des letzten Abends war nicht, wie er in seiner kindlichen Einfalt vermutet hatte, die unerhörte, ungeheuerliche Auswirkung provinzlerischer Ignoranz gewesen. Gewiß, das Publikum in jener Kleinstadt war unwissend, plump und beschränkt; doch kein Publikum der Welt hätte Giuditta Campese bewundern können, die nur Ehrgeiz, aber kein Talent besaß. Nun kamen Andrea auch die boshaften Worte wieder ins Gedächtnis, die er an dem bewußten Abend im Theater auf dem Korridor vor den Garderoben gehört hatte. Damals hatte er sie wohl gehört, diese Worte, doch wie Soldaten, die einen Hinterhalt vorbereiten, hatten sie sich, kaum gehört, schnell in ein Versteck seines Gedächtnisses geflüchtet, aus dem sie nun wieder auftauchten, um ihn unvermutet zu überfallen. Andrea hörte sie wieder, eines ums andere, und begriff, daß sie seiner Mutter gegolten hatten. Es waren verhaßte Worte, grausame Feinde, gegen die er sich verteidigen wollte, aber waren es eigentlich Lügen? Paß auf, Andrea, sei aufrichtig! Was für eine Antwort kannst du geben? *Logen* diese Worte? Nein, sie sagten die Wahrheit! Giuditta Campese war keine schöne Frau mehr. Vielleicht war sie nie wirklich schön gewesen, aber jetzt war sie erledigt, eine alte Frau.

Aus diesen Gründen hatte er Mitleid mit ihr und verzieh ihr. Aber das Verzeihen, das aus Mitleid entsteht, ist ein armer Verwandter des anderen Verzeihens, das aus Liebe kommt.

Giudittas Verwandlung von einer Tänzerin in eine Mutter war unwahrscheinlich und wunderbar. Nun gleicht sie genau jenen sizilianischen Müttern, die sich im Haus einschließen und nie die Sonne sehen, um keinen Schatten zu werfen auf ihre Kinder; die trockenes Brot essen und den Zucker ihren Kindern lassen; die ungekämmt herumlaufen, aber ein leichtes, sanftes Händchen haben, um Löckchen zu drehen auf der Stirn ihrer Kinder; die sich in zerlumpten Barchent kleiden wie die Hexen, aber zu deren Kindern man, der Vornehmheit halber, *Madame* und *Mylord* sagen muß!

Aber für all dies ist Andrea ihr nicht dankbar. Er schaut sie an mit Augen voll Gleichgültigkeit und Schwermut.

Er ist gereizt, schweigsam, und es liegt ihm gar nichts daran, das Oberhaupt der Familie zu sein. Er gibt sich durchaus keine Mühe, seine Schwester zu überwachen; wenn sie zu irgendeinem Fest oder einem Empfang geladen ist, weigert er sich, sie zu begleiten. Und er geht nie zur Kirche, ja, er hat sogar das Herz-Jesu-Bild vom Kopfende seines Bettes abgenommen.

Er ist noch gewachsen in dieser letzten Zeit; jetzt ist er größer als Giuditta. Er ist mager, und seine Bewegungen sind ein wenig ungeschickt. Seine Wangen sind nicht mehr zart und glatt wie früher. Und seine Stimme, die bis vor wenigen Monaten so sanft und fein war wie die einer Grasmücke, tönt jetzt rauh und verstimmt.

Giudittas kleine Ballettschülerinnen kommen zur Unterrichtsstunde, aber er schaut ihnen nicht ins Gesicht und geht verächtlich und ärgerlich fort. Viele Stunden verbringt er außerhalb des Hauses. Wohin geht er? Mit wem trifft er sich? Das ist ein Geheimnis. Eine Dame, die Mutter einer Schülerin, hat Giuditta im Vertrauen mitgeteilt, daß man ihn oft in einem Vorstadtcafé sieht, *mit einer Bande von jungen Flegeln, Fanatikern und Aufwieglern.*

Giuditta wagt es nicht, Andrea zu fragen, so große Scheu hat sie vor ihm. Sie ist stolz auf ihren Sohn, und im Grunde ihres Herzens gibt sie ihm niemals unrecht, denn sie ist überzeugt, daß er zu etwas Hohem ausersehen ist.

Andrea stellt sich die Zukunft oft vor wie ein großes Operntheater, hinter dessen Türen sich eine unbekannte, geheimnisvolle Menge drängt. Aber darunter ist eine Gestalt, geheimnisvoller als alle und ihm selbst noch unbekannt: Andrea Campese. Wie wird er sein? Er selbst möchte sich die Zukunft ausmalen, und es gefällt ihm, diesem Unbekannten sieghafte, strahlende Züge zu leihen, Triumphe und heitere Gelassenheit! Aber sosehr er es auch verscheucht, immer wieder findet er, unverrückbar gleich einer Statue, dasselbe aufdringliche Bild:

Ein traurig-verwegener Held,
gehüllt in einen andalusischen Schal.

Inhalt

ENT
Edition Neue Texte

Neuerscheinungen 1988

Benedikt Dyrlich: Hexenbrennen. Gedichte und Prosa
Harald Gerlach: Abschied von Arkadien
Rulo Melchert: Auf dem stierhörnigen Mondkahn. Gedichte über Madagaskar
Anatoli Kudrawez: Auf dem Weg nach Hause (Arbeitstitel)
Anatoli Kurtschatkin: Ein Weiberhaus
Franz Hodjak: Siebenbürgische Sprechübung
Ntozake Shange: Schwarze Schwestern
Claude Simon: Anschauungsunterricht
Tahar Djaout: Die Suche nach den Gebeinen (Arbeitstitel)
Manuel Rui: Das Meer und die Erinnerung. Prosa und Lyrik

Nachauflagen 1988

Helga Königsdorf: Respektloser Umgang
Erwin Strittmatter: Grüner Juni
Eva Strittmatter: Mondschnee liegt auf den Wiesen

Aufbau-Verlag Berlin und Weimar

BdW
Bibliothek der Weltliteratur

Aus allen Nationalliteraturen
Werke von welthistorischem Rang
in Einzelausgaben

Neuerscheinungen 1988

Lion Feuchtwanger · Goya

Theodor Fontane · Cécila · Die Poggenpuhls
Mathilde Möhring

Jane Austen · Emma

Nachauflagen 1988

Hans Jakob Christoffel von Grimmelshausen
Der abenteuerliche Simplicissimus Teutsch

Heinrich Heine · Gedichte

Johann Wolfgang Goethe · Gedichte

E. T. A. Hoffmann · Märchen und Erzählungen

Jaroslav Hašek · Die Abenteuer des braven
Soldaten Schwejk

Karel Čapek · Der Krieg mit den Molchen

Fjodor Dostojewski · Schuld und Sühne

Sinclair Lewis · Babbitt

Daniel Defoe · Robinson Crusoe

José Maria Eça de Queiroz · Das Verbrechen des
Paters Amaro

Antike Komödien

BdW
Bibliothek der Weltliteratur

Aus allen Nationalliteraturen
Werke von welthistorischem Rang
in Einzelausgaben

Nachauflagen 1988

Charles Dickens
Dombey & Sohn

Guy de Maupassant
Bel-Ami

Stendhal
Rot und Schwarz

Rütten & Loening · Berlin

TdW
Taschenbibliothek der Weltliteratur

1988 erscheinen

Hermann Hesse: Kinderseele
Stefan Zweig: Leporella (Nachauflage)
Hans Fallada: Wer einmal aus dem Blechnapf frißt (Nachauflage)
Tschingis Aitmatow: Dshamila · Abschied von Gülsary · Der weiße Dampfer
Miroslav Krleža: Die Rückkehr des Filip Latinovicz
Hans Christian Andersen: Die Galoschen des Glücks
John Steinbeck: Geld bringt Geld
Tennessee Williams: Glasporträt eines Mädchens
50 Novellen der italienischen Renaissance
Lukian: Der Lügenfreund. Satirische Gespräche und Geschichten

Aufbau-Verlag Berlin und Weimar